詩歌文學

최남선 한국학 총서 12

시가문학

백팔번뇌 / 경부철도노래 / 세계일주가
조선유람가 / 조선유람별곡 외

최남선 지음
박슬기 옮김

景仁文化社

• 목차 •

일러두기

본 총서는 각 단행본의 특징에 맞추어 구성되었으나, 총서 전체의 일관성을 위해 다음 사항은 통일하였다.

1. 한문 원문은 모두 번역하여 실었다. 이 경우 번역문만 싣고 그 출전을 제시하였다. 단, 의미 전달상 필요한 경우는 원문을 남겨 두었다.
2. 저자의 원주와 옮긴이의 주를 구분하였다. 저자 원주는 본문 중에 ( )와 ※로 표시하였고, 옮긴이 주석은 각주로 두었다.
3. ( )는 저자 원주, 한자 병기, 서력 병기에 한정했다. [ ]는 한자와 한글음이 일치하지 않는 경우와 한자 조어를 풀면서 원래의 한자를 두어야 할 경우에 사용했다.
4. 맞춤법과 띄어쓰기는 『표준국어대사전』의 「한글맞춤법」에 따랐다. 다만 시문(詩文)의 경우는 운율과 시각적 효과를 고려하여 예외를 두었다.
5. 외래어 표기는 『표준국어대사전』의 「외래어표기법」에 따랐다. 「외래어표기법」의 기본 원칙은 현지음을 따른다는 것으로, 이에 의거하였다.
   1) 지명: 역사 지명은 우리 한자음으로, 현재 지명은 현지음에 따르는 것을 원칙으로 하였다.
   2) 인명: 중국은 신해혁명을 기준으로 이전의 인명은 우리 한자음으로, 이후의 것은 현지음으로 표기하였고, 일본은 시대에 관계없이 모두 현지음으로 바꾸는 것을 원칙으로 하였다.
6. 원래의 글은 간지 · 왕력 · 연호가 병기되고 여기에 일본 · 중국의 왕력 · 연호가 부기되었으나, 현재 우리에게 익숙한 시간 정보 규준에 따라 서력을 병기하되 우리나라 왕력과 연호 중심으로 표기하였다. 다만, 문맥상 필요한 경우에는 해당 국가의 왕력과 연호를 그대로 두었다.
7. 이 책의 특성상 별도로 적용된 범례는 다음과 같다.
   1) 최남선이 창작한 시가 중에서 문학사적으로 중요한 작품을 선별하되, 작품의 주제와 형식에 따라 체계적으로 분류하였다.
   2) 독자의 이해를 위해 한자 표기를 배제하고 옛말은 현대어로 표기하는 것을 원칙으로 하였다. 단, 시가 문학의 특수성에 따라 본문과 부속 산문(서문과 발문, 작자 주석 및 해설)을 구별하여 다음과 같은 원칙을 적용하였다.
      (1) 본문의 경우 난해한 어휘나 한자 병기 없이 뜻이 통하지 않는 어휘는 옮긴이의 각주로 그 뜻을 표시한다. 부속 산문은 총서 전체의 원칙을 따랐다.
      (2) 띄어쓰기는 본문의 경우 각 장별로 다른 원칙을 적용하나 부속 산문은 현행 표기법을 따랐다.
      (3) 각 장별로 달리 적용되는 원칙은 각 장의 첫머리에 일러두기로 밝혔다.
   3) 원문의 출처는 각 장의 첫머리에 밝혔으며, 작품의 배열은 원문의 발표 순서를 따른다.

시 가 문 학

백팔번뇌

서(序)

누구에게 있어서든지 작은 것이라도 자기의 독자적인 생활만큼 대단한 것은 없을 것입니다. 그 속에는 남이 모르는 설움도 있거니와, 그 옆에는 남에게 알리지 않는 즐거움도 있어서 사람의 절대적인 하나의 세계를 이루는 것입니다.

나에게도 작은 세계가 있습니다. 그런데 나는 이것을 아무에게도 보여주지 않았습니다. 그렇다고 가슴 속 깊이 감추어 두지만도 않았습니다. 나의 마음에 고요히 비치는 세계와 우연히 떠오르는 감흥, 흐트러진 마음과 사악한 생각들을 아무쪼록 그대로 시조라는 하나의 형식에 담기에 힘썼습니다. 그리하여 이 시조들을 혼자 씹고 맛보고 또 두고두고 뒤적거려 왔습니다. 나만의 내면 생활인

---

1 잘새 : 밤이 되어 자려고 둥우리를 찾아드는 새.
2 안두삼척(案頭三尺) : 책상 머리.

만큼 구태여 남에게 보일 것도 아니었고, 또 보인다 해도 누구에게도 감흥을 불러 일으킬 것은 아니었습니다. 이 시조들은 사상으로도 생활로도 본디 나만의 것이었던 것처럼, 문자로도 형식으로도 결국은 그 자체일 뿐입니다. 원래 시는 남에게 평가받을 것이 아님은 물론입니다.

오랫동안 이 시조들의 일부가 친우의 눈에 띄기도 하였고, 얼마쯤 같은 마음과 슬픔을 가지는 어른들께 한번 세상에 내어봄이 어떠하냐는 말씀도 더러 들었습니다. 그러나 아무리 어그러지고 변변치 못한 것이지만 내게 있어서는 매우 귀하고 유일한 구슬인 이 시조들을 까닭없이 저잣거리에 내어던지는 일이 일종의 자기모독인 듯하여 가급적 내어 놓는 일을 피하여 왔습니다. 나의 꽁한 성미는 특히 이 일에서 그 본색을 드러내었습니다.

햇빛은 언제 어느 틈으로 들어올지 모르는가 봅니다. 어떻게든지 싫은 소리를 할 구멍을 뚫으려 하는 민중들은 요즘에 시조까지도 무슨 한 하소연의 도구로 쓸 생각을 하였습니다. 치미는 이 물결이 어떻게 어떻게 하여 우리 서재에까지 들어와서는 이것이 시조라는 까닭으로, 남이 다 돌보지 않는 동안의 수십 년 손때 묻어 다듬어 오는 물건이란 탓으로 책상 서랍에서 문 밖으로 끌려 나오게까지 된 것은 생각하면 우스운 일입니다.

읽는 이야 내 생활이라는 것을 상관할 까닭이 없고 또 보려는 초점이 본디부터 시조라는 그 형식에 있다 하면 남의 눈에 걸리지 않을 것이 없을 것 같습니다. 하여 최근 2~3년간의 읊은 것 중에서 108편을 한 권에 뭉쳤습니다. 시 그 자체로야 무슨 보잘 것이 있겠습니까만, 다만 시조를 한갓 문자 유희의 수렁에서 건져내어서 엄숙한 사상의 그릇을 만들어보려고 애오라지 애써 온 점이나 살펴봐 주시면 분에 넘치는 영광입니다.

최초의 시조를 적어 본 지 23년 되는 병인년, 부처님 오신 날.
무궁화 잎이 거의 다 피어난 일람각 남창 앞에서.

한 샘

제1부
동청나무 그늘

생각해 보면, 지금까지 나는 꽃동산 같은 세상을 마치 모래밭처럼 걸어 왔다. 뙤약볕이 모래알을 볶는 듯한 반생의 지난 길에서 그래도 봄빛이 마음에서 떠나지 않고, 목마르고 다리가 아픈 줄 몰랐던 것은 진실로 내 세계의 태양이신 그이-님이라는 그이가 있기 때문이었다.

여기 뽑은 시들은 그를 따르고 그리워하고, 그리하여 님께 가까워졌다가 멀어지기까지의 내 마음을 그대로 그려낸 것이다. 조금이라도 엄살도 끼우지 않고, 에누리없이 쓴 것이다. 매번 붓을 들고는 너무도 글쓰는 재주가 없음을 한탄하였으나, 내 마음의 만분의 만분의 일이라도 시늉만 내어도 다행이라 여기고 적고 고치던 것이다.

그이는 이미 늙었다. 사랑의 우물이 든 그의 눈에는 뿌연 주름이 비치게 되었다. 어여쁘던 그 두 볼은 이미 찾을 수 없는 나라로 도망가 버렸다. 그러나 그에 대한 그리움과 애끓음에 바르르바르르 떨리며 사족을 쓸 수가 없는 것은 더욱 용솟음하여 철철 넘친다. 엷은 슬픔에 싸인, 뜨거운 내 마음이여! 이것이 실상 내 청춘의 무덤이라 생각하면, 늙은 것은 님뿐만 아니다!

궁거워[1]

1

위하고 위한 구슬
싸고 다시 싸노매라

때 묻고 이 빠짐을
님은 아니 탓하셔도

바칠 때 성하옵도록
나는 애써 가왜라.

2

보면은 알련마는
하마 알듯 더 몰라를

나로써 님을 혜니[2]
혜올사록 어긋나를

믿으려 믿을 뿐이면
알기 구태 찾으랴.

1 궁거워 : 알고 싶음, 궁금함.
2 혜니 : 생각하니. 짐작하니.

3

찼는 듯 비인 가슴
바다라도 담으리다

우리 님 크신 사랑
끝이 어이 있으리만

솟는 채 대시옵소서
벅차 아니 하리다.

4

모진가 하였더니
그대로 둥그도다

부핀줄[3] 여겼더니
또 그대로 길차도다[4]

어떻다 말 못할 것이
님이신가 하노라.

5

뒤집고 엎질러서

---

3 부피 : 뚱뚱함. 용적이 있음.
4 길차도다 : 길도다.

하나밖에 없건마는

온즈믄[5] 말 가져도
못 그리울 이내 마음

온전히 바치는 밖에
더할 바를 몰라라.

6

얼음같이 식히실 때
모닥불을 밧드는[6] 듯

혹처럼 떼치실 때
부레풀을 발리는 듯

두 손 다 내두르실 때
껴안긴 듯하여라.

7

미우면 미운대로
살에 들고 뼈에 박혀

5 온즈믄 : 백, 천.
6 밧드는 : 피우는.

아무거나 님의 속에
깃들여 지내고저

애초에 곱게 보심은
뜻도 아니 했어라.

8

풀숲에 걸으면서
이슬 맞기 싫다리까

사랑을 따르거니
몸을 본디 사리리만

낭[7]없는 이 님의 길은
애초 든든하여라.

9

안 보면 초조하고
보면 섧이 어인일가

무섭도 않건마는
만나서는 못 대들고[8]

---

7 낭 : 낭떠러지. 현애(懸崖).
8 대들고 : 달려들고.

떠나면 그리울 일만
앞서 걱정하왜라.

안겨서

1

님 자채[1] 달도 밝고
님으로 해 꽃도 고와

진실로 님 아니면
꿀이 달랴 쑥이 쓰랴

해 떠서 번하옵기로[2]
님 탓인가 하노라.

2

감아서 뵈든 그가
뜨는 새에 어디간고

눈은 아니 믿더라도
소리 어이 귀에 있나

몸 아니 계시건마는
만져도 질듯하여라.

---

1 자채 : 덕분에. 때문에.
2 번하옵기로 : 밝아옵기로.

3

무어라 님을 할가
해에다나 비겨볼가

쓸쓸과 어두움이
얼른하면 쫓기나니

아무리 겨울 깊어도
응달 몰라 좋아라.

4

구태여 어디다가
견주고자 아니하며

억지로 무엇보다
낫다는 것 아니언만

님대로 고우신 것을
아니랄 길 없어라.

5
한고작[3] 든든커늘
외로웁게 보시고녀

———

3 한고작 : 더없이. 더할 나위 없이.

알뜰한 우리 님만
오붓하게 뫼신 적을

뭇사람 떠드는 곳이야
차마 쓸쓸하건만.

6

넣었다 집어내면
안 시원 것 없으시니

우리 님 풀무에는
피운 것이 무슨 숯고

무르다 버릴 무엇이
어딨을꼬 하노라.

7

믿거라 하실수록
의심 더욱 나옵기는

아모리 돌아봐도
고일 무엇 없을세지

──────────

4 시원 : 굳세고 질긴. 강인(强靭)한.
5 고일 : 사랑할. 총애 받을.

행여나 주시는 마음
안 받는다 하리까.

8
남은 다 아니라거늘
나는 어이 그리 뵈나

어집은⁶ 저를 믿어
속을 적에 속더라도

티없는 구슬로 아니
안 그릴 줄 있으랴.

9
큰 눈을 작게 뜨다
마지막엔 감았어라

님보담 나은 뉘와
남보다 못하신 무엇

없기야 꼭 없지마는
행여 뵐까 저어라.

---

6 어집은 : 세상의 돌아가는 일에 서투른.

떠나서

1

님께야 찾아보아
못 얻을 것 없건마는

내게야 뒤지기로
그 무엇이 나오리까

그대로 거두시기야
바란다나 하리까.

2

제 맘도 제 뜻대로
아니됨을 생각하면

억지로 못하시는
님을 어이 탓하리만

알면서 나는 짜증은
더 못 눌러 하노라.

3

쌓이고 쌓인 말을
벼르고 또 벼르다가

만나면 삭막하여 ¹
멀건 한이 있을망정 ²

뒤집어 못 뵈는 뜻을
님은 알까 합니다.

4

찡기고 웃으심이
낱낱이 매운 채를 ³

살점이 묻어나며
달기는 어인 일고

안 맞어 못 사올 매니
으서진다 마다랴.

5

님의 낯 실주름에
닻줄만치 애가 키고 ⁴

1 삭막하여 : 아득하여. 잊어버리어 생각이 아득하여.
2 멀건 : 망연한. 아무 생각이 없이 멍한.
3 채 : 채찍.
4 애 : 초조한 마음속.

님의 눈 야흐림에[5]
소나긴 듯 가슴 덜렁

가다가 되돌아 듦을
과히 허물 마소서.

6

안 속는 님 속이려
제가 혼자 속아 왔네,

님 아니 속으심을
열 번 옳게 알면서도

속을 듯 안 속으심에
짜증 몹시 나괘라.

7

물 들고 따랐도다
술 드려야 하올 님을

맨이로[6] 덤볐도다
어려서도[7] 못 될 일을

5 야흐림 : 엷게 흐릿함.
6 맨이 : 맑은 정신.
7 어려서도 : 취해서도. 정신 없이도.

받을 듯 모른 체하심
야속달 길 없어라.

8
열 번 옳으신 님
눈물 지어 느끼면도

돌리다 못 돌리는
이 발길을 멈추고서

저녁해 엷은 빛살에
눈 꽉 감고 섰어라.

9
봄이 또 왔다 한다
오시기는 온 듯하나

동산에 피인 꽃이
언 가슴을 못 푸나니

님 떠나 외롤 적이면
겨울인가 하노라.

어쩔까

1

님 자채 끓이는 애
님께 구태 가렸도다,

기척도 아니하려
가지가지 애쓰도다,

끝까지 못 속일 줄을
모르는 체하도다.

2

비인 듯 찼던 누리
차있는 듯 비이도다,

잿물에 녹은 마음
졸을수록[1] 풀리도다,

이따금 제 혼잣말에
새 정신을 차려라.

---

1 졸을수록 : 단단히 뭉칠수록.

3

허위고² 넘을수록
높아가는 님의 고개,

고우나 고운 꽃밭
빤히 저기 보이건만,

여기만 막다라짐³을
낸들 어이 하리오.

4

가르친 님의 손은
한결같이 곧건마는,

아수⁴은 이 내 마음
휘여서만 보려 했네,

당길 듯 퉁그러짐⁵을
뉘 탓할가 하노라.

2 허위고 : 숨차 하고.
3 막다라짐 : 앞이 막힘.
4 아수 : 내게 당김. 이랬으면 함.
5 퉁그러짐 : 뒤틀려 벗어남.

5

따스한 님의 날개
꿈이런 듯 벗어나니,

찬비에 모진 바람
몸 둘 곳을 내 몰라라,

덜미에 남은 운김⁶만
행여 슬까⁷ 하노라.

6

에워드는 사나운 물
뉘를 믿고 겁 안 내며,

치미는 불홍두깨
무엇으로 짓누르리,

님 떠난 이제부터야
굿셀 턱이 없어라.

7

봄꽃의 이슬 속에

──────

6 운김 : 따뜻한 기운. 온기.
7 슬까 : 없어질까. 소실될까.

님의 낯을 뵈오리다,

가을 숲 바람결에
님의 소리 들으련만,

님의 손 보들엄만은[8]
어이 만져 보리오.

8

진 데 마른 데를
해를 동갑[9] 휘돌아서,

마지막 찾아드니
도로 그냥 님의 품을,

목마다 딴 길만 여겨
새것 보려 했어라.

9

내 어이 님의 속에
못이 되어 박히리까,

---

8 보들엄 : 아주 부드러움.
9 해를 동갑 : 온종일.

거북타 하실 그때
고대[10] 빼내 물렸건만,

행여나 자국 났으면
덧나실까 저어라.

10 고대 : 즉시. 곧바로.

제2부
구름 지난 자리

다 거칠다 하여도 여전히 소담스러우신 것, 다 스러졌다 해도 그래도 그대로 지니고 있는 것, 겉으로 감쪽같이 없는 듯하면서도 보이지 않는 중에 뜨거운 불이 항상 활활거리는 것은 우리의 흙덩이며, 그 모래 틈마다 끼어 있는 대대 조상의 애쓴 자리가 아닌가. 조선의 산하와 거기 스미어 있는 묵은, 묵을수록 새롭고 향기로운 조선의 냄새는 그 어떤 것보다 끔찍한 내 마음의 양식이었다. 일일이 걸어서 이 신령한 땅들을 찾아다니면서 감격과 찬미의 제물로 드리는 축문이 여기 모은 몇 편의 시다. 그 땅에 찾아가서 이 글을 만들던 당시의 마음은 언제든지 내 생명의 목마름을 축이는 단비다.

단군굴에서 (묘향산)

1

아득한 어느 때에
님이 여기 나리신고,

뻗어난 한 가지에
나도 열림 생각하면,

이 자리 안 찾으리까
멀다 높다 하리까.

2

끝없이 터진 앞이
바다 저리 닿았다네,

그 새에 올망졸망
산도 둑도 많건마는,

엎드려 나볏¹들하다
고개들 놈 없구나.

---

1 나볏 : 납작히 엎드린 모양.

3

몇몇번 비바람이
아랫녘에 지냈는고,

언제고 님의 댁엔
맑은 하늘 밝은 해를,

드러나 환하시려면
구름 슬쩍 걷혀라.

2 아랫녘 : 어떤 지방의 남쪽 지방. 사람의 세계. 티끌의 세계.

강서 삼묘에서

* 평안남도 강서군의 서쪽 약 10리경에 있는 평야에 고구려 시대의 고분 세 개가 나란히
서 있다. 그 두 개의 묘에서 고구려 후기의 정련된 기술을 대표하는 훌륭한 벽화가 발
견되었다. 대개 1,400년 전의 작품으로 추정된다. 이 근처에 있는 다른 몇 군데 고분
벽화와 마찬가지로 동양에서 현존하는 가장 오래된 그림으로 중요한 작품이다.

1

흙 속에 깊이 들 때
울며 섧다 했을렸다,

드러나 빛나던 것
다 사라져 없는 날에,

버린 듯 파묻은 너만
남아 홀로 있고녀.

2

예술의 대궐 안에
네가 있어 발이 되어,

거룩한 우리 솥을
세계 위에 괴었나니,

남아야[1] 아무것 없다

---

1 남아야 : 다른 것이야.

구차할 줄 있으랴.

3
두 눈을 내리깔고
엄숙하게 섰노라니,

선마다 소리 있어
우뢰같이 어울리매,

몸 아니 떨리시는가
넋도 녹아 가도다.

석굴암에서

* 경주 토함산 불국사 뒷등성이에 동해를 바라보게 건조한 하나의 석굴이 있다. 건축과 조각의 뛰어남을 천고에 자랑해 온 신라의 보물로, 남쪽의 재앙을 진정시키기 위해 만든 것이다. 중앙의 석연좌[1] 위에는 석가여래의 상을 모셨다. 그 주위에는 십일면관음을 중심으로 하여, 그 좌우에 십나한의 입상을 만들어 두었다. 또 그 좌우와 입구의 양쪽 벽에는 천부신장 등의 상을 새겼다. 의장과 수법이 고상한 것은 물론이고, 그 수려한 풍채와 정제된 모양이 당시 신라의 미남 미녀를 모델로 하여 그대로 만든 것이라 한다.

1

퇴락한 꿈자취야
석양 아래 보자꾸나,

동방[2] 십만 리를
뜰 앞 만든 님의 댁은,

불끈한 아침 햇빛에
환히 보아 두옵세.

2

대신라 사나이가
님이 되어 계시도다,

이 얼굴 이 맵시요

---

1 석연좌(石蓮座) : 돌에 연꽃을 새겨 만든 자리.
2 동방 : 아득한 동해, 십만억불토(十萬億佛土)에 비(比)한 것. 현실 세계와 극락 세계 사이에 있다고 하는 십만억 넓이의 부처님의 땅을 비유.

이 정신에 이 솜씨를,

누구서 숨 있는 저를
돌부처라 하느뇨.

3
나라의 곬이 모여
이 태양을 지었구나,

완악한 어느 바람
고개들 놈 없도소니,

동해의 조만[3] 물결이
거품 다시 지리오.

3 조만 : 하찮은. 작은.

만월대에서(송도)

1

옛사람 일들 없어
예와[1] 눈물 뿌렸단다,

천지도 업히거니[2]
왕업이란 무엇이니,

석양에 만월대 터를
웃고 지나 가노라.

> * 원천석의 시조에 이런 것이 있다.
>   흥망이 유수하니 만월대도 추초로다.
>   오백년 왕업이 목적에 부쳤으니.
>   석양에 지나는 손이 눈물겨워하노라.

2

사람 같은 그림 속에
그림 같은 사람 모여,

공보다 빠른 눈짓
번개처럼 치고 받던,

---

1 예 : 여기.
2 업히거니 : 없어지거니.

³
향진을 아니 찾으랴
⁴
구정 밟고 가리라.

> * 고려 때에 매년 단오절에는, 무관 중에서 젊은 사람과 의관의 자제들을 뽑아서 도
> 시의 큰 길가에서 격구를 하였다. 어전으로부터 좌우로 이백 보 거리에, 용봉과 장
> 전을 설치했다. 길의 한 복판에 구문을 세우고, 부녀들도 또한 길 양쪽에 오색 비단
> 으로 장식한 장막을 세웠다. 이 장막을 화채담이라 한다. 격구하는 사람의 의복 장
> 식이 더없이 화려하여 사치스러우니, 말 안장 하나의 비용이 중인 열 가구의 재산
> 에 해당한다. 격구를 하는 사람들이 대열을 둘로 나누어 왼쪽과 오른쪽에 서면, 기
> 생 한 명이 공을 잡고 나아간다. 앞으로 나아가고 뒤로 물러나는 것이 모두 음악의
> 음절에 맞았다. 공을 길의 한복판에 던지면, 두 대열에서 모두 앞을 다투어 말을 달
> 려 나와, 공을 맞춘 사람은 이를 얻게 되고 나머지 사람은 모두 물러가서 서게 된
> 다. 구경하는 사람이 많이 모인다. (『용비어천가』 중에서)

3

송악산 봄수풀에
갖은 새가 노래하고,

'병풍에 그린 황계'
날개 치며 울려건만,

'연쌍비' 한번 간 넋은
돌아 언제 오는고.

> * 「오관산」은 효자 문충이 지은 것이다. 문충은 오관산 아래에 살면서 어머니를 지극
> 히 효성스럽게 섬겼다. 그의 집은 서울에서 30리 떨어진 곳이었는데, 모친을 봉양
> 하기 위해 벼슬살이를 하느라고 아침에 나갔다가 저물어서야 돌아오고는 하였으

---

3 향진(香塵) : 향기, 티끌.
4 구정(毬庭) : 궁중이나 귀족들의 집 안에 만들어 놓았던, 격구를 하는 넓은
  마당.

나 아침저녁으로 보살피는 일을 조금도 게을리하지 않았다. 자기 모친이 늙은 것을 한탄하여 노래를 지었는데 이제현이 다음과 같은 시를 지어 이 노래의 뜻을 풀어냈다.

나무토막으로 조그만 당닭을 깎아서
횃대에 얹어 벽에 올려 두고
그 닭이 꼬꼬하고 때를 알리게 되면
어머님 얼굴이 비로소 해가 서쪽으로
기울어지는 것같이 늙으시어라.

(『고려사』 권71 악지2 속악)

지금 부르는 「황계조」의 "병풍에 그린 황계 수탉이 두 날개 둥덩치고 짧은 목을 길게 빼어, 긴 목을 에후리어 사경의 일점에 날새라고 꼬끼요 울거든 오랴는가"는 이 원래의 사설로부터 유래한 것이 아닌가 한다.

* 우가 동강 이인임의 별장에서 기생 10여 명을 거느리고 피리를 불고 연쌍비와 더불어 함께 달리어 서울에 들어오면서 남의 갓을 길에서 빼앗아 과녁 삼아 이것을 쏘았다. 우가 또 연쌍비와 함께 고삐를 나란히 하여 다야참에 매일 행차하는데, 그때 연쌍비의 의관이 우와 다르지 않아서 길 가는 사람이 두 사람을 구별하지 못하였다. (『동국통감』 신우 13년)

천왕봉에서(지리산)

1
인간에 발 붙이고
하늘 위에 머리 두어,

아침 해 저녁 달을
금은 한 쌍 공만 여겨,[1]

번갈아 두 편 손 끝에
주건 받건 하더라.

2
돌아봐 백두러니
내다보매 한라로다,

천리에 마주보며
높은 자랑 서로 할 때,

셋 사이 오고 가는 말
천풍이라 하더라.[2]

1 금은 한 쌍 공만 여겨 : 금과 은으로 된 한 쌍의 공으로 여겨.
2 천풍(天風) : 하늘의 바람.

산 1,915미터(6,320척), 금강산 1,638미터(5,894척)

3

어머니 내 어머니
아올수록 큰어머니,

따스한 품에 들어
더욱 느낄 깊은 사랑,

떠돌아 몸 얼린 일이
새로 뉘쳐집니다.

* 조선인의 옛 신앙에서는 하늘을 생명의 주인으로 여기고, 산을 하늘의 문으로 여긴다. 그 지역에서 높은 산의 가장 큰 봉우리를 생명의 본원으로 숭앙하고, 이러한 산악을 「붉」이라 「돍」이라 「술」이라 일컬었다. 이러한 산을 인격화한 신을 성모, 혹은 왕대부인이나 노고[3]라 부른다. 그 곳에 사당을 모시고 제사를 지내니 이러한 산악을 「어머니 봘」이라고 불렀다. 지리산은 남방에 있는 모악 중의 모악으로, 지금까지도 속칭에 어머니 산이라 부르는 버릇이 남아 있다.

3 노고(老姑) : 할머니.

비로봉에서(금강산)

1

하느님 석가산이
어이 여기 와 있는고,

귀여운 큰아드님[1]
무엇으로 고일까[2] 해,

차마도 아까운 이것
물려 주심이니라.

2

동해의 잔물결이
세어보면 얼마인지,

만 이천 봉 저마다의
만 이천씩 신기로움,

만 이천 서로 얽힌 수[3]
겨눠 본다 하리오.

---

1 큰아드님 : 조선인. 도교(道敎)에서 동방을 큰아들로 여김.
2 고일까 : 사랑할까. 총애할까.
3 수(數) : 숫자. 개수.

3

우연히 돌 한 덩이
내어던져 두신 것이,

시킨 적 한 적 없이
되어도 저리 되니,

짓자지[4] 않는 조화가
더욱 놀랍사외다.

4 짓자지 : 그리 만들려 하지.

압록강에서

*압록강은 옛 조선의 영토에서는 남방에 치우쳐 있는 국내의 강이었다. 이것이 아주 북쪽 국경이 되면서 조선인은 반도라는 자루 속에서 웅크리고 숨도 크게 쉬지 못하였다. 최영 장군으로 인하여 오래간만에 요수 저편의 넓은 뜰에나마 활개를 다시 칠까 하였더니, 태조가 위화도까지 와서 딴 뜻을 두고 회군을 하는 통에, 모처럼의 기회도 수포로 돌아가고 말았다. 이 강을 건너질러 놓은 철교는 어찌 보면 떨어졌던 옛 땅을 거멀못으로 찍어 당긴 것 같기도 하다. 이 물 한 줄기를 경계로 하여 이쪽에는 하얀 사람이 다니고 저쪽에는 퍼런 사람이 우물우물하고 있다는 대조적 풍경은 재미있기도 하지만 느껴지는 바도 많다. 옛 땅을 되찾는다는 뜻을 가진 고구려의 옛말은 "다물(多勿)"이라고 『삼국사기』가 전한다.

1

말 씻겨 먹이던 물
풀빛 잠겨 그득한데,

위화 섬 밖에
떼¹노래만 높은지고,

맞추어 궂은비 오니
눈물겨워하노라.

2
안뜰의 실개천이
언제부터 살피² 되어,

---

1 떼 : 뗏목.
2 살피 : 땅과 땅 사이의 경계선을 나타낸 표.

흰옷 푸른 옷이
편 갈리어 비치는고,

쇠다리 검얼 아니면
다물 볼 줄 있으랴

3

굽은 솔 한 가지가
저녁물에 비치니,

추도님 활등인 듯
도통 어른 채찍인 듯

꿈 찾아 다니는 손이
놓을 줄을 몰라라.

3 흰옷 푸른 옷 : 흰옷은 조선인을 가리키고, 푸른 옷은 중국인을 가리킴.
4 검얼 : 거멀못. 두 쪽을 찍어 당기어 매는 못.
5 다물 : 옛 땅을 회복한다는 뜻의 고구려 옛말.
6 추도(鄒牟) : 광개토왕비에 나타난 고구려 시조의 이름. 주몽의 옛 말.
7 활등 : 활짱(활의 몸체)의 등.
8 도통(都統) : 최영 장군.

대동강에서

1

흐르는 저녁볕이
얼굴빛을 어울러서,

쪽 같은 한가람을
하마 붉혀 버릴려니,

갈매기 떼 지어 나니
흰창¹ 크게 나더라.

2

바다로 나간 물이
돌아옴을 뉘 보신고,

재 너머 비낀 날을
못 머물 줄 알 양이면,

이 갈² 이 다 술이라도
많다 말고 자시소.

---

1 흰창 : 흰 공작.
2 갈 : 강물.

3

머리끝 부는 바람
그리 센 줄 모르건만,

켜묵은 갖은 시름
그만 떨쳐 다 나가니,

몸 아니 깨끗하온가
배도 거뜬하여라.

한강을 흘리저어

1
사앗대[1] 슬그머니
바로 질러 널 때마다,

삼각산 잠긴 그림
하마 깨어 나올 것을,

맞추어 뱃머리 돌아
헛일 만드시노나.

2
황금 푼 일대장강[2]
석양 아래 누웠는데

풍류 오백 년이
으스름한 모래톱을,

긴 여울 군데군데서
울어 쉬지 않아라.

---

1 사앗대 : 배를 미는 막대. 상앗대.
2 일대장강(一帶長江) : 매우 긴 강.

3

깜짝여 불 뵈는 곳
거기 아니 노들인가,

화룡[3]이 꿈틀하며
뇌성조차 니옵거늘[4],

혼마저 편안 못 하는
육신 생각 새뤄라[5].

* 조선 왕조 5백 년의 정치사에서 가장 희극적인 장면은 말할 것도 없이 단종의 폐
 출과 사육신의 죽음이라는 장렬한 1막이다. 예전의 조선 왕조의 다른 무엇을 다 없
 애더라도, 이것 하나만 있으면 언제까지라도 왕조의 도덕적 광휘를 돌리기에 부족
 이 없을 만한 것이 그들의 충성과 절개다. 이 사건은 진실로 대조선 남아의 굳센
 기상과 의로운 뜻이 이따금 소리를 지르며 나타나는 가락이었다. 의를 태산으로
 여기고 목숨을 가볍게 여긴 결과는 육신의 굳센 혼이 노량진 앞에 하루아침의 이
 슬로 변한 것이다.
  그리하여 그 땅에 흙을 긁어 모은 것이 지금 한강 철교 건너서 조금 가다가 있는
 노송 언덕이다. 사육신의 놀란 혼을 위로하고 제사를 지내는 설비조차 없다. 오히
 려 하루에도 몇 십번씩 그 앞으로 버릇없는 송아지 소리를 지르면서 지나다니는
 기차의 진동이 바스러져 없어지려는 마른 뼈마저 괴롭힌다. 철교 위로 우르르 지
 나는 그 예의 없고 조심성 없는 소리와 꼴을 볼 때마다 곧 주먹을 부르쥐고 가서
 떠엎을 생각조차 나지 않는다. 그러나 그런 어른의 영혼이 인간에 있을 리야 없겠
 지 하고는 노여움의 불을 겨우 눌러 끈다.

3 화룡(火龍) : 기차.
4 니옵거늘 : 일어나거늘.
5 새뤄라 : 새로워라.

웅진에서(공주 금강)

1

다 지나 가고 보니
거친 흙이 한덩이를,

한숨이 스러질 때
웃음 또한 간 곳 없네,

반천 년 오국풍진[1]이
꿈 아닌가 하노라.

> *조선의 역사에서나 전체 동양사에 있어서나 가장 흥미롭고 교훈이 많은 시기는, 언제보다도 한반도에서 삼국이 패권을 다투던 때이다. 이것이 안으로는 조선의 민족적 사회적 문화적 통일의 기운이 일어나는 일인 동시에, 밖으로는 동양에서 일본, 중국, 한국이라는 삼국이 정립하게 되는 발단이다. 고구려의 강대함을 약화시키려는 신라가 당의 세력을 이용하고, 신라의 압박에서 벗어나려고 하는 일본이 백제의 원호를 얻음이 다섯 개가 합치는 태극처럼 어울려서, 외교적 군사적 기략을 있는대로 다하는 광경은 진실로 고금에 다시 없을 장관이었다.
>
> 그 중심 무대가 바로 이 금강의 일부분이었다. 그러나 이제 무엇이 남았는가. 쌍수산 밑에서 웅진, 석탄으로, 백마강이 내려가는 40리 긴 길에 눈에 띄는 것은 포플라 나무뿐이었다. 10만 척의 배와 백만의 용맹한 군대가 들리고 북적대던 것이 어디 발자국 하나나 남아 있나.

2

물 아니 길으신가

---

1 오국풍진(五國風塵) : 다섯 나라의 어지러운 역사. 여기서 다섯 나라는 고구려, 신라, 백제, 당, 일본을 가리킴.

들도 아니 넓으신가,

쌍수산 오지랖이
이리 시원한 곳에서,

켜묵은 답답한 일을
구태 생각하리오.

3
해오리 조는 곳에
모래 별로 깨끗해라,

인간의 짙은 때에
물 안 든 것 없건마는,

저 둘만 제 빛을 지녀
서로 놓지 않더라.

2 해오리 : 해오라기. 백로.
3 별로 : 매우.

금강에 떠서(공주에서 부여로)

1

돛인가 구름인가
하늘 끝이 희끗한 것,

오는지 가심인지
꿈속처럼 뭉기델 때,

생각이 그것을 따라
감을아득하여라.

2

석탄을 뵈옵고서
이정언을 아노매라,

뇌정은 휘뿌려도
풍월에는 종이심을,

나 혼자 웃고 지난다
허물 너무 마소서.

---

1 감을아득 : 묘연함.
2 석탄(石灘) : 공주 석탄에 은거한 이존오의 호. 이존오는 고려 말기의 문인.
3 이정언(李正言) : 이존오를 가리키는 밀로, '정언'은 고려 시대 벼슬의 이름.
4 종 : 노비. 여기서는 천둥 벼락이 아무리 세력이 강해도 고요한 바람과 달보
   다 약하다는 뜻으로 사용.

* 공주에서 배를 타고 금강을 따라 부여로 내려가다 보면, 십 리 좀 못 미쳐서 석탄을 지난다. 『동국여지승람』에 이러한 내용이 있다.

고려 때, 바른 말을 하던 선비 이존오가 글을 올려 신돈을 탄핵하였다가, 장사(지금의 무장현)의 감무로 좌천되었다. 그 뒤에 이곳에 살면서 여울 위에 정자를 짓고 한가로이 시를 읊으면서 삶을 마쳤다. 그가 시를 짓기를, "백제 옛 나라 장강 굽이에, 석탄의 풍월이 주인 없는 지 몇 해이런가. 들불이 언덕을 사르니 평탄하기 손바닥 같은데, 때때로 소가 묵은 밭을 가네. 내가 와 정자 짓고 승경을 더듬으니, 온갖 경치 아름답게 앞으로 몰려드네. 구름과 연기는 교사(蛟蛇)의 굴에 끼었다간 사라지고, 산 아지랑이 아물거리며 먼 하늘에 떠 있다. 흰 모래 언덕 뚝 끊기매 갯물이 들어오고, 큰 암석이 연달아 물가에 비꼈구나. 조각배 저어 남으로 올효조로 돌면, 돌 난간 계수나무 기둥이 맑은 물을 굽어본다. 돌부처여, 그대는 의자왕 시대의 일을 목격하였으리라. 오직 들두루미 와서 참선하고 있구나. 상상해 보니 옛날 당나라 장수가 바다를 건너왔을 때, 웅병 십만에 북소리 둥둥 울렸으리. 도문 밖 한 번 싸움에 나라 힘을 다하여, 임금이 두 손 모아 결박을 당하였다. 신물 용도 빛을 잃고 제자리 못 지켰네. 돌 위에 남긴 자취 아직도 완연하다. 낙화암 아래에는 물결만 출렁대고, 흰 구름 천년 동안 속절없이 유연하다." 하였다. (『동국여지승람』권18 중에서)

3
백 리 긴 언덕에
초록장이 왜버들을,

다락배[5] 천만 쌍은
사라져라 꿈이언만,

물에 뜬 저 그림자가
돛대 괸 듯하여라.

5 다락배 : 다락이 있는 배. 전쟁이나 뱃놀이에 쓰임.

백마강에서(부여)

1

반월성 부는 바람
자는 백강 왜 깨우나,

잔물결 굵게 일면
하마 옛 꿈 들추렸다,

잊었던 일천년[1] 일을
알아 무삼하리오.

2

사나운 저 물결도
씹다 못해 남겼어라,

한 조각 돌이라 해
수월하게 보올것가,

조룡대[2] 그보다 큰 것
뉘라 남아 계신고.

---

1 일천년(一千年) : 백제가 망한 후의 천 년.
2 조룡대(釣龍臺) : 충청남도 부여 백마강 가에 있는 바위. 중국 당나라 장수 소
 정방이 이 바위에서 백제 무왕의 화신인 용을 낚았다는 전설에 있음.

3

예의배³ 당나랏말
바다 넘어 왜 왔던가,

허리 굽은 평제탑⁴이
낙조에 헐덕여를,

이겼다 악쓴 자취도
저뿐저뿐인 것을.

---

3 예의배 : 왜나라 배.
4 평제탑(平濟塔) : 신라와 당나라 연합군이 백제를 망하게 한 후에 그 역사를
  새긴 탑. 현재 부여 교외에 있음.

낙동강에서

1
마을의 작은 꿈을
쓸어오는 똘[1]과 시내,

모여서 커진 저가
또 그대로 꿈의 꿈을,

수없는 이들이 덤벼
바다된다 하더라

2
뭇뫼[2]의 그림자를
차례차례 잡아깔며,

막을 이 없는 길을
마음 놓고 가건마는,

조금만 얄은목[3] 지면
여울되어 울더라.

1 똘 : 도랑. 작은 시내.
2 뭇뫼 : 군산의 우리말 이름.
3 얄은목 : 얕은 여울.

3

무엇이 저리 바빠
쉴 줄도 모르시나,

가기 곧 바다로 가
한통치고[4] 마온 뒤면,

모처럼 키우신 저를
못 거눌까[5] 하노라.

---

4 한통치고 : 합치고. 모여들고.
5 거눌까 : 거느릴까. 보존할까.

제3장
날아드는 잘새

　무엇을 위하여 다리가 찢어지도록 돌아다니고 혀가 해지도록 아귀다툼하였던가. 무엇을 위하여 웃고 찡그리고 울고 발버둥쳤던가. 궁벽하나마 한 조각의 땅과 한 칸의 방과 한 개의 책상이 있어서 나를 위하는 나의 살림을 할 수 있고, 남하고 싸울 까닭이 없자면 없을 수 있었다.

　방의 현판을 일람각(一覽閣)이라 하였으나, 옛사람처럼 높은 데 앉아서 낮은 데 있는 모든 것을 한눈에 내려볼 턱은 본디부터 없는 바였다. 그 중에 한가한 해와 달의 정취가 있고, 즐거이 근심걱정을 흘려 보내니 보잘 것 없는 경치나마 잠깐 등에 지고 한번 보고 가볍게 웃을거리가 꽤 적지 않았다. 일람각에서의 흥을 읊은 것을 중심으로 하되, 심심하면 일람각을 벗어나 세상과 거리로 나갔으니, 그곳에서 먼지 쐬고 흙칠하던 기록을 더하여 이 한 편을 만들었다.

동산에서

1
외지다 버리시매
조각땅이 내게 있네,

한 나무 머귀[1] 덕에
뙤약볕도 겁 없어라,

수수깡 쏠린 창에나
서늘 그득 좋아라.

2
재 넘어 해가 숨고
풀 끝에 이슬 맺혀,

바람이 겨드랑에
선들선들 스쳐가면,

구태여 쫓지 않건만
더위 절로 가더라.

1 머귀 : 오동나무.

3

잎마다 소리하고
나무마다 팔 벌리어,

바람을 만났노라
우레처럼 들레건만,[2]

그대로 안두삼척[3]엔
고요 그득하여라.

2 들레건만 : 떠들썩하건만.
3 안두삼척(案頭三尺) : 책상머리.

일람각에서

1

한나절 느린 볕이
잔디 위에 낮잠 자고,

맨 데 없는 버들개[1]가
하늘 덮어 쏘대는데,

때 외는[2] 닭의 울음만
일 있는 듯하여라.

2

드는 줄 모른 잠을
깨오는 줄 몰래 깨니,

뉘엿이 넘는 해가
사립짝에 붉었는데,

울 위에 웅크린 괴[3]는
선하품을 하더라.

---

1 버들개 : 버드나무의 꽃.
2 외는 : 알리는.
3 괴 : 고양이.

3

뙤약볕 버들잎은
잎잎이 눈이 있어,

자라가는 기쁜 빛을
소복소복 담았다가,

바람이 지날 때마다
가물깜빡하더라.

새봄

1

다 살아 오는고야
묵은 가죽 소리컨만,[1]

지난해 잃은 꿈만
가뭇 다시 없으셔라,

그 속에 감추었던 꽃
어이한고 하노라.

2

옛 등걸인 체해도
간 해 그는 아니로다,

새잎을 자랑해도
옴쳤던[2] 것 피어남을,

가신 봄 뉘라시더뇨
온 봄 몰라 하노라.

---

1 묵은 가죽 소리컨만 : 봄에는 죽은 가죽으로 만든 북까지 좋아서 소리를 한다
  는 고사(故事)에서 인용.
2 옴쳤던 : 옴츠렸던.

3

거분한[3] 바람 아래
잔물결이 조으셔를,[4]

실버들 활개치며
덩실춤을 추는 저기,

높은 듯 낮은 그림자
제비 혼자 바빠라.

---

3 거분한 : 상태가 가볍고 상쾌한.
4 조으셔를 : '졸다[眠]'의 의미.

새잔디

1 – 잔디의 하소연
반가운 옛 얼굴은
다 어디로 가 계신고,

모처럼 뜨는 눈에
보이나니 서르신[1] 낯,

올해도 또 속았세라
옛 꿈 그려 하노라.

2 – 사람의 대답
꿈이건 아니거니
그는 이미 지난 일을,

만난 때 반가움만
서로 일러 보옵세라,

사라져 없는 자취야
찾아 무엇하리오.

---

1 서르신 : 설은. 낯선.

3 - 다 풀어서

덧 있는 그 무엇이
있다는 말 들으신가,

탐탐히² 모인 곳에
꽃이 피고 술 고이니,

매양에 이럴 양이면
아무렇다 어떠리.

---

2 탐탐히 : 깊고 으슥하게.

봄길

1

버들잎에 구른 구슬
알알이 짙은 봄빛,

찬비라 할지라도
님의 사랑 담아옴을,

적시어 뼈에 스민다
마달[1] 누가 있으랴.

2

볼 부은 저 개구리
그 무엇에 쫓겼길래,

조르를[2] 젖은 몸이
논귀에서 헐떡이나,

떼봄이 쳐들어와요
더위 함께 옵데다.

---

1 마달 : 마다 할. 싫다 할.
2 조르를 : 젖은 모양.

3

저 강 위 작은 돌에
더북할 손 푸른 풀을,

다 살라 욱대길[3] 때
그 누구가 봄을 외리,[4]

줌만 한 저 흙일망정
놓쳐 아니 주도다.

3 욱대길 : 억지로 시킴.
4 외리 : 어기리. 벗어나리.

시중을 굽어보고

잘난 이 가멸한[1] 이
옹기옹기 모인 채로,

불볕이 저 장안을
온통으로 찜을 보며,

헤쳤던 옷가슴 밖에
발을 마저 뽑아라.

---

1 가멸한 : 부유한.

혼자 앉아서

가만히 오는 비가
낙수져서 소리하니,

오마지¹ 않은 이가
일도 없이 기다려져,

열릴 듯 닫힌 문으로
눈이 자주 가더라.

---

1 오마지 : 오지.

혼자 자다가

밤중이 고요커늘
종이를 또 펴노매라,

날마다 못 그린 뜻
오늘이나 하였더니,

붓방아 예런 듯하고
닭이 벌써 울어라.

1 붓방아 : 글이 잘 써지지 않아 붓을 놓았다 뗐다 하며 헛붓만 놀리는 일.
2 예 : 과거.

동무에게

1
어디로 가려시오
어느 뉘를 믿으시오,

빙그르 휘돌아서
서는 데 가 서 보시오,

게서도 저는 접니다
남과 마주 서지오.

2
코 앞에 있습니다
진작부터 있습니다,

부르지 아니하여
기척하지 않을 뿐을,

객쩍게 어느 먼 데를
저리 헤매십니까.

3

봉화가 들렸구나
오는 기별 무엇일까,

이렇건 저렇거니
길신발만 맞춤하세,

떠나라 호령 나올 때
남 뒤지지 말게요.

1 길신발 : 먼 길을 떠나기 위해 입고 매고 하여 몸차림을 든든히 갖춤.

새해에 어린 동무에게

1

느셔라 부르셔라
그지없이 자라셔라,

하고[1] 먼 큰 목숨이
뿌리뿌리 뻗으실 때,

북[2] 한번 다시 돋는 날
서을[3]이라 합니다.

2

또 한층 올라섰네
더욱 멀리 내다뵈네,

우리의 참 목숨이
어디만치 있삽든지,

맨 앞에 다시 그 앞에
겐 줄 알고 갑시다.

1 하고 : 크고.
2 북 : 나무 심고 흙 모은 것.
3 서을 : 설날.

3

새 목숨 짓고 지어
끊이울 틈 없는 우리,

때마다 이엄이엄
서을이오 또 서을을,

날로도 멀겠삽거든
해로 말씀하리까.

세 돌

1

온울을 붉히오신[1]
금직하신[2] 님의 피가,

오로지 이 내 한몸
잘 살거라 하심인줄,

다시금 생각하옵고
고개 숙여 웁니다.

2

어제런 듯 아장이다
오늘같이 강중거려,

느는 걸음 환한 길에
가쁜 줄 모르괘라,

있다가 돌부리 채도
새 힘날 줄 알리라.

---

1 온울 : 온 세계. 천하.
2 금직하신 : 귀여운. 대단한.

3

멀거니 가깝거니
바르거니 비뚤거니,

질거니 마르거니
나는 다 모르옵네,

이 길이 그 길이라기
예고[3] 옐 뿐이옵네.

---

3 예고 : 가고.

하느님

다 알아 장만하여
미리미리 주시건만,

받자와 쓰면서도
나오는 데 몰랐더니,

어쩌다 깨단하옵고[1]
고개 다시 숙여라.

---

1 깨단하옵고 : 깨닫고.

님께만

한 겹씩 풀고 풀어
모조리 다 헤쳐 버려,

가만과 가리움을
씨도 아니 두옵기는,

님께만 벌거숭이로
난 채 뵈려 하왜라.

1 난 : 생긴 그대로.

창난 마음

가시고 씻을수록[1]
자국 어이 새로운가,

뿌리는 얼마완대
끊을수록 움 돋는고

이 샘 밑 못 막을세라
메우는 수 없고녀.

1 가시고 : 부시고. 쏟어내고.

웃으래

웃는 이 웃으래라
웃는 그를 내 웃을사,

얽고 검으신 채
더할 나위 없으시니,

님 밖에 다시 누구를
곱게 볼 줄 있으랴.

어느 마음

돌바닥 맑은 샘아
돌우는 듯 멈추어라,

진흙밭 구정물에
행여 몸을 다칠세라,

차라리 막힐지언정
흐려 흘러가리오.

턱없는 원통

눌보담[1] 어리석음
제가 먼저 아옵나니,

속고 또 속는 밖에
다시 할 일 무어리만,

번번이 또 속다 하여
웅소리[2]를 하도다.

1 눌보담 : 누구보다.
2 웅소리 : 마땅치 못해 지르는 소리.

어느날

포플러 그늘 곁에
바람이 장단치건,

매아미 노래하고
메뚜기는 춤을 추네,

맞추어 시원한 바람
이마 스쳐가더라.

한강의 밤배

달 뜨자 일이 없고
벗 오시자 술 익었네,

어려운 이 여럿을
고루고루 실었으니,

밸랑은 바람 맡겨라
밤 새울까 하노라.

깨진 벼루의 명(銘)[1]

다 부숴지는 때에
혼자 성키 바랄소냐,

금이야 갔을망정
벼루는 벼루로다,

무른 듯 단단한 속은
알 이 알까 하노라.

---

1 명(銘) : 금석, 기물, 비석 따위에 남의 공적을 찬양하는 내용이나 사물의 내
력을 새김.

제백팔번뇌

최군은 시에 대한 명성을 다툰 게 아니라
고국에 대한 생각에 가장 마음을 두었네.
황혼에 문을 닫으니 꽃이 눈처럼 떨어져 있는데
나비와 더불어 날며 강성에서 취하였네.

져 가는 석양이 강에 잠기니 강둑도 분간하지 못하겠고
행인이 나루터에 이르니 풀만 무성하구나.
바람 불고 산 비에 어둑어둑한 가운데
꾀꼬리만 홀로 깊은 숲속에서 우는구나.

파협의 「죽지사」와 장강의 「후정화」
서서히 울려 퍼져 어부와 나무꾼을 깨우네.
능히 「양춘」의 악곡에 화답할 수 있어
모든 나무들이 그늘에 가려 있음에도 무성히 푸르름을 드러내네.

「황하원상사」보다 늦게 나왔으나
동시대 문인들이 아무 말도 못하고 자신들을 부끄러워하네.

닭 울고 달 지는 새벽 풍경 너머로
깊은 산을 울리고 바윗돌도 슬프게 하네.

석전산인

발문

　육당과 나는 20년 전부터 사귄 친구이다. 성격과 자질에는 차이가 있지만, 서로 생각이 통하고 취미가 맞아서 어깨동무하고 거리를 거닐며 같이 세태를 탄식하고 서재에 배를 깔고 엎드려 서적을 평론도 하였다.

　내가 남의 집에 가서 자기 시작한 것도 육당의 집에서 잔 것이며, 육당이 북촌길에 발 들여 놓기 시작한 것이 내 집에 온 것이었다. 이와 같이 교분이 깊던 우리 두 사람이 세상의 변화를 겪은 뒤에 서로 흩어져서 오랫동안 서로 만나지 못하였고 서로 만나지 못하는 동안에 두 사람 사이에 있던 차이는 두드러지게 드러났다. 그러나 통하던 것이 막히지는 않았고 맞았던 것이 떨어지지는 않았다.

　지금이라도 육당의 일에 대해 그 옳고 그름을 바르게 말하는 데는 최근에 육당의 주위에 모였다 헤어졌다 하는 사람들보다는 내가 나으리라고 자신한다. 이것은 다름이 아니라 우리 두 사람이 집안에서 곱게 자란 채로 적어도 깊이 세상에 물들기 전에 사귄 까닭이다.

　육당은 불교의 가르침에 심취하여 설법을 한량없이 쏟아낼 때도 있었으며 극락왕생을 원하기도 하였다. 그러나 이는 말뿐이어서

현실의 세계에 집착하는 것이 남이 보기에 심하니 이는 육당이 번뇌에서 벗어나지 못한 까닭이 아닌가 한다.

대체로 육당이 사랑으로 인하여 번뇌하고 번뇌로 인하여 시조도 짓는 듯하니, 그 시조 백팔 편을 뽑아 '백팔번뇌'라 이름 붙인 것은 적절해 보인다. 그러므로 나는 이 제목을 지을 당시에 좋다고 말하였다. 『백팔번뇌』 백팔 편의 기조는 님을 사랑함이니 대체 육당의 님이 누구인가? 이것이 문제이다.

육당이 스스로 밝히지 않으니 여러 사람들이 가지각색으로 추측할 것이다. 육당과 친한 사람은 알겠지만, 육당 부부의 금슬은 매우 좋아서 그 사랑이 시조로 표현될 만큼 애틋하지는 않을 것이다. 그러니 육당의 부인이 육당의 님은 아닐 것이다.

또한 육당이 요즈음에 자못 풍류를 즐긴다고 자랑하듯 말한다. 그러나 넉넉지 않은 서생의 쏨씀이가 안으로 더욱 굳은 데다가 잘못된 수단으로라도 육당의 시선을 얻은 여인은 아직 한 사람도 없을 것이니, 유곽의 여인이 육당의 님은 아니다. 그러면 육당의 님은 공중누각에 감추어 둔 선녀 같은 미인이 아닐까? 그러나 이것도 사실이 아니다.

육당은 님이 있다. 애틋하게 사랑하는 님이 있다. 12~13세 때에 사랑의 싹이 돋은 뒤로부터 나이 들면 들수록 더욱더 연연하여 차마 잊지 못하는 님이 있다. 그 님이 있지 않았더라면 육당은 염불에 몰두하고 극락을 추구하여 결국엔 되돌릴 수 없게 되었을지도 모른다.

육당의 님은 과연 누구인가? 나는 그를 짐작한다. 그 님의 이름은 '조선'이다. 이 이름이 육당의 입에서 떠날 때가 없건마는 듣는 사람은 대개 그 님의 이름으로 부르는 것을 깨닫지 못한다. 『백팔번뇌』에는 님이란 말이 많아서 특히 문세가 되지만, 님을 사랑하는 근본 토대를 가졌다는 점에서 육당의 다른 작품도 다르지 않다.

최근의 저작으로만 보더라도 「단군론」은 물론 그러하니 다시 말할 필요도 없거니와 「심춘순례」가 그렇지 아니한가. 「백두근참」이 그렇지 않은가. 대개 육당의 저작으로 하나도 그렇지 않은 것이 없을 것이다. 저작마다 다른 것은 표현 형식일 뿐이다. 예를 들면 「단군론」이 그 사랑의 본래 자리를 장황히 서술한 서사시라 하면 『백팔번뇌』가 그 사랑의 발작을 단적으로 나타낸 서정시라 하는 것이 다를 뿐이다. 그 기조는 소경도 알 만큼 일반이다. 그러하면 내 말과 같이 님의 이름이 '조선'이라 하면, 육당을 허깨비와 씨름하는 장사로 여겨 말할 사람이 없지 않을 것이다.

그러나 사랑은 그 길을 밟은 사람이라야 말할 자격이 있다 하니, 엄밀히 말하면 육당과 같은 경험을 가진 사람이라야 육당의 사랑을 비판하여 말할 수 있을 것이 아니겠는가. 또 사랑의 나라에는 사랑 자체를 사랑하는 사람도 있다 하니 이로 보면 육당의 사랑은 훌륭한 구체적 대상을 가진 것이다.

그러나 『백팔번뇌』의 시조에는 자연히 높이 울려 나오는 리듬은 적고, 깊게 파고든 괴로운 생각이 많다. 이는 육당의 천성과 관계있기도 하지만, 무엇보다도 그 사랑의 대상이 맑은 눈동자와 흰 이를 가진 미인이 아니기 때문일 것이다.

육당은 최근에 보기 드문 시조 작가이다. '개소리 쇠소리 하노매라' 작가들과 같이 놓고 말할 수 없는 작가이다. 시조라는 조선 고유 시형을 다시 살리다시피 한 것은 육당의 노력이다. 육당은 시조를 우리 것이라 하여 매우 숭상하나, 시조가 시형으로 보아서는 그다지 숭상할 가치가 있는 것은 아니다.

나는 이런 의미로 일본의 하이쿠를 싫어하고, 일본의 와카와 한시의 절구, 페르시아의 루바이야트[1]를 즐겨하지 않으며, 우리의 시

---

1 루바이야트 : 페르시아 어로 된 4행 시집.

조를 숭상하지 않는다. 일본의 하이쿠는 악착한 일종의 시형으로 거의 대표라 할 만하다. 그 악착같음이 벼의 낱알로 조각한 불상과 흡사하다. 우리의 시조는 일본의 하이쿠에 비할 것이 아니나 그 악착같은 정도는 사실 오십보 백보이다.

시조를 숭상하는 육당이라도 나의 숭상하지 않음을 무리하다고 말하지 않을 것이다. 악착같은 예술품이 작자와 감상자에게 특별한 흥미를 주는 것은 별개 문제이다. 악착같은 형식을 싫어하는 나도 이것은 부인하지 않는다. 시조 형식이 악착같든지 아니든지 악착같음으로 흥미가 있든지 없든지 육당이 그의 님 '조선'에 대하여 사랑하는 감정을 표현하는 데는 둘도 없이 좋은 형식이라 할 것이다.

요즈음 육당이라는 사람에 대해 세간의 평가가 엇갈리고 있다. 어느 때는 우상으로 여기어 숭배하려던 자가 어느 때는 해로운 존재로 여기어 배제하려고 한다. 그러나 육당은 우상도 아니고 해로운 존재도 아니고 사람이다. 장점이 있는 동시에 단점이 있는 사람이다.

육당은 자기 개인에 대한 모욕이나 칭찬에 웃어 버리지 못할 사람이 아니나, 한번 그의 님 '조선'에 대하여 해를 끼치는 것에 대해서는 물불을 가리지 않을 정도로 감정이 격해져 과한 언동을 하고도 뉘우치지 않는다. 이는 육당이 그의 님 '조선'을 남달리 사랑하는 까닭이다.

사상가 육당, 언론가 육당, 문장가 육당은 말하지 않더라도, 학자로서의 육당의 경우에도 이 사랑으로 말미암아 끝까지 냉정한 과학자적 태도를 유지하지 못함으로써 그 귀중한 연구에 폐해를 끼침이 없지 않다. 나의 말을 듣고서 『백팔번뇌』를 보면 아직 육당을 보지 못한 사람이라도 육당의 진면목을 눈앞에 선명하게 그려볼 수 있을 것이다.

병인년 시월, 벽초 홍명희

육당과 시조

　재작년 겨울 어느 밤이라고 기억한다. 10여 명이 모인 어느 요정에서 육당을 만난 일이 있다. 꽤 오랜만에 만났던 것 같다. 9시쯤 지나서 사람들이 취하고 또 배불러 어지럽게 흩어진 술잔과 접시들을 앞에 놓고 떠들 때였다. 술 먹을 줄 모르는 육당은 취하지 않고도 취한 사람들과 같이 이 문제 저 문제로 고상하고 준엄한 토론을 하고 있었으나 술도 못 먹고 놀 줄 모르는 나는 한편 구석에 우두커니 앉아서 구경만 하고 있었다.

　그때에 육당은 무슨 생각이 났던지 내 곁으로 왔다. 육당에게 대해서는 무심한 애인에게 대한 듯한 수줍음을 가지는 나는 육당이 곁에 오는 것을 반갑게 알면서도 말없이 앉아 있었다. "춘원, 내 시조 하나 들어주오." 하고 육당은 내 무릎 위에 손을 놓고 시조를 10여 수 외웠다. 나는 가만히 듣고 있었다.

　한 수를 외우고는 그 가느다란 눈으로 나를 보며 비평을 구하였다. 나는 그때에 육당이 읽어 주던 시조를 다 기억하지도 못하고 비평한 말도 다 기억하지 못하지만 "무척 깊이도 생각해냈다.", "굉장히도 힘들여 표현을 하였다."하는 생각을 했던 것을 기억한다. 그리고 농담 삼아 "사뭇 주역이로구려."하고 비평한 말이 기억난다.

사뭇 주역이라는 말은 다만 농담만이 아니다. 작자가 철학적 의의를 포함시키려는 점에서, 그 표현이 하도 간결하고 힘차다는 점에서, 그렇기 때문에 좀 알아보기 어려운 점에서 주역이라는 말이 합당하다고 생각한 것이다.

육당의 시조는 신비주의에 가까우리만큼 그 생각이 깊고 상징주의에 가까우리만큼 기괴하다. 외형은 연애시인 듯한데 또 보면 애국시인 것도 같고 또 보면 인도의 카비르식 종교시인 것도 같다. 그 중에 어떤 것은 말이 되는 것도 같고 안 되는 것도 같고, 억지로 갖다 붙인 것도 같다가 곧잘 아귀가 들어맞는다. 운율에 이르러서도 여러 소리가 잡다하게 섞여 있는 꺽꺽스러운 소음인 듯하면서도 자세히 들으면 그 속에는 일종의 힘 있는 멜로디가 있는 것도 같다.

그 후에도 나를 만날 때마다 육당은 당시에 지은 시조를 한 수, 두 수 읽어 주었다. 그럴 때마다 한두 마디 평을 구하였으나 대개는 스스로 걸작이라고 비평해 버리고 말곤 하였다.

'유희 이상의 시조' - 이것이 목표라고 육당은 어느 기회에 말하였다. 과연 예부터 내려온 시조는 거의가 다 유희적 기분으로 지어진 것이다. 여기에 비하면 육당의 시조가 유희 이상인 것은 물론이다. 한 편의 시조를 얻기 위해 그는 반드시 3~4일을 두고 고심하였을 줄 안다. 육당은 무슨 글에나 힘을 기울이는 작가이거니와 시조에 있어서는 진실로 온 힘을 기울였을 것이다. 그 억짓손 센 육당이 가느단 눈이 찢어져라 하고 부릅뜨고 끙끙 소리를 치며 낳아 놓은 것이 그의 시조다.

그러나 그는 시조를 지으려 하여 시조를 짓는 사람도 아니며 또 지을 사람도 아니다. 그가 이렇게 한 자 한 구마다 피를 묻힌 시조를 모은 이 책을 『백팔번뇌』라고 이름한 것과 같이 그에게는 부걱부걱 고여 오르는 번뇌가 있다. 가장으로서의 번뇌, 중생으로서의 번뇌, 누구나 이 번뇌가 없으랴마는 육당이 강렬한 성격의 사람인 것만큼, 자존심 강한 사람인 만큼 그 번뇌도 남보다 크다.

그럴 때마다 그가 이 번뇌에 이름을 붙이려 한 것이 그의 시조다. "시조로 표현 못 할 것은 없소." 하는 것이 육당의 지론이거니와 육당은 시조에서 자기의 번뇌를 표현할 가장 좋은 그릇을 발견한 것이다. 그래서 육당은 시조를 짓는다. 그런 시조를 108개 모아 놓은 것이 『백팔번뇌』다.

이러한 점으로 육당의 시조는 우리 시조사상에 새로운 영역을 연 것이다. 육당의 시조가 예술적 가치가 있는지 없는지는 의견이 분분하겠지만, 그의 시조가 새로운 영역을 개척했다는 점은 부정할 수 없는 공적이다. 시조와 육당은 국어와 주시경과 같은 관계가 있다. 시조를 국문학의 중요한 영역으로 소개한 이가 육당이요, 시조의 형식으로 새로운 사상을 담아 처음 지은 이도 육당이다.

『대한유학생회보』와 『소년』과 또 『청춘』 잡지에 국풍이라는 이름으로 발표된 육당의 수십 편의 시조는 시가 신문학으로 새로 태어나는 선소리였고 또 육당이 선집한 『가곡선』은 청년에게 국문학으로의 시조를 처음으로 보여 준 것이었다. 이런 점에서 육당은 시조를 부활시킨 은인이다. 이러한 육당의 시조집이 시조집의 효시로 세상에 나오게 된 것은 극히 의미 깊은 일이다.

시조는 멀리 삼국 시대에, 아마 더 오래 전에 나타난 백성의 노래다. 한시 작가들이 시조의 형식을 빌어 한시적 표현을 썼기 때문에 시조가 한시에서 온 것이 아닌가 하는 이도 있다. 시조(詩調)라고 쓰는 것은 이 때문이다. 그러나 신라의 향가나 무당의 노랫가락이 모두 시조체인 것을 보아 시조는 우리 민족 고유의 시가 양식이라고 보는 것이 마땅하다고 믿는다.

시조의 형식, 운율 등에 관하여는 아직 연구할 것이 많거니와 최근에 흔히 신문 잡지에 나는 것은 대부분 사이비 시조다. 시조란

세계의 시 형식 중에 가장 복잡하고 가장 까다로운 법칙을 가진 시형 중 하나이기 때문에 그렇게 쉽게쉽게 지어질 수 있는 것은 아니다. 올바르게 지으려고 힘써 본 사람이라야 비로소 그 어려움을 알 것이다.

육당의 시조가 모든 형식을 다 구비하였다고는 생각지 않는다. 시조에는 무수한 종류의 양식이 있다. 얼른 보기에 시조는 다 비슷한 듯하지만 그 용어와 격조에 대단한 차이가 있다. 가령 「황하수 맑다더니」와 「철령 높은 고개」와 「이 몸이 죽고 죽어」의 셋만을 놓고 보더라도 그 구법, 용어법, 격조에 상당한 차이가 있음을 알 수 있다.

이 때문에 시조가 육당의 말과 같이 "무엇이나 표현할 수 있"는 시형이 되는 것이다. 육당은 비록 각 양식을 다 쓰지는 못하였다 하더라도 쓴 양식에는 지극히 엄격한 법칙을 지켰다. "법칙은 시가의 생명"이라 하는 것은 현대의 사람들이 잊기 쉬운 진리이다.

마지막에 한마디 붙여 말할 것이 있다. 15~16년 전에 육당과 그 때 가인이라는 호를 쓰던 벽초와 내가 3인집을 하나 내어보자고 여러 번 의논하였다. 그러나 그 일이 되지 못하고 벽초는 중국으로 남양으로 표랑의 길을 떠났다. 육당도 감옥으로 신문사 사장으로 헤매고 나 역시 일본으로 시베리아로 중국으로 떠돌아다녔다.

이제 와서 세 사람이 다시 만나 보니 나보다 4년 위인 벽초는 벌써 머리가 홀떡 벗겨지고 손자가 말을 배우게 되었다 한다. 2년 위인 육당도 벌써 할아버지 될 때를 지났다. 그리 오랜 세월도 아닌데 세상일의 변천이 하도 빨라 가히 격세지감을 느낀다.

이제 육당이 『백팔번뇌』를 간행하는 것을 축하하는 뜻으로 벽초도 쓰고 나도 이 글을 써서 육당의 글과 한 책에 실리게 되니 또한 인연이 아닐 수 없다.

병인년 어느 가을날에 춘원 이광수

발문

육당이 자신이 지은 우리말 시조를 모아 이 가운데 108수를 뽑아서 '번뇌집(煩惱集)'이라 하고 거기에 그 작품수를 덧붙여 제목을 지었다.

시조는 짧은 노래로, 40여 자로 작법의 기본으로 삼는다. 4자로 3자를 이으며 이를 거듭하여 초장으로 삼는다. 앞부분은 6자 뒷부분은 8자로 하여 중장으로 삼는다. 3자를 하나의 구로 하여 5자로 잇고 4자로 끝맺어 종장으로 삼는다.

종장 첫구 3자와 마지막 4자는 중장의 뒷부분을 4자로 맺는 것과 같으며, 초장의 앞부분과 뒷부분이 2자나 3자, 5자나 6자가 되어서는 안 되니, 이것이 바로 시조를 짓는 정해진 법이다. 그 나머지는 혹 글자를 더하여 길어지거나 혹 글자를 줄여서 짧아질 수도 있다.

예컨대 초장의 후반부는 4자로 더하여 시작할 수 있다. 중장의 전반부는 줄여서 5~7자가 될 수도 있으며, 그 후반부의 시작은 5자로 해도 되고 또 3자로 해도 되니, 작자로 하여금 글자 수 조절하는 것을 스스로 판단하게 하고 이에 근거하여 지나치게 구애되지 않도록 한다.

그럼에도 시조는 짧아서 그 음보도 지극히 작고 박자도 조밀하니, 깊고 오묘한 것을 끌어내어 놓은 것에 마땅히 스스로 통달하여서 취할 바가 없을까 염려해야 한다.

　더욱이 종장의 3자를 하나의 구절로 삼는 것을 임의로 바꾸면 한 수의 뜻이 이로 말미암아 바뀌게 되니, 그 세가 바뀌면 한갓 그 바꾼 것을 귀하게 여기게 되고, 또 계속 바꾸고자 하여 멈추어야 할 바를 잃게 될 것이다. 이러한 원리는 여타 시문에는 없는 것이다. 이로 말미암아 시조의 작자를 찾아보기 힘들다.

　육당은 처음 시조를 배울 적에 나라의 변고를 슬피 생각하여 민간의 노래를 살려 시조를 만들려고 노력하여 우뚝 독보적인 존재가 되었다. 육당은 그 노랫말이 기교가 넘치고 세련되는지는 따지지 않았다. 오직 정음과 고어에 충실한 것을 생각하고 중국의 문장은 참고하지 않았으며 목구멍과 혀에 걸리는 말은 배제하였다.

　육당은 이러한 데에 더욱 힘을 써서 시간이 지나자 자구에 대한 견해가 점차 생겨나서 법도대로 하지 않아도 저절로 빛남이 있었으니 시조가 이에 크게 공교해졌다. 이러한 사람은 동시대 선비들 가운데 오직 육당 한 사람뿐이었다.

　보는 것에 마음이 얽매이면 마음이 보는 것에 안주하게 되고, 보는 것이 마음을 바꾸면 마음이 보는 것을 바꿀 수 없다. 그러므로 보는 것은 그 진실이 아니다. 그런데 육당은 이에 얽매이지 않았기 때문에 그가 본 것을 그대로 드러내었을 뿐 탐색하여 표현한 것이 아니었다. 마치 오랫동안 산속에 살다가 홀연히 냇가 바위가 서로 다름을 깨닫고 홀로 조물의 원리를 깨달은 것과 같으니, 그곳을 찾는 자가 그러한 경지에 도달할 수는 없는 노릇이다.

　내가 지난해에 육당과 이웃에 살아서, 찾아가 시조법에 대해 물

---

1 깊고 오묘한 것을 끌어내어 놓은 것 : 시조 작품의 내용을 말한다.

었는데 그 대답이 끝이 없었다. 그러나 내가 사사로이 글에서 터득한 것으로써 헤아려 보니 점차 그 끝이 보이기 시작하였다. 동시에 나의 재주와 능력이 짧다는 것을 깨닫고 육당이 유독 뛰어나다는 것을 미루어 알 수 있었다.

때때로 육당에게 시조 한두 편을 보여 주면 육당은 그때마다 크게 기뻐하였고 혹 논평해 주기도 하였다. 또 육당이 고쳐 주기도 하였고, 육당이 직접 내 작품에 이어 시조를 짓기도 하였다. 육당은 종종 시조를 읊조리다가 아직 끝나지 않았는데 종종 스스로 말하기를 "이곳이 뛰어난 부분이로다!"라고 하였다. 이에 내가 그를 만류하며 말하기를, "뭐가 그리 급한가? 조금만 기다리면 내가 그 뛰어나고 부족함을 논평해 줄 터인데."라고 하며 고의로 그를 놀렸는데도 육당은 언짢아하지 않았다.

내가 비록 때때로 육당의 작품을 논평하였지만 내 친구 홍순유는 논평이 너무도 깊었다. 그러나 다른 사람들이 육당의 작품을 논평하는 것을 들어 보면 그 의도가 매우 한스럽다. 우리들이 육당을 비난하고 있는 것은 마치 아름다운 옥의 티를 지적하는 것과 같다. 그런 티가 있음에도 그것은 보배와 같으니, 어찌 시속의 사람들이 육당과 더불어 함께할 수 있겠는가!

혹자는 "육당의 시조가 마치 현학을 말하는 것 같다."고 하고, 혹자는 "전서나 주문 같아서 그 말뜻을 이해하기 어렵다."고 한다. 그러나 내 생각은 이러하다. 육당은 아스라한 경치는 좋아하지 않고 오묘하고 깊은 경지를 걸어가기 때문에 이 같은 치우침이 있는 것이요, 재주가 부족해서 그런 것은 아니다.

하나하나 모든 작품을 살펴보면 곧 그의 뜻을 적막하고 고요한 데에 부쳐 노랫말이 허공으로 솟아오를 만하니, 마치 미인과 향초가 온갖 자태를 갖추고 있는 것과 같다. 때때로 혹 마음을 쏟은 작품은 완전히 정신적으로 흘러 은은하면서도 오히려 말하려는 소재를 볼 수 있으니 이는 천성적으로 그러한 것이다. 그러니 육당을 어찌 비난할 수 있겠는가?

이제 나라 안에 이름난 사람들을 비교해 보면 노랫말이 그와 비슷한 사람이 드물다. 노랫말이 질펀하면 뜻을 잃고 노랫말이 공교로우면 정신에 누가 되어 정말이지 난관에만 이를 뿐 직접 그런 경지에 이른 적이 없다. 그럼에도 이러쿵저러쿵 그의 뒤에서 비난하니 어찌 그 차이가 현격하지 않겠는가.

또 난해한 것이 둘 있는데 자기의 지식이 깊지 않으면서 남이 그 노랫말을 쉽게 짓기를 바란다면, 그 난해함은 작자의 책임이 아닌 것이다. 평범한 것을 따르면 사람들의 지식이 거기에 이를 수 있을 것이나 노랫말을 어렵게 만들어 고의로 지나치게 한다면 이것이 작자의 책임인 것이다. 평범함과 지나침의 구분은 대번에 정할 수는 없겠으나, 글을 아는 자도 그가 말한 것을 어려워하는데 하물며 지금 비난하는 자들이야 말할 게 있겠는가.

이에 내가 감히 앞에 말한 것들에서 벗어나지 않았음을 질정하지 않을 수 있겠는가. 아, 노랫말은 실로 쉽게 볼 수 있으나 그 알아보는 어려움은 이와 같다. 육당이 각고의 노력으로 이 시조들을 지었으니, 그의 의도가 노랫말에 있는 것이 아니라 누가 알아보느냐 하는 데 있을 것이다.

병인년 중양절에 정인보 쓰다

경부철도노래

됴곡래노도털부경

5. 5 5. 3 | 2. 1 2. 3 | 5. 5 6. 5 | 1 0

(1) 우렁탸게 토—하난 긔덕소리 에
(2) 늘근니와 뎌리온니 셕겨안뎟 고

5. 5 5 2 | 2 1 2 3 | 5 5 6. 5 | 1 0

남대문을 드ㅇ디고 떠나나가 서
우리네와 외—국인 갓티탓스 나

5. 3 1. 3 | 2. 1 2. 3 | 5. 3 1. 5 | 1 0

쌀니부난 바—람의 형셰갓흐 니
내외틴소 다ㅣ갓티 익히디내 니

5. 3 4. 2 | 3. 4 2. 3 | 5. 5 6 5 | 1 0

날개가딘 새—라도 못짜르겟 네
됴고마한 셔ㄴ세샹 덜노일웟 네

1908년 신문관에서 출간한 판본에 수록된 악보

경부철도노래

1

우렁차게 토하는　기적 소리에
남대문을 등지고　떠나 나가서
빨리 부는 바람의　형세 같으니
날개 가진 새라도　못 따르겠네

2

늙은이와 젊은이　섞여 앉았고
우리네와 외국인　같이 탔으나
내외친소¹ 다같이　익히 지내니
조그마한 딴 세상　절로 이뤘네

---

1 내외친소(內外親疏) : 우리 민족과 외국인, 친한 사람과 소원한 사람을 통틀
어 가리키는 말.

3

관왕묘와 연화봉 　둘러보는 중
어느덧에 용산역 　다다랐도다
새로 이룬 저자는 　모두 일본 집
이천여 명 일인이 　여기 산다네

4

서관² 가는 경의선 　예서 갈려서
일색 수색 지나서 　내려간다오
옆에 보는 푸른 물 　용산 나루니
경상 강원 윗물 배 　모인 곳일세

5

독서당의 폐한 터 　조상하면서
강에 빗긴³ 쇠다리 　건너 나오니
노량진역 지나서 　게서부터는
한성 지경 다하고 　과천 땅이라

6

호호양양 흐르는 　한강 물소리
아직까지 귓속에 　젖어 있거늘

2 서관(西關) : 서도(西道)지방, 황해도와 평안도를 가리킴.
3 빗긴 : 가로지른.

어느 틈에 영등포 이르러서는
인천 차와 부산 차 서로 갈리네

7

예서부터 인천이 오십여 리니
오류 소사 부평역 지나간다데
이 다음에 틈을 타 다시 가려고
이번에는 직로로 부산 가려네

8

관악산의 개인 경⁴ 우러러보고
영랑성의 묵은 터 바라보면서
잠시 동안 시흥역 거쳐 가지고
날개 있어 나는 듯 안양 이르러

9

실과 같은 안양 내 옆에 끼고서
다다르니 수원역 여기로구나
이전에는 유수도⁵ 지금 관찰부
경기도의 관찰사 있는 곳이라

* 수원은 경기도의 수도로 그 규모와 지세, 풍경이 다른 군에 비해 탁월하다.

4 경(景) : 경치를 뜻함.
5 유수도(留守道) : 조선 시대에 유수(留守)가 다스리던 도읍. 수원도 그 하나.

10

경개 이름 다 좋은 서호 항미정
그 옆에는 농학교 농사 시험장
마음으로 화령전 첨배한 후에
큰 성인의 큰 효성 감읍하도다

* 서호는 화서문 밖 5리경에 있는, 정조 때 만든 저수지다. 이 저수지의 물을 받는 논밭이 수천 개에 이른다.
* 항미정은 서호에 있으며, 호수의 이름을 따라 명명한 것이다. 인근 거주인들이 와서 노는 곳이다.

11

달 바라는 나각은 [6] 어찌 되었나
물 구경터 화홍문 변화 없는데
운담풍경 [7] 때 맞춰 방화수류정
양어상연 [8] 겸하는 만석거로다

* 화홍문은 과천으로 흐르는 물의 입구인데, 그 문에 있는 누각은 물을 구경하는 곳으로 사용한다.
* 방화수류정은 화홍문에서 겨우 십여 걸음 떨어진 곳에 있다. 언덕 위에 있으며 모가 많이 난 정자다.
* 만석거는 또한 북쪽 호수라 하는데, 수원의 북쪽인 장안문 밖에 있어서 그러하다. 지금 계절에는 연꽃이 가득 펴 그 풍경이 서호에 뒤지지 않고 또한 그 못에서 임금께 진상하는 잉어를 기른다.

6 나각(螺角) : 수원 화성의 동북공심돈의 다른 이름. 내부에 나선형의 벽돌 계단이 있어 소라각이라고 부르기도 하고, 나각이라고 부르기도 함.
7 운담풍경(雲淡風輕) : 구름이 맑고 바람이 가벼움.
8 양어상연(養魚賞蓮) : 물고기를 기르고, 연꽃을 감상하는.

12

광교산을 옆두고　떠나 나가서
잠시간에 병점역　이르렀도다
북에 뵈는 솔밭은　융릉 모신 데
이름 높은 대황교　거기 있다오

13

이 다음에 정거장　오믜역⁹이니
온갖 곡식 모이는　큰 장 거리요
그 다음에 정거장　진위역이니
물새 사냥하기에　좋은 터이라

14

서정리를 지나서　평택 이르니
물은 늦고 산 낮아　들만 넓도다
묘한 경개 좋은 토산　비록 없으나
쌀 소출은 다른 데　당하리로다

15

게서 떠나 성환역　다다라서는
해가 벌써 아침때　훨씬 겨웠네

---

9 오믜역 : 오믜는 오산의 옛 지명.

십오 년 전 일청전¹⁰ 생각해 보니
여기 오매 옛일이   더욱 새로워

    * 성환은 갑오년 청일 전쟁 때 청일 양국의 군대가 혈전을 벌이던 전장이었다.

16

일본 사람 저희들   지저귀면서
그때 일이 쾌하다   서로 일컬어
얼굴마다 기쁜 빛   가득하여서
일본 남자 대화혼¹¹   자랑하는데

17

그중에도 한 노파   눈물 씻으며
그때 통에 외아들   잃어버리고
늙은 신세 표령해¹²   이 꼴이라고
떨어지는 눈물을   금치 못하니

18

말말마다 한이오   설움이어니
외국 사람 나까지   감동되거늘
쓸데없는 남의 공   자랑하기에

---

10 일청전(日淸戰) : 청일 전쟁.
11 대화혼(大和魂) : 일본의 웅장한 정신.
12 표령(飄零) : 처지가 딱하게 되어 이리저리 떠돌아다님.

저의 동포 참상을   위로도 없네

19

척수루의 빈터는   볼 수 있으나
월봉산의 싸움터   자취 없도다
안성천의 다리를   얼른 건너서
순식간에 직산역   와서 닿았네

* 척수루는 조선 시대 때, 역참을 맡던 관리가 체재하던 곳으로, 월봉산 중턱에 있다.
* 월봉산은 청일 전쟁 당시에 청나라 군대의 근거지였다.

20

백제국의 첫 도읍   위례성 터는
성암산에 있으니   예서 삼십 리
천오동에 놓았던   구리 기둥은
돌주초만 두 개가   남았다더라
^13

* 천오동은 성암산 아래에 있다. 여기에 세워진 구리 기둥은 연산의 철부, 은진의 미
  륵과 함께 '호서 삼거물'이라 칭한다.

106
—
시
가
문
학

21

이편 저편 보는 중   모르는 틈에

───────
13 석주초(石柱礎) : 기둥의 초석

어느덧에 천안역　다다랐도다
온양 온천 여기서　삼십 리이니
목욕하러 가는 이　많이 내리네

* 온양 온천은 우리나라에서 가장 큰 온천이며, 조선 왕조의 행궁이 있다. 탕의 수심
은 약 2척 5촌이다. 물의 색이 투명하고, 온도가 사람의 몸에 적당하다.

22

인력거와 교자가　준비해 있어
가고 옴에 조금도　어려움 없고
정결하게 꾸며 논　여관 있으나
이는 대개 일본인　영업이라니

23

이런 일은 아무리　적다 하여도
동포 생업 쇠함을　가히 알지라
그네들이 얼마나　잘 하였으면
이것 하나 보전치　못하게 되오

24

백제 때에 이 지명　탕정이라니
그때부터 안 것이　분명하도다
수천 년간 전하던　이러한 것을
남을 주고 객 되니　아프지 않소

25

소정리와 전의역　　차례로 지나
갈거리를 거쳐서　　조치원 오니
낙영산의 그림자　　멀리 바라고
화양서원 옛일을　　생각하도다

> * 낙영산은 속리산 북쪽 사면에 있다. 산봉우리가 수려하고 근처에 안개가 자주 끼
> 어 아름답다.
> * 화양서원은 낙영산의 화양동에 있는데, 우암 송시열이 만년에 은퇴하여 지내던 곳
> 이다.

26

내판역을 지나서　　미호천 건너
몇십 분이 안 되어　부강역이니
충청일도 윤내는　　금강가이라
쌀 소금의 장터로　　유명한데오

27

사십 리를 격조한　　공주 고을은
충청남도 관찰사　　있는 곳이니
내포일판[14] 넓은 들　끼고 앉아서
이 근처의 상업상　　중심점이오

---

14 내포일판[內―局] : 내포라는 한 구역.

28

계룡산의 높은 봉   하늘에 다니¹⁵
아태조¹⁶ 집 지으신   고적 있으며
금강루의 좋은 경   물에 비치니
옛 선비의 지은 글   많이 전하네

29

마미 신탄¹⁷ 지나서   태전¹⁸ 이르니
목포 가는 곧은 길   예가 시초라
오십오 척 돌미륵   은진에 있어
지나가는 행인의   눈을 놀래오

* 은진 미륵은 은진군 죽암리에 있는 관촉사 경내에 있다. 서호의 삼대 거물 중 하나다. 높이가 55척이고 둘레가 수십 척이라, 그 숭고하고 웅대함이 다만 우리나라뿐만 아니라 세계에서 그에 필적하는 것을 찾기 어렵다.

30

증약 지나 옥천역   다다라서는
해가 벌써 공중에   당도하였네
마니산성 남은 터   바라보는 중
그동안에 이원역   이르렀도다

---

15 다니 : 닿으니.
16 아태조(我太祖) : 조선의 태조.
17 마미 신탄(馬尾新灘) : 마미산과 신탄진. 마미산은 현재 충주시에 있는 산 이름.
18 태전(太田) : 대전의 옛 이름.

31

속리사가 여기서   삼십 리라니
한번 가서 티끌마음   씻을 것이오
운련 죽던 양산이   육십 리라니
쾌남아의 매운 혼   조상하리라

* 속리사는 보은군 속리산에 있다. 절의 얽은 짜임새가 과히 크고 아름다우며, 그 설치가 또한 빠짐없이 두루 갖추었다.
* 운련(韻連)은 신라 무열왕 당시의 장군이다. 백제와 싸울 때 양산에 진을 쳤는데, 밤에 적이 습격하여 위급을 당하였다. 부하 장수가 말하여, 적이 밤에 습격하였으니 장군께서 전사하여도 이를 알 사람이 아무도 없으니 지금 물러나 다음 기회를 노리는 것이 어떠하냐고 하였다. 그러자 운련 장군이 말하기를, 장부가 나라에 몸을 바치고 어디에서 목숨을 구할 수 있겠는가 하고 전사하였다.

32

고당포를 바라며   심천 이르니
크지 않은 폭포나   눈에 뜨이고
그 다음에 영동역   다다라서는
경부 사이 절반을   온 셈이니라

33

이십사번 화신풍   불어올 때에
때 좋다고 꽃피는   금성산인데
정든 손을 나누기   어렵다 하여
꽃다운 혼 스러진   낙화대로다

34

미륵 황간 두 역을 　바삐 지나서
추풍령의 이마에 　올라타도다
경부선 중 최고지 　이 고개인데
예서부터 남편을 　영남이라오

* 추풍령은 금산과 황간 사이에 있다. 우리나라 북쪽에서 내려온 태백산맥의 분수령
  이다. 이름은 영(嶺)이라 하나, 산세가 남북 양쪽으로 수백 리에 펼쳐져 오르락내리
  락하는 것이 평지나 다름없다.

35

얼마 안 가 금천역 　다다라 보니
이전부터 유명한 　큰 장 거리라
사통하고 팔달한 　좋은 덴 고로
이 근처에 짝 없이 　굉장하다데

36

그 다음의 정거장 　금오산이니
이름 있는 도선굴 　있는 곳이라
산 아래에 지었던 　길재 사당은
지낸 세월 오래다 　저리 되었네

* 도선굴은 선산과 금오산 가운데 있다. 도선(역자 주: 道詵, 827~898. 통일 신라 시
  대의 승려. 음양 풍수설(陰陽風水說)의 대가로서 널리 알려져 있으며, 태조 왕건에
  게 영향을 미침)이 수도하던 터라고 한다.
* 길재사(역자 주: 성조 때, 조선 초 성리학자 길재의 업적을 기려 금오산에 건립한
  사당)는 금오산에 있었으나, 지금은 무너져 없어져 버렸다. 대나무밭과 나물밭은
  지금도 남아 있다.

37

금오산성 넓은 곳   지금 어떠뇨
세 연못과 한 시내   그저 있는데
무릉도원 깊은데   역사¹⁹ 피하듯
이전부터 그 근처   피난처이라

* 금오산성은 선산과 금오산 위에 있던 성으로, 그 안에 세 개의 연못과 하나의 시내,
  아홉 개의 연못이 있다.

38

약목역을 지나면   왜관역이니
낙동강의 배편이   예가 한²⁰이오
삼백 년 전 당하던   임진왜란에
일본 군사 수천 명   머무던 데라

* 왜관은 인동군에 있는 한 마을이다. 임진왜란 때 왜군이 주재하였고, 그 후에 기유
  년에 남은 병사들이 모여 하나의 마을을 이루었으므로, 여기를 왜관이라 한다.

39

왜관 지나 신동에   신동 지나면
영남 천지 제일 큰   대구군이라
경상북도 모든 골   작고 큰 일을
총할하는 관찰사   여기 있으니

---

19 역사(役事) : 토목이나 건축 따위의 공사. 여기서는 세상에서 일어나는 큰일.
20 한(恨) : 끝.

40

부하 인구 도 총합 사만 오천에
이천오백 일본인 산다 하더라
산 이름은 연귀나[21] 거북 못 보고
집 이름은 영귀나[22] 관원 있도다

41

해해마다 춘추로 열리는 장은
우리나라 셋째의 큰 교역이니
대소 없이 안 나는 물건이 없고
원근 없이 안 오는 사람이 없네

> * 대구령은 봄 가을로 대구군에서 열리는 큰 시장이다. 공주령과 함께 남쪽의 양대
> 시장이다. 팔기 위해 모이는 자가 만여 명이고, 고객이 삼십여만 명에 달한다.

42

누구누구 가르쳐 팔공산인지
일곱 고을 너른 터 타고 있으되
수도동의 폭포는 눈이 부시고
동화사의 쇠북은 귀가 맑도다

> * 팔공산은 대구 북쪽에 우뚝 솟아 있는 산이다. 신녕, 영천 등 일곱 개 군의 교차지

---

21 연귀(連龜) : 연귀산은 거북산이라고도 불림.
22 영귀(詠歸) : 영귀루는 본래 자계서원 내부의 한 건물로 서생들이 시를 짓고
   풍류를 즐기던 곳이었으나, 고종 8년(1871년) 서원 철폐령으로 용도가 바뀌
   어 당시에는 관청으로 사용되었음.

점에 있다. 경치가 아름답고 또 명승의 유적이 많다.

43

달성산의 그윽한 운치 끼고서

경산군을 지나서 청도 이르니

청덕루의 불던 적²³ 소리가 없고

소이서국²⁴ 끼친 예 영자²⁵도 없네

* 청덕루는 청도에 있다. 이첨의 시에 "청적루 안에서 옥피리를 부네"라는 구가 있다.
* 소이서국은 청도 땅에 있던 옛 나라다. 이첨의 시에 "당시 예악은 이서국에 있었네"란 구가 있다.

44

성현 터널 빠져서 유천 다다라

용각산을 등지고 밀양 이르니

장신동의 기와집 즐비한 것은

시골촌에 희한한 경광이러라

* 성현 터널은 청도 정차장 근처 6리경에 있다. 길이가 115척에 이른다.

23 적(笛) : 피리.
24 소이서국(小伊西國) : 본래는 이서소국(伊西小國). 신라 유리왕이 정벌하여, 신라의 영토로 편입됨.
25 영자(影子) : 그림자.

45

밀양군은 영남의 　두서넛째니
예전에는 도호부 　두었던 데라
상업상의 조그만 　중심이 되어
상고들의 내왕이 　끊이지 않네

46

객관 동편 영남루 　좋은 경개는
노는 사람 지팡이 　절로 멈추고
만어산에 나는 돌 　쇠북과 같이
두드리면 쟁쟁히 　소리 난다네

47

그 다음에 있는 역 　삼랑진이니
마산포로 갈리는 　분기점이라
예서부터 마산이 　백 리 동안에
여섯 군데 정거장 　지나간다네

48

작원관을 찾으며 　낙동강 끼고
원동역을 지나서 　물금에 오니
멀지 않은 임경대 　눈앞에 있어

---

26 상고(商賈) : 상인.

천하 재자 고운을²⁷ 생각하도다

49

통도사가 여기서 육십 리인데
석가여래 이마뼈 묻어 있어서
우리나라 모든 절 으뜸이 되니
천이백칠십 년 전 이룩한 바라

> *통도사는 우리나라에서 가장 큰 절이다. 양산군에서 북으로 약 40리경에 있는 노서산 아래에 있다. 경내가 아득하니 고요하다. 또 산봉우리가 끊어졌다 이어졌다 하는데, 암석이 기이하고 숲이 울창하며 시내와 계곡물이 맑고 차, 경치의 아름다움이 실로 별천지다. 통도사의 대웅전 뒤에는 당나라의 삼장 법사가 천축에서 얻어 온 부처님의 뼈와 사리가 묻혀 있다.

50

물금역을 지나면 그 다음에는
해륙 운수²⁸ 연하는 구포역이라
낙동강의 어귀에 바로 있어서
상업 번성하기로 유명한 데라

51

수십 분을 지난 후 다시 떠나서

27 고운(孤雲) : 최치원(崔致遠; 857~?)을 말한다. 신라의 학자이자 시인. 낙동강을 유람하여 임경대에서 시를 지었다고 알려져 있음.
28 운수(運輸) : 큰 규모의 운송이나 운반.

한참 가니 부산진   거기로구나
우리나라 수군이   있을 때에는
초선 두어 요해처   방비하더니

52

해외 도적 엿봄이   끊이었는데
남의 힘을 빌어서   방비하는데
해방함 한 척 없이   버려두었고
있는 것은 외국기   날린 배로다

53

수백 년 전 예부터   일인 살던 곳
풍신수길 군사가   들어올 때에
부산으로 파견한   소서행장의
혈전하던 옛 전장   여기 있더라

54

범어사란 대찰이   예서 오십 리
신라 흥덕왕 때에   왜구 십만을

29 초선(哨船) : 적의 습격을 정찰하는 배.
30 요해처(要害處) : 방어에 중요한 지점. 지세가 적에는 불리하나 자기편에는
   중요한 지점.
31 풍산수길(豊臣秀吉; 1536~1598) : 도요토미 히데요시. 임진왜란을 일으킨
   장수.
32 소서행장(小西行長; ?~1600) : 고니시 유키나가. 임진왜란 당시 왜군의 선봉.

의상이란 승장이   물리침으로
그 정성을 갚으려   세움이라데

* 범어사는 온정에서 약 20리 되는 지점에 있으니, 경치가 아름답고 규모가 웅장하다.

55

삼십 리를 떨어진   동래 온정은
신라부터 전하는   옛 우물이라
수 있으면 도상의   피곤한 것을
한번 가서 씻어서   녹이리로다

*동래 온정은 동래에서 동북쪽으로 5리경에 있다. 풍경이 또한 맑고 아름답다.

56

영가대의 달구경   겨를 못하나
충장단의 경배야   어찌 잊으리
초량역을 지나면   부산항이니
이 철도의 마지막   역이라 하데

* 충장단은 부산진 정차장 근처에 있다. 임진왜란에 순절한 부사 정발(鄭撥)의 충장
  기념비가 있는 곳이다.
* 초량은 항구에 미치지 못한 해안 지역으로, 우리나라의 인가의 거의 절반이 여기
  에 있다. 부산항까지 철도가 개통되기 전에는 이 지역이 경부 철도의 종점이었다.

57

부산항은 인천의   다음 연 데니
한일 사이 무역이   주장이 되고
항구 안이 너르고   물이 깊어서
아무리 큰 배라도   족히 다히네[33]

58

수입 수출 총액이   일천여만 환
입항 출항 선박이   일백여만 톤
행정 사무 처리는   부윤이 하고[34]
물화 출입 감독은   해관이 하네[35]

59

일본 사람 거류민   이만 인이니
얼른 보면 일본과   다름이 없고
조그마한 종선도   일인이 부려[36]
우리나라 사람은   얼른 못하네[37]

---

33 다히네 : 닿네.
34 부윤(府尹) : 한 부의 행정 사무를 맡아 보던 으뜸 벼슬.
35 해관(海關) : 항구에 설치한 관문. 개항장에 둔 세관.
36 종선(從船) : 큰 선박에 딸린 작은 배.
37 얼른 못하네 : 근처에 가지 못함. 어른거리지 못함.

60

한성 남산 신령이　없기 전부터
윤산 신령 없은 지　벌써 오래니
오늘날에 이르러　새삼스럽게
강개함도 도리어　어리석도다

* 윤산은 동래의 진산이다.

61

검숭하게 보이는　저기 절영도
부산항의 목장이[38]　쥐고 있으니
아무데로 보아도　요해지지라[39]
이충무의 사당을　거기 모셨네

62

인천까지 여기서　가는 동안이
육십 시간 걸려야　닿는다는데
일본 마관까지는[40]　불과 열 시에
지체없이 이름을　얻는다 하네[41]

---

38 목장이 : 목덜미.
39 요해지지 : 요해처(要害處).
40 일본 마관(馬關) : 일본의 시모노세키 항.
41 이름을 얻는다 하네 : 매우 빨리 마관항에 도착하게 된다는 뜻.

63

슬프도다 동래는   동남 제일 현
부산항은 아국 중   둘째 큰 항구
우리나라 땅같이   아니 보이게
저렇듯 한심한 양   분통하도다

* 부산항은 경상남도 동래부에 속한다. 우리나라에서 1, 2위를 다투는 큰 항구며,
  2~3년 전에 개항하였다.

64

우리들도 어느 때   새 기운 나서
곳곳마다 잃은 것   찾아들이어
우리 장사 우리가   주장해 보고
내 나라 땅 내 것과 같이 보일까

65

오늘 오는 천 리에   눈 뜨이는 것
처진 언덕 붉은 산   우리 같은 집
어느 때나 내 살림   넉넉하여서
보기 좋게 집 짓고   잘 살아보며

42 아국(我國) : 우리나라.

66

식전부터 밤까지 타고 온 기차
내 것같이 앉아도 실상 남의 것
어느때나 우리 힘 굳세게 되어
내 팔뚝을 가지고 구을려 보나[43]

67

이런 생각 저 생각 하려고 보면
한이 없이 뒤대어 연속 나오니
천 리 길을 하루에 다다른 것만
기이하게 생각코 그만둡시다

삼가 이 노래를 어린 학생 여러분에게 드립니다.

---

43 구을려보나 : 굴려보나.

세계일주가

1914년 출간된 잡지 『청춘』 1호에 수록된 악보

서(序)

　이 작품은 세계의 지리와 역사에 대한 지식을 얻고 아울러 조선
이 세계의 교통에 있어서 얼마나 중요한 부분인지를 인식하게 하
고자 지은 것이다. 오늘날 세계의 큰 세력 있는 나라를 큰 교통로
를 따라서 순서대로 두루 돌아다니고자 하므로, 그 경유지를 북반
구 중간 일부에 한한다. 누락된 부분은 나중에 따로 제목을 달리하
여 지으려고 한다.

　여러 나라의 번성하고 풍요로운 도시에 인물도 많고, 역사적 유
물도 많으므로 백여 구의 단편으로 능히 자세히 다룰 수가 없다.
매우 조심히 고르고 버리며 자세하게 혹은 간략하게 배우는 자가
마땅히 알아야 할 사항들을 모은다고 모았으나, 다 갖추어지지 못
하고 이치에 맞지 않는 것이 많은 것은 피할 수 없는 일이다. 그러
니 학식과 견문이 넓은 사람들의 지적을 기다려, 나중에 고쳐 쓰고
자 한다.

　본문 중에서 난해할 것 같은 구절에는 거의 주해를 달았으나, 맥
락상의 편의와 인쇄상의 문제 때문에 주석의 형식이나 내용의 상
세하고 간략함이 고르지 못하다.

　지명이나 인명은 애써 그 나라의 음을 사용하였으나, 음이 정해

지지 않은 것은 영어나 라틴어식으로 표기했다. 이 또한 이후에 고칠 것이다.

이 편의 경로는 실제 지리에 의거하였으나, 같은 나라에서나 혹은 다른 나라에서 이미 지나간 곳을 우회하는 경우에 간혹 자연스럽지 못한 경로가 있을 수 있다.

아무리 귀와 입에 익숙하지 못한 인명이나 지명이 있다 하여도 어조가 부드럽지 못하고 문장이 시원하지 못한 것은 실로 재능 없는 자의 한계다. 부끄러운 땀이 어찌 마르겠는가. 다만 난삽하고 이해하기 어려운 부분은 짐작하여 보시기를 희망한다.

원래는 끝에다가 세계를 주유한 소감을 길게 썼으나, 여기에는 다 싣지 못했다.

세계일주가

한양아 잘 있거라 갔다 오리라
앞길이 질펀하다 수륙 십만 리
사천 년 옛 도읍 평양 지나니
굉장할사 압록강 큰 쇠다리여

* 수륙 십만 리 : 지구의 둘레는 대략 10만 리로 알려져 있다. 그러나 상하 남북으로
  각 지방을 경유하고, 산과 강, 계곡으로 여로가 굽이굽이 굽어지는 것을 감안하면
  그 수 배에 이를 것이다.
* 평양 : 최근에 조선을 남북으로 관통하는 철도가 세계의 교통로가 되어, 여객 화물
  이 갈수록 이 길로 모여들고 있다. 평양을 중심으로 북서쪽으로는 경의선이, 남동
  쪽으로는 경부선이 연결되어 있어서, 평양이 세계적 대로에 위치하고 있음을 보여
  준다. 경성의 남대문에서 출발한 열차가 겨우 열 시간 만에 신의주를 거쳐 압록강
  을 건너서 안동현(역자 주: 현재의 단둥시)에 도착한다. 다시 16시간 걸려 장춘에
  도착한다. 평양은 경의선의 역 중에서 역사가 가장 길고, 풍경이 좋으므로 장래에
  유수한 세계적 대도시가 될 것이다.
* 압록강 철교 : 인도를 겸한 철도 다리로, 큰 강 위에 길게 뻗은 모양이 참 장관이다.

칠백 리 요동벌을　바로 뚫고서
다다르니 봉천은　옛날 심양성
동복릉 저 솔밭에　잠긴 연기는
이백오십 년 동안　꿈자취로다

* 봉천 : 중국 성경성의 수도로, 만청의 옛 수도다. 궁전과 묘우가 있다.
* 동복릉 : 봉천성에서 동북쪽으로 30리경에 평원이 있다. 그 가운데 작은 소나무 숲
　이 있는데, 여기가 청 태조의 능이다.
* 이백오십 년 : 청나라의 대략적인 존속 기간.

남으로 만리장성　지나 들어가
벌판에 큰 도회는　북경성이라
태화전 위 날리는　닷동달이기[1]
중화민국 새 빛을　볼 것이로다

* 만리장성 : 전국 시대에 북방의 강성한 민족의 침입을 피하기 위해 흙과 돌로 건
　축한 성이다. 동쪽의 산해관에서 서쪽으로 가욕관까지 전체 길이가 8천여 리에
　이른다.
* 북경 : 중화민국의 수도. 북청 평야의 거의 한가운데 있다.
* 태화전 : 북경에 있는 옛 황궁의 정전으로, 현재는 총통 관저로 쓰인다.

만수산 동산 안은　쓸쓸도하다
떨어지는 나뭇잎　나부끼는데
의구한 정양문 밖　잡답한 시가[2]

1 닷동달이기(닷동달이旗) : 동달이는 병정의 소매 끝에 등급에 따라 댄 줄을
　뜻함. 닷동달이기는 5개의 줄을 댄 깃발. 오원기(伍員旗).
2 잡답(雜遝)한 : 어수선하게 모여 있는.

누런 티끌 하늘을　가리웠도다

* 만수산 : 북경에서 서북쪽으로 60리경에 있는 옛 청나라 태자궁의 소재지이며, 서
  태후가 즐겨 노닐던 이름난 정원이다.
* 정양문 : 황성의 남문. 문 밖에 있는 시가와 황성 동쪽의 조양 거리가 북경에서 가
  장 번화하다.
* 누런 티끌 : 중국 북쪽의 토지가 거의 다 황사인데다. 북경은 평원의 한가운데 있는
  도시다. 몽고의 큰 사막의 열풍이 아래로 내려오면 저절로 모래 먼지가 자욱해진
  다. 그렇지 않아도 티끌이 일어나면 누럴 수밖에 없으니, 중국인의 시와 문장에 홍
  진이니 황진이니 하는 말이 많은 것은 이 때문이다.

황하 천진 지나서　　대서 제국의
끼친 터를 좌우로　　지점하면서
양자강 입구 상해의　번화한 시가
동양 제일 무역항　　두루 본 뒤에

* 황하 : 북방의 큰 강. 길이가 약 1만 2천 리. 황토 위로 흐르므로 늘 누런 진흙물
  이다.
* 천진 : 북경에서 한 4백 리경 떨어진 백하안에 있다. 북경의 관문이며 북중국의 대
  상업 지역.
* 대서 제국 : 12세기경 주나라 주목왕 때에 우리 연해 이민족(역자 주: 중국 문헌에
  서의 동이족)이 건설하였던 나라. 중국의 강소성의 대부분과 하남, 안휘 양 성에 건
  설하였던 나라다. 언왕(역자 주: 徐偃王. 중원에 진출한 동이족의 마지막 전성기를
  이끈 인물)은 그 대표 인물이고, 그 사실이 『후한서』에 기록되어 있다.
* 양자강 : 중국 중부의 큰 강이니, 길이가 약 1만 5천 리다. 넓이가 또한 넓으므로 얼
  른 보면 바다 같은 데도 있다.
* 상해 : 양자강 거의 어귀에 있는 도시다. 중국에서 가장 오래된, 동양 최대의 개
  항장.

선창에 몸을 기대　황해 발해에

백구로 벗을 삼아　여순구 오니
이백삼 고지에　　육탄 혈전을
지는 해에 의희히³　짐작하도다

> *	황해, 발해 : 황해는 조선과 중국 사이의 바다. 이 바다가 그 북방 육지로 굽어 들어
> 온 것이 발해다.
> *	여순구 : 요동반도 남단의 요충지. 러일 전쟁의 혈전지였으며 지금은 일본의 군항
> 이다.
> *	이백삼 고지 : 러일 전쟁 당시에 가장 참혹했던 전투가 있었던 곳이다. 일본은 이
> 지역을 함락하여 여순을 취했다. 지금은 이영산이라 한다.

대련항은 남만주　대관문이라
예서 남만 철도의　손님이 되니
일천칠백 리 와서　장춘 끝 되매
같은 차로 동청선　접속하더라

> *	대련 : 여순구 옆 개항장. 남만주의 관문이다.
> *	장춘 : 길림성의 도시. 모피나 콩 등의 무역지이며, 남만주 철도의 종점이다.
> *	동청선 : 장춘에서 하얼빈까지 다니는 러시아 소유의 철도다.

송화강 다다르니　하얼빈이라
북만주 중심으로　시설이 큰데
동으로 해삼위에　잠깐 들러서
돌아서니 까맣다　시베리아벌

> *	송화강 : 백두산에서 발원하여 북쪽으로 흘러서 흑룡강으로 들어가는 강으로, 길이
> 가 4천 리에 이른다.

---

3 의희(依稀)히 : 드문드문 남은 자취에 의거하여.

* 하얼빈 : 동청선과 시베리아 철도의 분기점이며, 북만주의 중심이다. 러시아의 중
  앙 정차장이 있다.
* 해삼위 : 블라디보스토크. 러시아 연해주의 수도다. 시베리아 제1개항장으로, 시베
  리아 철도의 기점이며 태평양 함대의 근거지이다.
* 시베리아 : 러시아에 속한 북부 아시아 전체 지역. 조선의 4~5배나 되는 큰 땅이
  다. 첼리아빈스크에서 출발하여 블라디보스토크에 도착하는 시베리아 철도는 길
  이가 8천 리에 이른다.

여기까지 이르는　무변광야는
전숙신 후발해의　반만년 구강[4]
일망무제[5] 길 넘는　강냉이밭이
부질없이 옛 자취　파묻었도다

* 숙신 : 동방의 가장 오래되고 가장 강했던 민족으로, 고조선인의 일부이다.
* 발해 : 고구려 유민이 송화강을 중심으로 하여 만주 전체와 그 사방의 지역에 건설
  하였던 웅장한 나라이다.
* 강냉이밭 : 만주에는 논이 전혀 없다. 아득하고 끝이 없는 것이 거의 다 수수밭
  이다.

흥안령 산부리에　걸린 해 보고
바이칼 가람 속에　잠긴 달 보며
저무는 날 새는 날　들에 지내기
몇 날이냐 어언간　우랄 산이라

* 흥안령 : 몽고와 만주 사이에 놓인 구불구불한 큰 산맥이다.
* 바이칼 : 시베리아 이르쿠츠크 지역의 담수호다. 길이가 1천5백 리, 폭이 40리에서

---

4 구강(舊疆) : 옛 영토.
5 일망무제(一望無際): 아득하게 끝없이 멀어서, 눈을 가리는 것이 없음.

2백 리에 이르는 세계에서 가장 큰 호수이다.

* 우랄 산 : 유럽과 아시아 양 대륙의 경계가 되는 산맥으로, 산 정상에 경계 표석이 있다.

긴 등 위에 경계표   얼른 뵈더니
넘어서니 유럽   땅이라 하고
볼가 강 얼른 지나 모스크바에
이만 리 이 철로를 다 왔다 하네

* 볼가 강 : 아텔 강이라고도 하며, 유럽 러시아의 큰 강이다. 길이가 약 9천5백 리에 이른다.
* 모스크바 : 러시아 제2의 도시. 모스크바 강변의 옛 수도로, 상공업의 중심지. 시가 는 둘레가 백 리에 달하는 성벽에 둘러싸여 있고 웅장한 건축물이 많다.

크레믈린 언덕에   석축 큰 집은
팔백 년 옛 도읍을   표하는 궁성
시 내외에 산재한   사백여 사원
이 나라의 성지구를   가히 알네라

* 크레믈린 : 모스크바 성의 중심이 된 곳. 나폴레옹이 패배한 곳이며, 큰 궁전이 있다.

무기고 담을 두른   대포 구백 문
석양에 지나는 손   눈물이 시고
우스펜스키 사의   세계 최대 종

딴 고장 구경꾼이 혀를 빼무네

* 무기고 : 크레믈린 궁 안에 있다. 러시아 역대 황제의 무기, 기구, 왕관, 즉위 예복
  을 비롯하여 기타 황실의 유물을 진열해 놓았다.
* 대포 : 무기고 사방에 장벽같이 줄 지어 놓은 포가 8백75문이 있으니, 나폴레옹의
  패전 유물이다.
* 우스펜스키 사 : 1326년에 크게 건설하였으니, 황제의 대관례를 행하는 곳이다. 사
  원에 세계 최대의 종이 있다. 높이가 16피트, 둘레가 넓은 곳은 58피트이요, 내부에
  20명이 둥그렇게 서 있을 수 있다. 총 중량은 2백 톤.

남으로 야스야나 폴리야나에
대선생 톨스토이 유택을 찾고
하룻밤을 기차에 몸을 누이니
어느덧에 페트로 그라드시라

* 야스야나, 폴리야나 : 모스크바에서 남서쪽 약 8백 리경에 있는 지역. 톨스토이 선
  생의 옛집이 있다.
* 페트로그라드 : 러시아의 수도로, 지면이 낮아서 수해의 걱정이 있다. 제국 제1의
  무역항. 인구는 6백만이고, 시가가 아름답다. 옛 이름은 페쩨르부르크.

네바 강 비습한 땅 이룩하여서
대도회 만들어 논 뻬쩨르 대제
서방 문명 들올 길 편히 하려는
큰 뜻을 대로 이어 이백 년 근사[6]

* 네바 강 : 라도가 호수에서 발원하여, 서쪽으로 러시아의 수도를 거쳐서 핀란드만
  으로 들어가는 강. 길이가 약 1백60리다.

6 이백 년 근사 : 이백 년 가까이.

* 뻬쩨르 대제 : 러시아의 황제. 서구 신문명을 힘써 유입하여, 새롭게 교화하였다.
　서구 문물이 들어오는 데 편리하게 하느라고 고심하여 새로운 수도를 건설하였다.

백삼십 척 넓은 길　십오 리 뻗고
관공청 부상대가가 갑제가 천맹[7][8]
네프스키 거리의　번화한 것이
일조일석 우연히　생긴 것이랴[9]

* 네프스키 : 러시아 수도의 가장 번화한 중심 거리.

장엄할사 이삭 사　삼백 척 고루[10]
금은주옥 장식이　우리우리코
굉장하다 동궁은　삼층 대전각
육천 인 용납하는　크나큰 대궐

* 이삭 사 : 장엄한 비잔틴식 대건축. 높이가 32척. 사원 내부의 벽을 가득 채운 모자
　이크는 그 기교가 극치에 달한다. 수십 개의 성상은 금강석과 기타 보석으로 꾸미
　었다. 천장, 바닥, 창문 벽들을 다 금강석 등 귀중한 재료로 만들었으니, 그 가치가
　2천3백만 루브르에 달한다.
* 동궁 : 러시아에서 제일 장관인 곳이자 역대 황제의 거처. 규모가 웅대하여 황제의
　위엄을 알게 한다. 455피트에 350피트 되는 총 3층의 건물이다. 가히 6천 명을 수
　용한다 하며, 내부에 나폴레옹 전쟁 기념관, 원수 알현실 등이 있다.

7 부상대가(富商大賈) : 부유하고 큰 상인.
8 갑제(甲第)가 천맹(千甍) : 크고 넓게 아주 잘 지은 집의 천 개의 용마루가
　줄지어 늘어서 있음올 이르는 모양.
9 일조일석(一朝一夕) : 하루아침에.
10 고루(高樓) : 높은 망루.

하얀 밤 무릅쓰고 이곳을 떠나
줄곧 퍼진 보리밭 풀 언덕으로
놓아먹이는 말 떼 예저기 보며
밤 지내니 빌바렌 국경 정차장

* 하얀 밤 : 혹 백야라 하니, 러시아 어로 '베라야노티'라 한다. 러시아의 수도는 북
  위 60도의 고위도 지역에 위치하고 있어서, 여름과 겨울의 밤낮 길이가 현격히 차
  이난다. 겨울에는 낮이 2~3시간에 불과하여 늘 밤인 셈이다. 여름에는 밤이 몇 시
  간에 불과한데, 이 짧은 밤 또한 훤한 채 어느덧 지나가고 다시 날이 밝는다. 이 낮
  같은 밤을 백야라 한다.

좌우편 숲 사이에 콜로니 보니
알겠다 들어섰네 독일 영역
한 솔밭 두세 솔밭 지나고 지나
한낮에 들이대네 베를린 도성

* 콜로니 : 중산층 이하의 사람들이 일요일마다 가족들을 데리고 놀러오는 일종의
  별장이다. 베를린 시외 사방에 널려 있다.
* 베를린 : 프러시아 왕국의 수도며, 독일 제국의 수도이니 상공업이 번성하고 교통
  의 중심이 된다. 시의 넓이가 8백 리며 인구가 3백만이다.

장하다 백 리 시가 삼백만 인구
길 가는 이 얼굴에 달린 게 활동
학술 기예 상공업 나날이 느니
신흥 국민 부지런 본 볼지로다

십자산에 올라서　　구부려 보니
전시의 번화가　　　한눈 아래라
베를린 대학교황[11]　저러하구나
전 세계 학문 연수[12]　어찌 안 되며

* 십자산 : 크로이스베르히. 십자산은 평원인 베를린에서 유일한 구릉으로 공원이 있다. 산의 정상에 팔각 기념 철탑을 세우고 그 위에 십자가를 올렸으므로, 이 산을 십자산이라 부른다.
* 베를린 대학 : 세계에 가장 유명한 대학교니 학문의 연수라 일컫는 곳이다. 교수가 460명, 학생 8천 명이다.

운데르 · 덴 · 린덴　빌헬름 거리
상업 경쟁 우승자　　된다 하겠네
문명의 모든 기관　　다 정제한 중
하수도의 완전함　　세계에 무쌍[13]

* 운데르 · 덴 · 린덴, 빌헬름, 케니히, 라이프지히에르 : 베를린에서 가장 번화한 시가이다.
* 하수도 : 베를린 시에서 가장 유명한 것이다. 런던이나 파리나 빈, 뉴욕 같은 곳에서는 하수를 배출하는 데 편리한 깊은 하류가 있으나, 시카고와 베를린은 하수를 배출하기가 어렵다. 여러 가지로 궁리한 뒤에, 시 전체를 20개의 하수 구역으로 나누고 하수를 지하로 보내어 3, 40리 되는 시외 광야로 흘러가게 한다.

티어 공원 비스마르크 동상을 찾아

11 대학교황(大學校況) : 대학교의 상황.
12 연수(淵藪) : 못에 물고기가 모여들고, 숲에 새들이 모여드는 것과 같이, 갖가지 물건(物件)들이 많이 모여 있는 곳.
13 무쌍(無雙) : 짝이 없음. 즉, 겨룰 것이 없음.

위업을 찬미하지   않을까 보냐
포츠담 대궐 들어가   프레드릭 왕
영풍[14]을 회상함도   말 수 없는 일

* 터어 공원, 루스트 공원 : 베를린 시내에 있는 이름난 공원이다.
* 비스마르크(Otto Eduard Leopold Bismark, 1815~1898) : 독일의 정치가로 철혈 재
  상으로 불린다. 오스트리아를 독일 연방에서 축출하고, 나폴레옹 3세의 군대를 격
  파하여 그 침략을 막았으며 연방을 통일하여 독일 제국을 건설한 거인이다.
* 포츠담 궁 : 베를린 성에서 60리 떨어진 포츠담 시에 있는 대궐이다. 베를린에 유
  숙하는 자는 반드시 한번 가 보는 명소다. 프레드릭 대왕의 유적으로 응접실, 비밀
  실, 독서실 등이 완전히 보존되어 있어서 둘러 보면 마치 당시에 있는 것 같다.

오륙층 집 상련한[15]   좌우 시가가
어느 것이 고영웅   기념 아니냐
더욱 부러운 것이   이 틈에 사는
그 많은 인물들에   노는 이 없음

* 오륙층 집 : 베를린 시에서는 집의 높이를 법률로 6층에 한정한다. 줄지어 서 있는
  집들이 별로 높이의 차이 없이 즐비하다.
* 고영웅 기념 : 베를린 시의 거리의 이름은 다 옛 영웅의 이름을 따서 지었다.
* 노는 이 없음 : 활동적이고 근면한 것은 독일 국민의 특색이다. 베를린 같은 수도에
  서 더욱 그런 느낌을 받는다.

연방 제일 개항장   함부르크며
서적 출판 최성한   라이프치히

---

14 영풍(英風) : 영웅의 위대한 풍모.
15 상련(相連)한 : 서로 잇닿아 이어져 있는.

맥주 산지 뮌헨을　두루 본 뒤에
오스트리아 성을　바로 향하니

* 함부르크 : 엘베 강변에 있는 도시로, 독일 연방에서 제일가는 개항장이다. 큰 배가
　자유롭게 출입하여 교통상의 대요지이다.
* 라이프치히 : 작센 주의 수도로, 독일 제국의 제3의 대도시다. 런던 다음으로 서적
　출판이 성하다. 유명한 대학이 있으며 음악의 중심지이다.
* 뮌헨 : 바이에른 왕국의 수도로, 맥주 산지로 유명하다. 유명한 대학과 도서관이
　있다.
* 빈 : 다뉴브 강변에 있는 오스트리아의 수도로, 오스트리아 공업의 중심지다.

테레사 황후 동상　숭엄도 하고
쉔부른 대궐은　장려도 한데
넓은 길 커단 집에　점잖은 사람
노제국의 느낌이　절로 나더니

* 테레사 황후(Maria Theresa, 1718~1780) : 오스트리아의 여제이며, 헝가리와 보헤
　미아의 여왕이다. 학문과 기예를 장려했으며 종교적인 악정을 폐지하고 혁신한 여
　왕이므로 그 나라 국민이 숭배한다. 황후의 동상이 대궐 앞에 있다.
* 쉔부른 : 열수궁. 테레사 황후 때 건설한 궁전으로 빈에서 기차로 30분쯤 가면 있
　다. 건물도 아름답지만 정원이 광대하면서도 아담한 풍치가 유명하다.

도나우 강 끼고서　얼마 아니해
부다페스트 성을　내려가 보니
마릴랜드 노래가　높이 나는데
진보적 모든 현상　눈 새롭도다

* 도나우 강 : 굽이굽이 돌며 오스트리아와 헝가리를 통과하는 강이다. 유럽에서 두

번째로 큰 강이다.
* 부다페스트 : 헝가리의 수도다.

말 많은 발칸 반도　　얼른 지나니
콘스탄티노플이　　　실개천 하나
세인트소피아 장엄은 예와 같은데
애닯다 반달 깃발　　풀이 없구나

* 발칸 반도 : 유럽의 세 반도 중에서 가장 동쪽에 있는 반도다. 도나우 강이 여기로
  내려와 흑해로 들어간다. 보스니아와 헤르체고비나, 몬테네그로, 세르비아, 루마니
  아, 불가리아, 터키, 그리스 등 여러 나라가 경계를 맞닿고 있어서 늘 외교 문제가
  발생한다. 유럽 강국이 다 각각 이 나라들을 후원하고 있으므로 분란이 끊일 때가
  없다.
* 콘스탄티노플 : 보스포루스 해협에 임한 터키의 수도다. 흑해와 지중해 사이에 있
  어 양 대륙 교통의 중심지가 된다.
* 세인트소피아 : 이슬람의 대본산으로, 광대하고 숭엄한 광경이 천하 제일이다.
* 반달 깃발 : 초승달이 그려진 터키의 깃발이다.

다도해 섬 기슭에　　해적가 읊고
중흥국 그리스　　　서울 지나니
아크로폴리스　　　남은 터전은
삼천 년 고문명을　　자랑하는 듯

* 다도해 : 발칸 반도 동쪽 바다로, 크고 작은 섬들이 이곳저곳에 분포해 있어서 유명
  하다.
* 해적가 : 다도해는 옛날에 해적의 소굴이었다. 영국의 시인 바이런이 이를 두고
  「해적」이라는 장편 시를 지었다.
* 그리스 : 서양 문명이 발원한 옛 지방이다. 중간에 오래 오스트리아의 간섭을 받다
  가 최근에 자립하였다.

* 아크로폴리스 : 그리스 수도 아테네에 있는 옛 도시의 유적이다. 수천 년 전의 건축
  을 갈고닦아 오랜 문화를 밝혀 드러내고 있다.

호머의 켜 놓은   문학의 홰는
억만 인 심령에서   꺼지지 않고
플라톤의 쌓아 논   지식의 창고
억만 년 집어내도   다함없도다

* 호머 : 시성이라 일컫는 이로, 그가 지었다는 「일리아드」와 「오딧세이아」는 옛 시로
  유명하다.
* 플라톤(Platon, B.C. 429~347) : 그리스의 철학자이자 아카데미의 개창자. 그 학문
  의 깨끗하고 넓음이 고금에 필적할 사람이 없고, 강의와 저술로 평생을 살았다. 그
  의 저서는 언어가 정확하고 문장이 우아하면서도 질박하여 고금의 대저술이라 칭
  한다.

장화 반도 이탈리아   건너 들어가
베스비우스 화산   탐험을 하고
보고야 죽으라는   나폴리 물색
폼페이 고적까지   두루 본 뒤에

* 장화 반도 : 이탈리아 반도의 지형을 비유하여 부르는 말이다.
* 베스비우스 화산 : 나폴리에 있는 화산으로, 2천 년 동안 분연하고 있는 화산이다.
* 나폴리 : 이탈리아 남서 지중해 연안에 있는 이탈리아 최대 도시. 상업항이자 군
  항으로, 그 풍광의 아름다움으로 유명하다. 유럽인의 속담에 "나폴리를 보고서 죽
  으리라" 하는 말이 있다.
* 폼페이 : 베스비우스 화산 남쪽 사면에 있는 옛 이탈리아 도시. 서기 79년 분화하
  여 전 도시가 매몰되었던 것을 최근 백여 년 동안 점차 발굴하여, 옛 형태의 약 3분
  의 2를 복구 보존하고 있다.

141
—
시
가
문
학

틈을 타 카프리 섬 잠깐 들러서
이시이인¹⁶ 고생터 느끼며 뵙고
세곗길이 통하지 않는 것 없단
로마 성을 한달음 들이 달으니

* 카프리 섬 : 나폴리 항의 입구에 있는 작은 섬으로, 가리발디 장군이 한참 동안 피
  난하여 있던 곳이다.
* 로마 : 티베르 강변에 있는 도시로, 구 로마 제국 이래의 수도다. 정치와 종교의 중
  심지이며 장려한 궁전과 광대한 건축이 장관의 극을 이룬다. 제국이 번성할 때에는
  팔방이 내조하였다. 각 지방으로 군대를 파견하기에 편리하도록 도로를 많이 개통
  하였으므로, 예부터 서양에 천하의 도로가 다 로마로 통한다는 말이 내려 온다.

대개선문 대극장 대수도 자리
로마 대제국 자취 의연히 있어
세계 문명 원류를 보려 할진대
아니 볼 수 없음을 새로 알겠네

* 대개선문, 대극장, 대수도 : 모두가 규모 광대한 옛 로마 제국의 유물이다
* 세계 문명 원류 : 로마 인은 사방을 정복하면서 서양의 각지에서 발육된 문화를 모
  아 집대성하였다. 이후에 로마 제국이 분해된 후, 오늘날의 제국이 각각 세워지면
  서 그 문화의 혜택을 이어서 문명이 융성하게 되었다. 그러므로 로마는 세계 문화
  의 호수라고 한다.

일억만 원 들었단 성바울 회당
장려함을 어찌 다 그려 내리오
이억만 천주교인 총본산이매

---

16 이시이인(伊時伊人) : 이탈리아 인의 역사와 삶.

그만함도 까닭이　없지 않도다

* 성바울 회당 : 로마의 서북쪽에 높고 크게 우뚝 솟은 건물이다. 크고 장려한 아름
다움이 형용할 수 없으며, 콘스탄틴 대제가 그때 돈 9천2백만 원으로 건축했다. 로
마의 역대 황제의 대관식을 거행하던 곳으로, 지금은 교황궁으로 천주교의 총본산
이다.

팔라틴 언덕 위에　카이사르 생각
대영웅도 뒤끝은　황성에 낙일[17]
가리발디 기마상　우뚝하게 서
새 힘 있음 보임만　든든하도다

* 팔라틴 : 로마 시 안의 언덕으로, 역대 왕의 궁전이 있던 곳이다. 역사가들은 팔라
틴 언덕의 역사가 곧 로마의 역사라 한다. 카이사르도 또한 여기에 있다가 자객을
당했다.
* 카이사르(Gaius Julius, Caesar B.C. 100~144) : 로마의 장군이자 정치가. 제1삼두
정치 집권자의 한 사람이다. 문훈무공을 완전히 아우른 대 영웅이다. 황제가 되려
다 친구에게 피살당했다.
* 가리발디(Giuseppe Garibaldi, 1807~1861) : 천신만고 끝에 이탈리아를 통일한 무
장이다.

미술 문학 중심지　플로렌스야
아무런들 모른 체　지냈으리랴
미켈란젤로여　시성 단테여
정성스런 이 아이　절 받읍소서

17 황성(荒城)에 낙일(落日) : 폐허가 된 성에 떨어지는 태양. 옛 영화의 흔적만
남아 있는 쓸쓸한 자취를 이름.

* 플로렌스 : 이탈리아 중부의 도시로 미술과 문학의 중심이다.
* 미켈란젤로(Michelangelo Buonarotti, 1475~1564) : 세계 제일의 화가. 예부터 전하기를 용모와 자세가 다 몽환적이고 속세를 초월한 듯하다 한다. 깊은 신앙심을 그림에 담아내어, 마치 살아서 움직이는 듯 사진 같은 대작을 그렸다.
* 단테(Alighieri Dante, 1265~1321) : '침묵한 10세기의 목소리'라 불리는 이탈리아 시인으로 시 「신곡」의 저자이다.

제노아에 콜롬보   옛집을 찾고
밀라노에 대사원   구경한 뒤에
엑셀쇼어 부르며   알프스 넘어
스위스로 명산수   유람 가리라

* 제노아 : 이탈리아 북부 도시. 이 나라의 제일가는 대항구로, 무역이 성하다. 11~13세기경에 이탈리아 반도에서 가장 번성한 공화국. 아메리카 발견자 콜럼버스가 이 지역에서 배를 타고 나갔다는 사실로 유명하다.
* 밀라노 : 이탈리아 북부 도시로 이 나라에서 재정과 상업의 세 번째 중심지이다. 밀라노 대상당은 세계 제3의 건축으로, 4만 명을 수용한다 한다. 크기도 크기지만 건축할 때 유럽의 대건축가는 거의 다 손을 대었다 한다. 전부 대리석으로 건축된 굉장히 아름답고 장엄한 것이다. 지붕 위의 첨탑만 106개요, 조각상 2천 개로 외부를 장식하였다. 내부의 설비도 이에 따라 으리으리하다.
* 엑셀쇼어 : 알프스 산에 관한 명시(역자 주: 롱펠로우가 지은 시로 우리나라에는 「높이 더 높이」로 번역됨).
* 스위스 : 알프스 산이 굽이굽이 얽힌 곳에 세워진 나라. 어디를 가든 경치가 좋아 서구인의 유락지가 되었다. 세계의 낙원으로 일컫는다. 금강산을 방문한 서구인이 그 경치를 스위스 산하에 비유하였다.

나라의 삼분이가   높은 산 큰 못
계산의 기승이[18]   궁함 없으니

18 계산(溪山)의 기승(奇勝) : 자연의 아름답고 기이한 경치.

서양의 금강산은   허락해 줄까
세계의 낙원이야   과한 말일 듯

아무런 궁협에도   놀이터 있고
아무리 높은 산도   철로로 승강
유람상의 편리를   이리 가지니
천하 사람 모여듦   우연 아닐세

* 놀이터 : 스위스는 외래하는 관광객이 많아 그들이 떨어뜨리고 가는 돈으로 살다
시피 한다. 아무쪼록 유람객을 편하도록 할 양으로, 교통이며 관사며 정자며 기타
갖은 설비가 다 완전하게 갖추어져 있다. 오고감이 편하여서 방문객이 많고, 방문
객을 더욱 많이 오게 하려고 더욱 시설을 완전하게 한다. 이 나라는 사방이 다 고
산이므로 외국으로 가는 기차는 대개 터널을 통과한다. 그중 이탈리아를 왕래하는
심플론 터널은 길이가 50리가 되니, 세계에 별로 짝이 없는 긴 것이다.

우리의 이 나라를   부러워함은
천연한 큰 밑천을   가짐뿐이랴
쉴러의 스위스   용민전 보고
경모하는 지의를   못 잊었노라

* 쉴러(Schiller, 1759~1805) : 독일의 유명한 시인. 이 시인의 작품에 윌리엄텔을 중
심으로 한 스위스 위인전이 있다.

이백 리 길게 뻗친   제네바 호에

19 궁협(窮峽) : 깊고 험한 산골.
20 승강(昇降) : 오르고 내림.
21 경모(景慕)하는 지의(至意) : 우러러 사모하는 지극한 마음.

알프스 산두 쌓인 눈   배 타고 보고
론 강 상류에   언덕 끼고서
빙하의 시원한 경   기차로 보며

* 제네바 호 : 스위스 최서단에 놓인 큰 호수다. 길이가 약 2백 리고, 폭은 넓은 곳이
  한 10리 되는 홀쭉한 초승달 모양이다. 산중에 있지만 호수의 서쪽 모퉁이에 제네
  바라는 인구 10만여 명의 도시가 있으니, 거기서 호수도 보이고 알프스 산정의 설
  경도 보인다.
* 론 강 : 알프스 산에서 발원하여 프랑스로 유입하는 강이다. 강변에 철로를 부설하
  여 유람에 편하도록 하였다.
* 빙하 : 만년설 경계선 위에 있던 눈이 엉기고 굳어져서 점차 굳고 단단한 큰 얼음
  덩어리가 되어 산악의 비탈로 가만가만 이동하는 것으로, 높은 산에는 흔히 있다.
  알프스의 빙하는 론 강의 상류에서 가장 보기가 좋다.

좀 나오니 리옹은   프랑스 도회
잠사 철탄 나므로   대공업지라
프랑스 비단이란   유명한 것이
거의 다 이곳에서   만들어 내임

* 리옹(Lyon) : 론 강과 손 강의 합류점에 있는 프랑스 대도시. 이 나라의 공업지며,
  견직물 생산지로 유명하다.

지중해변 대항구   마르세이유
이 나라 둘째가는   큰 도성이니

---

22 산두(山頭) : 산꼭대기.
23 잠사 철탄(蠶絲鐵炭) : 누에실과 철과 석탄.

역사도 오래거냐   설비도 완전
천오백만 톤 배가   해마다 출입

> *마르세이유 : 프랑스 제2도시이며, 최대 항구. 예부터 지중해의 중요한 항구로 유
> 명하다. 비누 제조가 활발한 것으로 알려져 있다.

편주를 흘리저어   코르시카에
대영웅 낳은 땅을   들여다보고
바르셀로나 항에   뭍에 내리니
에스파냐 물색   남만큼 번화

> *코르시카 : 이탈리아 서방 지중해 상의 섬. 나폴레옹 1세의 고향.
> *바르셀로나 : 지중해에 임한 에스파냐의 대항구. 중세 시대에 중요한 상업 항구였
> 다. 콜럼버스가 아메리카를 발견하고 돌아왔을 때, 이 지방에서 국왕의 환영을 받
> 았으며, 이 일로 세상에 그 이름이 알려졌다. 문학과 예술의 중심지이다.

마드리드 대궐의   장려한 결구[24]
나폴레옹이 부러워 할 만도 하며
부르고스 사원의   굉대한 설비
구교 성한 나라의   본 되리로다

> *마드리드 : 만사나레스 강변에 있는 스페인의 수도. 해발 2천 피트의 고지에 있다.
> 이 나라는 구교가 성한 나라이므로 국내에 장려한 사원이 많은데, 마드리드 시에
> 는 그리 큰 것이 없다. 그중 왕궁은 네모 반듯한 백 척 높이의 숭엄한 건축으로, 유
> 럽의 유명한 왕궁이다. 더욱이 내부가 매우 화려하여, 나폴레옹 1세가 이 나라를 정
> 복하고 왕궁에 들어갔을 때 곁에 있던 동생더러 이러한 왕궁에 있어야 국왕의 위
> 엄이 더 서리라 하였다 한다.

24 결구(結構) : 일정한 형태로 얼개를 만든 것.

한참 당년 해상에　그 큰 세력이
어쩌면 저렇듯이　쇠하였을까
세르반테스의　　붓끝 장난만
영원히 세계 위에　활개를 치네

* 한참 당년 : 스페인은 약 4백 년 전에 완성된 나라로, 콜럼버스를 시켜 아메리카를
발견한 뒤로 수세기간 해상 각처로 탐험과 식민을 많이 하였다. 식민지도 많고 세
력도 크다가 19세기 후에 차차 쇠퇴하였다.
* 세르반테스(Miguel Cervantes Saavedra, 1547~1616) : 스페인의 대시인. 세익스피
어와 함께 일컬어진다. 걸작 「돈키호테」는 천하의 기이한 소설로 통한다.

소씨름은 이 나라　국민적 유희
여기저기 씨름판이 이백육십여
우리 눈엔 싱거운　장난이언만
대사로 여겨보는　놀라운 정성

* 소씨름 : 투우는 그 나라 국민적 유희니, 사람이 소하고 씨름하는 것이다. 무수한
사람이 둘러서서 구경하는 중에 말을 탄 사람이 한가운데 나서서 성난 소하고 힘
을 겨루다가, 소의 기운을 빠지게 하여 찔러 죽이는 놀이다. 아 이 나라 사람의 놀
이 습관은 무섭다.

25 대사(大事) : 큰일.

지경 넘어 서린의²⁶   포르투갈은
유럽 대륙 극서의   해상 고웅방
배보다 배꼽이다   본국 땅보다
속지가 사십사 배   되는 나라라

* 해상 고웅방 : 포르투갈은 유럽 한 귀퉁이에 있는 작은 나라나 유럽 중부가 종교
  전쟁으로 어지러울 때에 그 중심부로부터 떨어져 있었고, 그때 한참 해외 탐험이
  성행하는 중에 엔리케 왕자(역자 주: 해양왕 엔리케(1394〜1460). 포르투칼의 해양
  개척)가 열심으로 장려하므로 사방에 식민지가 생기고 무역이 번성하였다. 후에 네
  덜란드인에게 세력을 빼앗겼다.
* 배보다 배꼽 : 본국 3만 리, 사방의 식민지는 132만 8천 리.

희망봉을 돌아서   인도양 길 튼
바스코 · 다 · 가마도   이 나라 사람
동서양 양 교통을   열어논 공명
세계사에 영원히   빛나리로다

* 바스코 · 다 · 가마(Vasco da Gama, 1460〜1524) : 포르투갈 항해가. 1497년에 비
  로소 희망봉을 경유하여 인도에 도달하는 항로를 발견하였다.

지브롤터 천험도²⁷   못 살펴보고
아프리카 탐험도   겨를 못 하야
돌아서서 북으로   다시 향하니
원통하나 바쁜 길   어찌하리오

26 서린(西隣): 서쪽에 이어 있는.
27 천험(天險) : 지세가 천연적으로 험함.

* 지브롤터 : 스페인의 최남단에 위치한 해각으로, 아프리카 서북각과 마주한 유럽의 해상 요충지이다. 대서양과 지중해 사이의 유일한 관문으로, 지금은 영국에 속한다. 1779년부터 프랑스와 스페인 연합 해군의 공격을 43개월이나 받았으나 함락되지 않았다.

* 아프리카 탐험 : 아프리카는 세계 육지의 약 5분의 1이나 차지하였을 뿐 아니라, 북방 나일 강의 연안에는 5천 년 전에 이미 문명한 나라가 있었던 대륙이다. 그러나 거주민이 적을 뿐 아니라, 그 많지 않은 거주민 또한 한때 번성하였을 뿐, 다시 진보하지 못하였다. 기후가 불순하고 교통이 불편하여, 해안은 사정을 아나 내륙 지방은 맹수와 독사가 있고 지리는 모르고 하므로 오래 방기하였다. 탐험이 성행한 뒤에 각지의 탐험대가 모험하여 형편을 탐지하니, 이른바 암흑 대륙도 지금은 광명 아래에 있다.

웅대한 피레네의　　산맥을 넘어
장미 레몬 감람의　　향에 싸여서
포도 수출항으로　　세계에 이름난
보르도 항 번화를　　구경하고서

* 피레네 : 프랑스와 스페인의 국경을 나누는 산맥. 길이가 1천 리고 높이가 평균 8천 피트. 산중에 온천이 많고 남부는 웅대한 경치가 많다.

* 레몬 : 동남아시아 지방 원산의 상록수로, 타원형 황적색의 과일이 열린다. 향기가 있고 껍질로 기름을 짠다.

* 보르도 : 프랑스의 중요한 항구. 가론 강 입구에서 2백40리. 포도의 수출과 포도주 양조로 유명하다.

비스카야 만 위에　　배를 띄우고
조선업이 성대한　　낭뜨를 거쳐
로와르 강 거슬러　　올라가 보고
사라센 인 패적지　　투르 지나매

* 비스카야 만 : 스페인과 프랑스 사이의 만으로, 풍파가 험악하다.

잔다르크 색시의   기적 행하던
오를레앙 저 성이   반가울시고
여기서 몇 시간을 북으로 가면
오래 두고 그리던   꽃서울이라

* 잔다르크(Jeanne d'Arc, 1412~1431) : 프랑스 여걸. 프랑스가 영국과 싸워 전패하여
  오를레앙 성만 남았을 때에 천명을 받았다 하여, 16세 소녀로 병사를 이끌고 들어
  가 대치한 후, 적군에 잡혀 죽었다.
* 오를레앙 : 프랑스의 르와르 지방의 수도. 파리 서남쪽 3백 리경에 있으며 상업이
  성하였다.
* 꽃서울 : 번화한 파리를 아름답게 지칭하는 말.

파리야 얼굴로는   첨이다마는
세계 문명 중심에   선봉 겸하여
이 세상 낙원이란   꽃다운 이름
오래도다 들은 지   우레 퍼붓 듯

* 파리 : 프랑스 수도. 세느 강이 가로지르는 유럽 대륙 중 최대 도시이니, 건축물과
  거리가 크고 아름다워 세계에 견줄 곳이 없다. 공예와 미술의 중심지이며, 새로운
  발명과 새로운 유행의 발원지이다.
* 낙원 : 파리는 풍물도 번화하지만, 환락을 즐길 수 있는 곳도 많다. 유락을 찾아 사
  람들이 사방에서 모여들어서, 세계 낙원이라는 별칭이 있다.

흰 비단을 넌 듯한　세느 강은
즐김의 속살거림　무르녹는데
하늘을 꿰뚫려는　에펠 탑은
파리 저자 온통을　개미집 보듯

* 세느 강 : 프랑스의 랑그레 평원에서 발원하여 파리를 관류하여 영국 해협으로 들
　어가는 큰 강. 전체 길이 약 2천 리이며, 관개할 수 있는 지역이 10만 방리에 이른
　다. 파리까지 1천 톤의 선박이 왕래한다.
* 에펠 탑 : 총 철골의 높이가 9백 척인 세계에서 가장 높은 탑이다. 사방 2백 리가
　내다보이며, 정상에 등탑 36개가 있다. 이 마천루에서 파리를 바라보면 아름답기
　그지없다.

샹젤리제 큰 거리　질번질번함
천하 인물 정화를　모아 논 게요
팔달로 한가운데　높은 개선문
국민의 대명예심　표상이로다

* 샹젤리제 : 세계에서 가장 넓고 화려한 파리의 거리다. 인도와 차도를 합하면, 넓이
　가 약 350척에 이른다. 도로의 치장과 집의 장식이 매우 호사스럽다.
* 개선문 : 파리시 중앙 12대로를 총합하는 큰 광장에 있는 나폴레옹의 전첩 기념문
　이다. 높이가 160척이다. 전쟁 후, 30년에 걸쳐 당시의 돈 4백만 원을 들여 지은 대
　건축물이다.

녹수번음 맞닿은　방산형 시구
고운 돌 일곱층 집　가지런한데
스커트 가비얍게　다니는 미인
꽃과 나비보다도　어여쁘구나

* 녹수번음 : 서양 나라의 시가에는 다 양쪽에 푸른 나무를 심어서 풍치를 더하니. 파리 같은 데는 특별히 아름답다.
* 방산형 시구 : 중심으로부터 사면 팔방으로 뻗어 있는 구역을 칭한다.
* 육칠층 집 : 파리 시는 시가의 미관을 보호하기 위해 너무 높은 집을 짓지 못하게 하여 대개의 집이 6, 7층이라 지붕이 매우 가지런하다.
* 스커트 : 서양 여인의 옷자락을 뜻한다.
* 미인 : 프랑스는 미인국이라는 별칭이 있다. 특히 파리는 천하 미인이 모인 숲이다.

그랜드 오페라의   꿈속 놀이에
현대 예술 재미를   맛볼 것이오
오색주 냄새 심한   카페 홍등에
미란한²⁸ 시대 인심   엿볼지로다

* 그랜드 오페라 : 유명한 국립 대극장. 그 자리에 본래 있던 4~5백 가구를 허물고 420만 원으로 건축한 것으로, 전체는 석조로 되어 있으며 금은으로 조각한 장려하고 큰 건물이다. 오페라는 가사와 표정, 동작으로 주로 공연하는 것으로, 배경 장식으로 무대를 꾸미고 성대한 악단의 반주를 곁들여 창가로 공연하는 극의 일종이다. 가극이라고도 번역한다.
* 오색주 : 서구인이 즐겨 마시는 술로, 술의 색깔에 갖은 물빛이 다 있으므로 오색주라 한다.
* 카페 : 가로변이나 옥내에서 영업하는 작은 주점.

폐병원 원당 아래   대나폴레옹
깨지 못하는 꿈이   무슨 꿈인가
판테온 찾아가니   루소와 위고
당년의 사자후를   들을 길 없네

* 폐병원 : 황금색 왕관 모양의 반탑을 높게 세운 이층집이다. 은퇴한 병사들이 편안

153
시가문학

28 미란(靡爛)한 : 썩거나 헐어서 문드러진. 혼란한.

히 여생을 보내는 곳으로, 중앙에 나폴레옹의 묘소가 있다.

* 판테온 : 국립 묘지에 해당하는 것으로, 프랑스 혁명 당시의 여러 위인과 루소, 위고와 같은 명사의 묘소가 있다.
* 루소(Jean Jacques Rousseau, 1712~1778) : 프랑스의 철학자, 산문가. 유명한 「민약론」과 「에밀」 등 많은 저작이 있다.
* 위고(Victor Marie Hugo, 1802~1885) : 프랑스의 시인·소설가. 「레 미제라블」 등 명작이 많다.

룩셈부르크 공원　맑은 샘 곁에
우뚝우뚝 선 것은　위인의 조상
카톨릭교 대본산　노트르담 사
건축 조각 정미야²⁹　놀라웁도다

* 룩셈부르크 : 파리에 있는 광대하고 화려한 공원. 오대륙을 상징하는 큰 동상과 여러 명사들의 조각상들이 있다.
* 노트르담 사 : 세느 강 중 시테 섬 위에 있는 사원으로, 유럽의 사원 중에서 가장 장려한 것이다. 카톨릭의 대본산이다.

콩코드 네거리의　테베 방첨탑
사백만 원 들여서　날라 온 이물³⁰
북동으로 보이는　벤돔 원주는
연전연승 당년의　좋은 기념물

* 콩코드 네거리 : 파리 중앙에 있는 번화한 거리이다.
* 테베 방첨탑 : 방첨탑은 이집트 열왕의 기적비다. 이집트의 옛 수도인 테베의 사방에 많이 있는 것인데, 그중 하나를 6년 동안 4백만 원의 비용을 들여 가져다가 여기 세웠다.

---

29 정미(精美) : 정밀한 아름다움.
30 이물(異物) : 밖에서 들어온 이국의 물건.

그림과 새김으로　큰 이름 있는
루브르 궁 박물관　들어가 보니
앗시리아 예부터　최근세까지
저렇듯 가진 것이　모두 대걸작

* 루브르 궁 : 이 나라 왕가의 역대 왕궁이다. 지금은 유명한 박물관이 되니 회화와
조각의 우수함으로 널리 알려져 있으며, 앗시리아 시대부터 프랑스의 최근까지 각
시대의 명작을 다 망라하고 있다.

파리는 못 보아도　가 보라 하는
베르사이유 대궐　틈타서 가니
인교로써 천공을[31]　익히려 하던
루이 임금 호사야　말 밖이로다

* 베르사이유 궁 : 파리 서쪽 교외에 있는 궁전이다. 사치스러웠던 루이 16세가 거액
을 들여 건축한 것이다. 궁전 전체가 하나의 예술이며, 각 부분이 다 걸출한 작품이
니 그 호화로움이 세계에 달리 짝을 찾을 수 없다.
* 루이(Louis 16세, 1754~1793) : 선대 왕들처럼 교만하고 사치스러워 세금을 거두는
데 집중하였다가, 민원이 드높아져 드디어 혁명의 변을 당하였다.

155

시
가
문
학

---

31 인교(人巧)로써 천공(天工)을 : 사람의 재주로 하늘의 솜씨를.

담요 소산 유명한   릴을 지나
벨기에 들어가니   땅은 작아도
갖은 제조 공업이   대발달하여
유럽의 대공장의   이름 있도다

* 릴 : 이 나라 북경에 있는 도시니, 담요와 면직물의 산지다.
* 벨기에 : 면적이 우리나라 반도의 7분의 1도 못 되나, 인구가 조밀하기로는 세계 제
  일이다. 농업과 상업, 공업 등의 산업이 발달하여 다른 여러 강국을 능가한다. 더욱
  제조업이 성대하여 유럽 대공장이라고도 불리며, 그중에서도 제철 제강 등 야금업
  과 유리 제조업은 세계에서 뛰어나다.

온갖 산업 발달이   됨을 따라서
갖은 교통 기관이   정제도 하다
거기다 부지런에   힘씀 겸하니
그 가멸 늘어감이   우연함이랴

* 갖은 교통 기관 : 산업 발달에 따라 교통 기관도 놀랍게 발전하여 기차든지 경편철
  도든지 운하든지, 모든 것이 다 완비하였다. 철도의 길이만으로 보아도 나라의 면
  적에 비하면 세계에 제일이다.
* 그 가멸 : 벨기에는 제조 공업을 국가 사업으로 삼고, 무역을 국운 번성의 기초로
  삼기 때문에 관세 같은 것도 극히 저렴하다. 그 무역액이 1년 사이에 12~3억만 원
  에 달한다.

아름다운 브뤼셀   모든 설비는
작은 파리 이름이   헛되지 않고
굉장하다 재판소   외형 내장이
세계에 제일됨을   얼른 알겠네

32 가멸 : 부유함.

* 브뤼셀 : 벨기에 수도. 스헬데 강의 지류 세느 강변에 있다. 시가가 아담하고 고우
  며 오래된 집과 전당이 많으므로 작은 파리라고도 불린다.
* 재판소 : 궁성의 남서쪽에 있다. 건축이 굉장하고 설비가 완전하여 세계에 제일이
  라 한다. 높이가 590척이고, 방이 245개가 있고 큰 홀이 27개가 있는 큰 건물이다.
  건축비 5천만 프랑을 들여 17년 동안 건축하였다.

세 시간 기찻길에   워털루 전장
천하를 웅비하던   그 큰 날개가
하루아침에 꺾인   눈물 자취에
감개도 깊을시고   외로운 손이

* 워털루 : 1815년에 영국의 웰링턴 장군이 영국, 독일, 네덜란드 삼국 연합군을 지휘
  하여 나폴레옹 1세를 물리친 옛 전장이다. 실제 전장은 워털루가 아니라 여기서 남
  쪽으로 10리 남짓한 세인트 장 근처라고 한다.

뚫은 물 저녁 해에   바람방아를
배불리 보아가며   마스 강 오니
내외 무역 번성한   로테르담은
네덜란드 제1등   상항³³이로다

* 뚫은 물 : 벨기에와 네덜란드가 다 운하가 많기로 유명하다.
* 바람방아(풍차) : 이 나라에 늘 부는 해풍의 힘을 이용하여 방아를 놓은 것이니, 그
  모양이 커다란 탑 같다. 위에 바람에 돌아가는 바람 받이 살을 붙여 방아가 찧어지
  게 한 것이다. 네덜란드의 교외에는 운하 없는 곳이 없고 운하 곁에 풍차 없는 곳
  이 없어, 이것이 이 나라 풍치의 특색이 된다.
* 로테르담 : 이 나라 남서 마스 강변에 있는 네덜란드의 최대 상업 항구다. 무역액이

33 상항(商港) : 상업 항구.

전국 총수의 과반이고, 독일의 라인 강 출입구에 있어 라인 지방 수출입의 거의 대부분을 점한다.

시대 양심 보이는   평화전 두니
작은 서울 헤이그도   영화 크구나
한낱 스케브닝겐   해수욕장이
그다지 자랑할 것   아닐지로다

* 헤이그 : 네덜란드 수도, 로테르담에서 서북 50리경에 있다. 1668년과 1717년의 삼국 동맹 회의(역자 주: 1668년 영국 · 네덜란드 · 스웨덴의 대프랑스 동맹, 1717년 영국 · 네덜란드 · 프랑스의 대스페인 동맹)와 1899년과 1907년의 만국 평화 회의가 다 여기에서 개최되었다. 또 국제 중재 재판소가 있고, 미국 부자인 카네기가 기부한 평화전도 이 지방에 있다.

* 스케브닝겐 : 헤이그 북서 십 리 남짓한 곳에 있는 북해안의 유명한 해수욕장이며 매년 해수욕하러 오는 인원이 2만 명에 이른다.

암스테르담 성은   이름난 도회
금강석 다스림이   세계에 제일
더욱 국유 박물관   많은 그림은
이 나라 목숨이랄   끔찍한 보배

* 암스테르담 : 조이데르 해에 임한 네덜란드 도시. 보석업이 성대하며 동인도 · 서인도 회사를 통한 무역이 성하다. 도시가 세워진 지 700년이 넘어서, 오랜 궁전이며 건축물이 많다. 국립 박물관은 그림으로 매우 유명하다.

밀가루 방아 소리   귀에 적시며

큰 뜻을 전하려고　채필³⁴ 두르던
루벤스 렘브란트　여러 환쟁이
우러러 절을 하고　배에 실려서

* 밀가루 방아 : 네덜란드는 평원이 많고 수리 시설이 많으므로, 농사와 목축이 성행
  한다. 물가 곳곳의 풍차가 거의 다 토산 보리와 밀을 찧는다.
* 루벤스(Peter Paul Rubens, 1577~1640) : 이탈리아 화파와 독일 화파가 다 쇠락하
  여 유럽 미술이 싹 쓸어낸 듯 아무것도 없을 때에 나서서 문예 부흥에 새로운 힘을
  더한 대화가다. 명작이 많다.
* 렘브란트(Harmensz Rjyn Rembrandt, 1606~1669) : 네덜란드 화파의 대가로 일대
  예술의 중심이 되었다. 인물화의 대가로서 풍경화에도 능하여 네덜란드 회화가 이
  사람으로 인하여 그 명성이 점점 높아졌다. 명작이 많다.

북해를 건너서니　브리튼 제국
템즈 강 흘리저어　런던 성으로
깃발 아래 해지지　아니한다는
큰 나라 서울 구경　들어가도다

* 북해 : 유럽 서북 일대 바다의 이름이다.
* 템즈 강 : 영국의 수도를 관류하여 북해로 들어가는 이 나라의 큰 강. 길이가 약 9
  백 리에 이른다.
* 깃발 아래 : 영국은 식민지가 세계 각지에 있어서, 바람에 나부끼는 국기 아래로 태
  양이 지는 일이 없다 한다.
* 런던 : 영국의 수도. 세계 최대 도시이자 최대 항구다. 템즈 강의 양쪽에 있으며 면
  적이 약 7백 마일, 인구가 750여만 명이다. 각종 상공업이 다 극히 성대하고 선박
  출입의 빈번함이 진실로 세계 제일이다.

────────────

34 채필(彩筆) : 채색하는 데 쓰는 붓.

브리튼 나라 제일　오랜 성으로
세계 최대 도시와　최대 항 겸해
주야 겸행하여도　일 년 넘어야
다 돌아 본다 하니　큼을 알지라

* 주야 겸행 : 런던 시가 워낙 광대하므로 골목골목을 순행하자면 밤낮 없이 돌아다
녀도 1년 이상 걸린다 한다. 거리를 모두 연결하면 유럽과 아시아 두 대륙을 횡단
하여 일본까지 도달한다 한다.

런던 교 위 한 시간 지나는 이가
걸어서 팔천 명에　타고 천여 명
칠백여만 큰 인구　사는 거리가
이만함이 괴이치　아니하도다

* 런던 교(London Bridge) : 런던에는 템즈 강 외 다른 작은 하천이 없어서 다리가 13
개밖에 없다. 그중 왕래가 가장 많은 곳은 런던 교와 웨스트민스터 교다. 런던 교는
런던의 상업 중심지에 가까우며, 다리의 남쪽에 정차장에 있으므로 덥고 시끄럽다.
웨스트민스터 교는 다리의 근처에 국회 의사당이 있고, 공공 기관이 많아서 상류
사회인이 많이 다닌다.

웨스트엔드, 시티,　이스트엔드
이 도성 주장되는　세 큰 시가니
세계 상업 중심지　또 중심이라
인견마차곡격도³⁵　늘어진 형용

35 인견마차곡격(人肩摩車轂擊) : 수레의 바퀴통이 서로 부딪치고 사람의 어깨
가 스칠 정도로 거리가 번화하고 번잡함.

잉글랜드 은행은 　세계 금융을
좌우하는 힘 가진 　은행계 제왕
나날이 일천여 명 　일꾼을 쓰며
눈코 뜨지 못하는 　바쁜 그 업무

* 잉글랜드 은행 : 1694년에 세워진 세계 제일의 은행이다. 그 건물은 극히 소박한
  석조로 된 평범한 집이다. 그러나 모래 알알이 금싸라기 같은 런던의 한가운데 일
  만 평 광장을 차지하고 천 명이나 되는 사용인이 매일 출입하는 것만 보아도 금융
  이며 조폐 등 일이 얼마나 성대한지 알 수 있다.

황금 지붕 눈부신 　성바울 사엔
넬슨이며 웰링턴 　유체가 눕고
까닭 없이 음침한 　런던 탑에는
역대로 쓰던 무구 　벌려 있도다

* 성바울 사 : 1300년 전에 설립된 런던에서 가장 오래된 사원이다. 외관이 높고 클
  뿐 아니라, 반원형의 옥개(역자 주: 집의 위쪽을 덮어 가리는 부분. 빗돌이나 석등
  을 세운 위에 지붕 모양으로 만들어 덮어 얹는 돌)에 금광이 휘황하여, 사람으로
  하여금 숭고한 느낌이 들게 한다. 옛부터 군사적으로 공이 있는 위인의 묘를 모시
  는 곳이다.
* 넬슨(Horatio Nelson, 1758~1805) : 영국 해군 제독. 전공이 많다. 1805년에 프랑
  스. 스페인 양국 연합 함대와 함께 트라팔가 해전에서 승리한 후 적탄에 맞아 전사
  했다.
* 웰링턴(Duke of Wellington, Arther Wellesley, 1769~1852) : 영국 장군이자 정치가.

전공이 많다. 1808년 이래로 여러 번 나폴레옹 군을 격파하고, 워털루에서는 재기할 수 없도록 대패시켰다.

버킹엄 대궐이야 　 보거나 마나
웨스트민스터 사 　 바삐 갈지라
금고위인[36] 영령을 　 한곳에 뵈니
샘솟듯 영감이 　 절로 생기네

* 버킹엄 궁 : 현 황제의 거처다.
* 웨스트민스터 사 : 영국의 조정이며, 유명한 군인, 학자, 시인 등의 묘지다. 신성한 이 사원은 천여 년 동안의 영국 국민의 광영과 품위의 결정이라 할 수 있다.

템즈 강 잔물결이 　 늘 씻는 곳에
높다라니 솟은 건 　 의사당인데
전시 중앙 터 놓은 　 크나큰 집은
천하에 제일가는 　 대영 박물관

* 의사당 : 이 국회 의사당은 세계 입헌 정치를 열어 놓은 선조라 할 수 있다. 템즈 강 왼쪽 강변에 우뚝 솟은 대건축이다. 면적이 천백여 평이다.
* 대영 박물관 : 런던의 거의 중앙에 있으니, 도서부, 로마부, 인종부 등으로 나뉘어 있다. 소장품이 풍부하여 책의 수만 2백만 권이니 세계에 겨룰 만한 곳이 없다.

광대코도 화려한 　 하이드 공원
하룻동안 노는 손 　 몇 만이리오

---

36 금고위인(今古偉人) : 옛날과 오늘날의 위인.

리버풀 정차장의   잡답한 양을³⁷
보고야 이곳 열료³⁸   짐작하겠고

> * 하이드 공원 : 런던 여러 공원 중에 가장 유명한 곳이다. 구역이 넓고 설비가 훌륭
> 하여 매일 다니는 사람의 숫자가 얼마나 많은지 알 수가 없다. 근처의 켄싱턴 공원
> 을 합하면 면적이 8백만 평에 이른다.
>
> * 리버풀 정차장 : 런던의 교통 기관은 기차 · 마차 · 전차 등이다. 지상 지하에 사통
> 팔달하였으며, 시내 정차장 중에서 가장 큰 것이 리버풀 정차장이다. 어수선하기가
> 글로 나타낼 수가 없다.

글래드스턴을 내인 옥스포드와
크롬웰 뉴턴 난   캠브릿지며
이튼, 하로 두 중학 두루 살피니
대영국민 생기는   까닭 알리라

> * 글래드스턴(William Ewart Glasdstone, 1809~1898) : 영국의 대정치가. 선을 행하기
> 에 편리하고 악을 행하기에 불편한 세상을 만드려는 이상을 가졌던 사람이다.
>
> * 옥스포드 : 런던의 북서쪽 2백 리경에 있는 대학. 913년에 설립하였고, 26개의 학료
> 가 있다. 존슨 박사, 쉘리, 글래드스턴 등 명사를 배출했다.
>
> * 크롬웰(Oliver Cromwell, 1599~1658) : 영국 국민 총독. 한때 공화정을 건립하였으
> 며, 여러 번 해외에 출병하여 국위를 선양했다.
>
> * 뉴턴(Sir Isaac Newton, 1643~1727) : 영국의 대격치가. 미분법을 발견하고 망원경
> 을 개량하고 인력의 이치를 발견하였다.
>
> * 캠브릿지 : 런던 북쪽 2백30리경에 있는 대학이니, 12세기에 설립하였고 19개의 학
> 료가 있다. 여기서는 밀턴, 뉴턴, 크롬웰 등의 명사가 배출되었다.
>
> * 이튼, 하로우 : 이 나라에 유명한 두 중학교로, 많은 명사를 배출하였다.

---

37 잡답(雜遝)한 : 사람들이 어수선하게 모여 있는.
38 열료(熱鬧) : 바쁘고 시끄러움.

천혜 인공 겸하여　발달된 공업
버밍험의 철물과　리즈의 담요
맨체스터 목직과　쉐필드 도검
각기 세계 대중심　되어 있도다

* 버밍험 : 런던의 서북쪽 45리경에 있는 이 나라 제5대 도시이다.
* 리즈 : 런던 서북쪽의 에어(Aire) 강 기슭에 있는 도시이다.
* 맨체스터 : 런던의 북서쪽, 아일랜드 해의 동쪽 해안에 있는 이 나라 최대 공업지.
  면사 방적, 면포 제조업이 세계 제1이므로, 면의 도시라 부른다.
* 쉐필드 : 요크셔의 서남쪽 170리경에 있는 도시다.

뉴캐슬, 요크셔　랑카사 등
이른바 공업 지방　성대한 업이
리버풀 같은 항구　무역으로써
런던에 다음 가게　하는 원동력

* 뉴캐슬 : 타인 강 왼쪽 강변에 있는 도시로, 제철업 · 조선업이 성대한다.
* 요크셔, 랑카사 : 다 런던 북쪽의 탄광 지방이다. 이 근처는 공업이 번창하여 굴뚝
  이 줄지어 있어 매연이 자욱하다.
* 리버풀 : 머지 강 입구에 있는 영국 최대의 항구이자 제3의 도시. 북아메리카와의
  무역이 활발하여, 런던을 능가한다.

스트래퍼드에　일부러 들러
시성 셰익스피어　집을 가보고
평화한 산촌 풍물　완상하면서
스코틀랜드 땅을　잠시 보려니

* 스트래퍼드 : 버밍험이 있는 워위크셔 지방에 있다. 솔솔 내려가는 에이본이라는 작은 강에 임한 마을이다.
* 세익스피어(William Shakespeare, 1564~1616) : 영국의 극작가로 세계 최대 문호로 칭한다. 그 작품 「햄릿」, 「베니스의 상인」 등 약 25편이 다 문학의 보배로 여겨진다. 스트래퍼드에 그 옛집이 있다.
* 스코틀랜드 : 영국의 북방 일부. 경치가 좋은 것으로 유명하다.

글래스고 번화와   에딘버러의
교화 설비 구경은   그만두어도
바쁘다 워즈워스,   스코트 같은
대시인을 용주한 [39]   호산 [40] 경치 봄

* 글래스고 : 클라이드 강변에 있는 스코틀랜드 최대 도시. 상공업 중심지이다.
* 에딘버러(Edinburgh) : 글래스고 다음 가는 도시로 동부 포드 만에 있다. 양조업이 성대하며 풍광이 아름다워 아름다운 시가 많다. 유명한 대학이 있고, 기타 교육 기관이 크게 발달하였다.
* 워즈워스(William Wordsworth, 1770-1850) : 영국의 대시인. 만인이 공경하는 시의 선조로 명작이 많다.
* 스코트(Sir Walter Scott, 1771~1832) : 영국의 시인이자 소설가. 「호상미인」 등 명작이 많다.

로호카트린 호의   가는 물결에
달을 띄워 배 타고   벤네비스 산의
고운 낯을 대하여   글귀 외우니
심신이 온통으로   시 속에 든 듯

---

39 용주(鎔鑄)한 : 쇠붙이를 녹여 기물(器物)을 만든다는 뜻으로, 일을 성취(成就)시킴의 비유. 여기서는 대시인을 성장시키고 배출한.
40 호산(湖山) : 호수와 산.

석탄내 코찌르고　마치 소리만
귀 아프게 울리는　이 나라 안에
이렇듯 깨끗하고　아름다운 곳
구경할 수 있음이　기이하도다

아일랜드 더블린　지나며 보고
세인트조지 해요에 발을 씻고서
서향하는 기선에　몸을 던지니
대서양 건널 동안　몇 날이던지

* 아일랜드 : 영국의 서쪽, 대서양에 있는 섬.
* 더블린 : 아일랜드 수도. 리피 강 양안에 있으니, 시가가 장려하고 대학과 공원이 유명하다.
* 세인트조지 해요 : 잉글랜드와 아일랜드 사이에 있는 바다.
* 대서양 : 동쪽으로는 유럽과 아프리카 양 대륙과 서쪽으로는 아메리카 사이에 놓인 대양이다. 남쪽은 남극해에 북쪽은 북극해에 닿아 있으며, 면적이 약 2천7백만 방마일이다.

어느덧 배를 대니　분명 신세계

여신상 우뚝한 곳   뉴욕이라
스카이스크래퍼   저 높은 집들
하늘 뚫고 말려는   형세 있도다

* 신세계 : 서반구 세계는 콜럼버스 이후에 동반구인에게 알려졌다. 옛날부터 알고
  있었던 동반구에 대응하여 서반구를 신세계라고 부른다.
* 여신상 : 아메리카 합중국의 건국을 축하하기 위하여 프랑스에서 미국에 선사한
  것으로, 뉴욕의 부두에 세워져 있다.
* 뉴욕 : 북아메리카 합중국 대서양 연안의 도시. 전 세계적으로는 제2의 도시이며,
  신세계에서는 제1의 도시. 허드슨 강의 입구에 있으며 인구는 460만 명이다. 모
  든 규모가 한껏 광대하여, 20세기의 물질을 대표하였다 할 만하다.
* 스카이스크래퍼 : 마천루라 번역한다. 수십 층의 집이 우뚝하게 솟은 것이다. 이런
  집이 뉴욕에 많이 있어서, 이곳 시가의 특색이다. 아메리카 인은 이로써 아메리카
  산업 발달의 자랑스러운 현상이라 한다. 지금 가장 높은 건물은 57층으로, 자꾸 위
  로 향하고 있으니 나중에는 물론 이보다 더 높은 것이 생길 것이다.

이십 세기 물질을   대표한 이곳
그 굉대 그 번화를   무어라 할까
시가 인물 모든 것   통틀어 넣어
크다고나 할밖에   다른 수 없네

구릉 계곡 웅대한   중앙 공원은
천석화목 제가끔   경기하는데
말 탄 부인 고삐를   서로 연하여
양양히 다니는 양   구경스럽고

* 중앙 공원(Central Park) : 길이 10리 되는 큰 공원으로, 공원 안에 미술관과 박물관
  등이 있다. 천연의 언덕에 인공을 가하여 세워진 곳으로, 물과 바위, 꽃과 나무들이
  각각 기묘함을 경쟁하고 정자의 풍경과 나무가 얽혀 있다. 공원 안의 마장에는 고

운 여인들이 고삐를 연방 당기며 달리며 놀고 살찐 말들이 가벼운 옷을 입고 왕래
하는 것이 다 부자 나라의 기상을 보여 준다.

나무 기슭 찾아서　쉬는 사람들
어린애 보아 주는　계집애까지
제제히 신문 들고　보고들 있음
교육 정도 볼지라　부러웁도다

* 제제히 신문 : 노방이나 공원 안에서 보면 젖 먹이는 여자나 수레를 모는 하인이라
  도 앉기만 하면 신문을 탐독하니, 이는 다른 나라에서 별로 볼 수 없는 일이다. 신
  문을 좋아함은 이 나라 사람의 특성이니 광장에서나 차 안에서, 노상에서나 만나
  는 사람은 신문 가지지 않은 사람이 별로 없으며, 보고 버린 신문이 바람에 날려
  도로에 그득하다. 신문을 보는 데에는 빈부귀천이 없으므로 한 신문의 독자가 수
  십만 명에 이르고 호평을 전하는 자는 백만 이상을 초과한다.

허드슨 강변 그랜트　장군의 묘소
평민국인 의거로　장려도 하고
이스트 강 위에　무지개같이
길게 뻗친 오대교　굉장하도다

* 허드슨 강 : 대서양으로 흘러가는 북아메리카 동부의 강 이름이다.
* 그랜트(Ulysses Simpson Grant, 1822–1885) : 합중국 장군. 남북 전쟁 당시에 북군
  의 총독이며 제18대 대통령이다.
* 평민국 : 합중국에는 물론 귀천의 계급이 없다.
* 이스트 강(East) : 뉴욕 시 안으로 흐르는 큰 강이니, 브루클린, 윌리엄스버그 등 7
  만 8천 피트, 1만 피트 되는 오대교를 가설하였다. 브루클린 교는 공사비가 4천2백
  만 원이고, 건축에 14년이 걸렸다.

거리거리 온갖　　대회사 은행
낱낱이 보는 수는　없으리로다
데파트먼트 상회　쳐 쌓인 화물
보는 족족 작은 입　딱 벌어질 뿐

* 대회사, 은행 : 내셔널시티 은행, 리콘 방적 회사, 페터슨, 에실 대리석 회사, 스탠더드 석유 회사 등 큰 회사 은행을 일일이 들기도 어렵다.
* 데파트먼트 상회 : 만물을 구비한 큰 상점이다. 시설이 크며, 물건을 두루 갖추어 없는 것이 없다.

노상에 오고가는　　사람을 보니
걷는 이는 달리는 듯　탄이 나는 듯
이렇듯 교통 민속　요구함으로
공중 땅속 물밑이　모두 철로라

* 오고가는 사람 : 사무가 복잡하고 사람들의 왕래가 바빠서 방문한 객의 황망함이 상상을 넘는다. 이런 곳을 보아야 이 세상의 바쁜 줄을 알 것이다.
* 교통 민속 : 모든 교통 기관을 구비하였으며, 지상의 교통만으로는 부족하여, 공중에는 고가선, 지하에는 지저선, 지하의 아래에는 수도선이 있어 한결같이 분주하고 번잡하다.

남으로 찾아가는　　필라델피아
과객도 느껴울사　기린각 파종
또 잠시 내려가면　워싱턴이니
유니온 정차장이　세계 제일등

* 필라델피아 : 뉴욕의 서남 340리경에 있는 합중국 제3도시. 상공업이 성황이다.

1776년에 건국 선언문 발표지이자 1890년까지 수도였다.

* 기린각 : 당시의 독립 기념관이다.
* 워싱턴 : 합중국 수도. 뉴욕에서 9백 리 되는 포트막 강 왼편에 있다. 굉장하고 화려한 건축이 흔히 대리석으로 지어졌다.
* 유니온 정차장 : 워싱턴으로 들어가는 정차장이니, 규모의 장대하고 정결함이 세계에 제일이라 한다.

눈 띄는 모든 물상　오직 점잖아

아무리 보더라도　대국의 수도

갖은 설비 완전한　국회 도서관

평민 대궐 백궁을　역람한 뒤에

* 국회 도서관 : 구조가 웅대하고, 금색의 벽이 찬란하다. 터전은 2.5 에이커. 전부 대리석, 화강암, 규격 벽돌 등으로 축조한 4층 건물로, 창문이 2천 개에 달한다. 지금 장서가 백40만 권이고, 그밖에 5백만 권을 소장할 설비를 하고 있다. 완전히 세계 제일이고, 이 건축은 워싱턴의 정화이자 아메리카의 안목이라고 한다.
* 백궁 : 대통령의 관저로 검소한 2층집이다. 1814년에 전쟁으로 인해 화재가 발생하여 네 벽만 겨우 남았다. 후에 고치면서 탄 자리를 가리기 위해 말끔히 백색으로 회칠하였으니, 백궁의 이름이 여기에서 왔다.

편주 띄워 마논 산　들어가 보니

숭엄하다 건국 위인　유택과 고거

춘풍추우 오늘이　몇백 년이냐

천만 세인들 향화가[41]　끊임 있을까

* 마논 산 : 워싱턴에서 포트막 강을 따라 내려가 60리경에 있다. 합중국 건국 위인인 워싱턴 내외의 묘소와 고택이 있는 곳이다. 고택은 소박한 목조 건물로, 2층

----

41 향화(香火) : 향을 태우는 불.

침실에는 워싱턴 내외가 별세하던 침상과 그 외 세간을 다 옛 모양대로 보존해
두었다.

포트막 강 눌러선   대기념비는
오백오십육 척의   순 석축이니
조금하면 하늘을   닿겠다마는
공열의 높음이야[42]   비길까 보냐

* 대기념비 : 포트막 강 상류, 국회 의사당 서쪽에 있는 높은 첨탑. 길이가 556피트,
  넓이가 10여 간으로 전체가 석재다. 하나의 거대한 돌로 된 칼 같으니, 물론 워싱
  턴의 기념비다. 석재는 세계의 유명한 곳에서 모아온 것으로 260만 원의 공사비로
  53년 동안 지었으며, 석재 건물로는 세계에서 가장 높은 것이다.

오던 길을 북으로   도로 올라가
북미 대륙 문화의   본원이라는
보스턴을 찾으니   여러 설비가
지식 숭상하는 줄   과연 알네라

* 보스턴 : 뉴욕 동북 920리경에 있는 매사추세츠 만 앞에 있다. 인구는 60만 명. 합
  중국에서 가장 오래되고 가장 취미 있는 도시이며, 합중국 제5대 도시이다. 이 나
  라 지식이 모이는 곳이며 상공업 또한 성행한다.
* 지식 숭상 : 보스턴 시민은 선조 영국의 기질을 이어받고 있고, 늘 역사로 자랑을
  삼으며 문학과 학예의 중심으로 예부터 유명하다. 호손 · 에머슨 · 롱펠로우 · 홈즈
  로웰 · 에버렛 · 프랭클린 · 웹스터 등 학자 시인이 다 이곳에서 났다. 그리하여 이
  런 말이 있다. 손님에게 묻기를 무엇을 먹냐고 묻는 곳은 시카고고, 재산이 얼마냐
  고 묻는 곳은 필라델피아며, 아는 것이 무엇이냐고 묻는 곳은 보스턴이라 한다.

---

42 공열(功烈) : 뛰어난 공적.

감사하다 하버드　　예일 두 대학
네 공적은 사기에[43]　불후할지라
나라 움이 돋히던　　복된 땅으로
영원히 큰 영광을　　가지게 하라

 * 예일 대학 : 아메리카의 저명한 대학이다.
 * 하버드 대학 : 아메리카 대학 중 가장 오래된 것이다. 1636년 창건했다. 초기에 2천
   원 기금으로 설립하고자 하였으나 쉽지 않았다고 하더니, 지금은 교사가 620명, 학
   생이 4천여 명이다. 기금은 2천4백만 원이며, 교사며 설비가 잘 되어 있다. 1년 경
   비가 3백만 원이나 된다 한다.
 * 나라 움 : 보스턴이 창업 선언지이므로 이를 이른다.

서향하는 노차에[44]　　한시 바쁘게
나이아가라 큰 폭포　구경을 가니
백장절애 나리는[45]　　수백 간 넓이
천지간 기장쾌활[46]　　여기 그칠 듯

 * 나이아가라 : 북아메리카 강 이름. 이리 호와 온테리오 호를 연결하여 캐나다 경계
   선에서 흐르다가, 그랜드 섬에서 수류가 심히 급격해져 우트 섬에서 분류하여 2대
   폭포가 되니, 소위 나이아가라 폭포. 캐나다 편은 넓은 3,010피트에 높이 15피트,
   두께 2피트이요, 아메리카 편은 넓이 1,060피트에 높이 167피트이니, 세계에 비할
   바 없는 장관을 뽐낸다. 폭포가 한 시간에 1억 톤 물을 배출하므로, 최근에 전기와
   기타 공업에 퍽 많이 이용하는데 아메리카 편 밑에 있는 수력 전기 회사에서 16만
   마력을 일으키고, 캐나다 편에도 또한 수력 전기를 일으켜 쓰며, 또 이 찌꺼기를 받
   아 여러 가지로 이용한다. 아메리카 정부의 관광 설비가 잘 갖추어져 있다.

43 사기(史記) : 역사의 기록.
44 노차(路次) : 경로.
45 백장절애(百丈絶崖) : 까마득한 낭떠러지.
46 기장쾌활(奇壯快活) : 기특하고 장하고 쾌활하게 흘러내리는 모양.

천주도 그 형세에　움직일지요
지축도 그 울림에　흔들릴지라
펼쳐 넌 흰 비단필　무더기 우레
꼴과 소리 만분일　못 그리겠네

오호를 두루 보고　시카고 오니
삼백 방리 대시가　대공업지라
뉴욕의 성대를　본 눈이언만
오히려 커 보이는　제조와 무역

* 오호 : 아메리카에 오대호가 있으니 (1) 미시간 (2) 휴런 (3) 슈피리어 (4) 이리 (5) 온
  타리오다. 미시간 이하 네 개의 호수가 합하여 이리 호로 들어가고, 이 호수가 동
  결하여 나이아가라 폭포가 되고, 그 끝이 얼마 뒤에 세인트로렌스 강이 되어 대서
  양으로 들어간다.
* 시카고 : 뉴욕에서 3천6백여 리 떨어져서 미시간 호의 남서쪽에 있는 도시로, 합중
  국의 제2도시이자 세계 제4도시이다. 면적은 200방 피트이고, 인구는 2백여만 명
  이며 수륙 교통의 요점이다. 유명한 대학과 여러 도서관이 있으며, 철공업과 고기
  장조림, 농기구 기타 각종 공업이 극히 성대하다. 특히 밀 · 가축 · 목재 · 식품 등의
  무역과 판매는 세계 제일이라 한다.

시내 전차 연장이　상하 구천 리
주야 분치 자동차　삼만여 채요
겸하여 아메리카　철도 대중심
무천의 흥왕함이　이를 길 없네

47 천주(天柱) : 하늘을 떠받치는 기둥.
48 주야 분치(晝夜奔馳) : 밤낮없이 분주하게 달림.

예서부터 쾌속력   기차를 타고
끝없는 중미 평야   줄달음하니
십리 백리 천리씩   몇이나 온고
가고 가고 또 가도   들이오 또 들

* 쾌속력 기차 : 여기서부터 태평양 해안까지는 대개 광야를 통과하므로 속력을 크게 내어 한 시간에 2백수십 리씩 질주한다.
* 중미 평야 : 시카고에서부터 서쪽 록키 산 동쪽에 이르는 수천 리는 대개 삭막한 황야다. 광활한 초원 도처에 방목하는 소와 양이 곳곳에 무리를 이루었다. 이 소와 양 떼는 진실로 아득하게 넓은 평야를 지나는 객의 우울한 마음을 즐겁게 하는 동무가 되니 마치 태평양 위의 알바트로스 같다.

마당지고 물이나   흐르는 곳에
떼떼이 놓아먹이는 소 양 떼마저
눈 속에 들어오지   아니할진대
염증나서 하루도   못 견딜네라

미시시피 미조리   여러 큰 강을
다 지나고 록키 산   당도하여서
나갈수록 차 안이   점점 추움은

높은 뫼로 올라감　분명하도다

* 미시시피 강 : 북아메리카의 큰 강. 아이테스커 호에서 발원하여 남쪽으로 만 천수 백 리를 흘러 멕시코 만으로 들어간다. 이 강의 연안에 세인트루이스 · 멤피스 · 피 츠버그 · 뉴올리언즈 등 대도시가 있으며, 대증기선이 약 8천 리나 거슬러 올라가 항해한다.
* 미조리 강 : 미시시피 강의 최대 지류. 연장이 제퍼슨 수원지까지 약 만 천8백 리다.
* 록키 산 : 북아메리카에서 가장 높고 큰 산맥. 태평양 고지의 동쪽 장벽이 되고, 뉴 멕시코에서 캐나다를 거쳐 북극해에 다다른다. 최고봉은 만 4천4백 척이며, 기차 로 넘는 최고 높이는 8천 척이다. 기차가 오를 때에는 소 걸음처럼 느리고, 내려갈 때에는 날아가는 화살처럼 빠른 것은 당연한 일이다.

쇠미란 작은 역은　높이 팔천 척
백두산 꼭대기에　오른 셈이라
먼 동쪽 땅 아래에서 해 떠오르는
경치 봄이 쾌하기　그지없도다

* 쇠미 : 록키 산 위에 있는 작은 역으로 철도 선로 중에서 가장 높은 역이다. 높이 8 천 척이다.
* 해 떠오르는 경 : 산위로 멀리 동쪽의 들 밖에서 아침 해가 떠오르는 풍경을 바라 보면, 천지 만물이 붉은색으로 가득 차서 돈연히 가슴이 확 트임을 깨닫는다 한다.

울밀한 삼림 중에　홍인종들의
기이한 사는 모양　불쌍히 보며
몰몬 교인 개척한　솔트레이크에
신앙의 무서운 힘　감복하도다

175
—
시
가
문
학

* 홍인종 : 곧 '인디언'이란 것이니, 아메리카의 원주민이다. 문명인의 세력에 쫓기어

점점 산속으로 들어가서 그 수가 갈수록 줄어들고 있다. 록키 산 곳곳에서 그 기이
한 생활상을 볼 수 있다.
* 몰몬 교 : 1830년에 미국인 요셉 스미드가 개창한 예수교의 일파. 교의에 일부다처
제를 승인하므로 정부가 금지하고 사회가 비난하여, 교도들이 서로 이끌고 깊은 산
황야인 솔트레이크에 들어와 도시를 건설하였는데, 지금은 시가 번성하였다.
* 솔트레이크 : '짠 호수'라 번역하는 데다. 사방에 산이 둘러싸 물이 흘러 나가지 못
하므로 큰 호수가 되고, 산의 소금이 물에 떨어져 짜기가 바닷물보다 더 하므로 이
런 이름을 가지게 되었다.

까맣다 구천 리 길　나흘에 와서
샌프란시스코에　　다다름이여
이곳은 북미 대륙　서편 쪽 관문
교통도 편하거냐　풍광이 절승

* 만 리 길 : 뉴욕에서 시카고까지는 약 3천6백 리고, 시카고에서 샌프란시스코까지
는 약 9천8백 리다.
* 샌프란시스코 : 태평양 연안의 최대 무역항. 동양에서 태평양을 횡단하여 처음으로
도착하는 북아메리카의 관문이다. 중앙 태평양 철로선으로 동부 여러 도시에 연결
되어 있으며 상업이 꽤 성대하다.
* 풍광 : 샌프란시스코 시는 기다란 반도의 북단에 세워진 시다. 서쪽으로는 태평양
에 닿고 동쪽으로는 광대한 샌프란시스코 만에 면하였다. 샌프란시스코 만은 넓이
가 20리에 길이가 백 리 되는 큰 만이며, 교통이 편리하고 풍경이 아름답다.

건설한 지 오래지　않은 동안에
그 많은　대파괴를　겪어 가면서
넘어지는 번번이　　더 일으킴은
시민의 큰 정력을　볼 것이로다

* 대파괴 : 샌프란시스코 항에는 대체로 화재와 지진이 많다. 1849년부터 3년간 5차

례나 대화재가 났고, 1868년에 대지진으로 큰 손해를 보았다. 최근에는 1905년에 대지진과 화재로 전 시가지가 거의 파괴되었으나, 이런 재난을 만날수록 더욱 도시 경영을 열심히 하여 굉장한 도시를 건설하였다.

한나절 바쁜 때의   마켓 거리에
다니는 인종들이   수도 많구나
그립고도 든든한   우리 형제의
새 공기 중 시원히   지내는 모양

* 마켓 거리 : 샌프란시스코의 가장 번화한 시가다.
* 인종들 : 샌프란시스코는 원래 140여 년 동안 세계 각지의 부랑인이 모여 이루어 온 도시다. 아직까지 동서 각 민족이 잡다하게 거주한다.
* 우리 형제 : 조선인도 이 항구를 중심으로 하여 부근 일대에 거주하는 이가 많다.

이층 창고 대잔교   마흔네 군데
수륙 연락 설비의   완전한 중에
배 띄워라 나가자   골든 게이트
저녁 해의 용금이⁴⁹   기장하도다⁵⁰

* 대잔교 : 부두의 설비가 주도하여 기선 화물을 내리는 것이 쉽다. 두 개의 선거가 물에 떠 있을 뿐만 아니라, 견고한 목조 3층 창고로 만든 대잔교를 44곳이나 지어 해륙 연로의 설비가 매우 완전하다.
* 골든 게이트 : '금문'이라고 번역하는 것이다. 캘리포니아 만 입구의 해협이다. 넓이가 45리에서 78리까지 되며 샌프란시스코로 들어오는 관문이다. 풍광이 웅장하고 아름다우며, 석양은 더욱 장관이다.

---

49 용금(湧金) : 금빛이 끓어오름.
50 기장(奇壯) : 기이한 장관.

한오리 검은 연기 수평선 뒤에
남기고 달아나는 우리의 앞길
움직이는 산악과 울리는 우레
보이고 들리는 건 도무지 물결

* 앞길 : 샌프란시스코에서 출발하여, 태평양을 횡단하여 동양까지 이르는 직선의 바
  닷길.

물의 임금 바다요 바다 임금은
태평양이란 말을 들었거니와
이제야 실지를 임하여 보니
무시무시하구나 물나라 세력

* 태평양 : 동쪽으로는 아메리카 대륙과 서쪽으로는 아시아, 오스트레일리아 사이에
  놓인 대양. 남북 2만 8천 리, 동서 4만 리, 세계 전 해면 5분의 2, 수량 전 지구 물의
  7분의 3. 광대하고 깊은 것이 세계의 물의 왕이다. 서부에는 섬이 많으나 중부와
  동부에는 몇 개의 작은 섬밖에 없고, 아득하고 끝이 없는 것이 물이요 또 물이다.
  풍파는 대서양에 비해 잔잔하여도 너무 광경이 단순하여 항해자로 하여금 싫증나
  게 한다.

후태평양 팔천 리 안온히 지나
이레에 호놀룰루 다다랐으니
하와이 열두 섬 중 가장 큰 도성
전 태평양 중간에 별천지이라

* 후태평양 : 전체 태평양을 하와이 섬을 중심으로 나누었을 때, 하와이 섬과 샌프란
  시스코 동쪽 해안을 가리키는 말이다. 이 사이가 8천 3백여 리다. 하와이 섬과 요
  코하마 사이를 전태평양이라 한다. 이 사이가 만 3천 2백 리이므로, 동서 항로 총

합은 2만 천5백여 리다.

* 하와이 : 북태평양에 있는 10여 개의 군도. 총 면적 6, 449방피트, 인구 약 16만. 기후가 온화하고, 사탕 · 쌀 · 과실을 생산한다. 19세기 초에는 왕국이었으나, 1893년에 공화제가 되었다가 1898년에 합중국에 합병되었다.

탁 치고 물러나는　작고 큰 물결
쾌남아 캡틴 쿡　　유한면면[51]코
나무 끝 부는 바람　티끌 씻는 비
카메하메하 1세의　영풍이 막막[52]

* 캡틴 쿡(Captain Cook, 1728~1779) : 영국의 항해가. 태평양을 세 번 항해하여 각지에서 새롭게 발견한 섬이 많다. 하와이 섬에서 토인에게 피살되었다.
* 카메하메하 1세 : 18세기 말에 분리되어 있던 하와이 군도를 통일한 영주이며, 태평양의 나폴레옹이라는 칭호가 있다.

꽃 좋고 잎새 성한　열대 식물의
알고 모르는 여러　수림을 뚫고
수족관 찾아가니　기종도[53] 많다
세계 제일 헛말이　아닐지로다

* 열대 식물 : 열대 지방에서 나는 식물의 총칭이다. 그중에는 줄기가 장대하고, 잎이 두껍고, 꽃이 농염한 것이 많다. 하와이에도 다른 곳처럼 야자, 종려, 바나나 등 보통 있는 것들도 많거니와, 길거리를 다녀보면 우리 눈에 낯설고 이름 모를 것이 아주 많다.
* 수족관 : 하와이 수족관은 세계 제일로 유명하다. 색채와 모양이 진기하고 희한한 물고기를 무수히 기르는데 참 다른 곳에 다시 없는 기이한 광경이다.

---

51 유한면면(幽恨綿綿) : 물결이 국 신장의 한을 잇따라 실어옴.
52 영풍(英風)이 막막(漠漠) : 영웅의 풍모가 끝이 없음.
53 기종(奇種) : 기이한 물고기 종류.

기류하는 형제의 　고마운 마음
신문을 내이거니 　학교 세우거니
신세기 무대 위에 　좋은 모범이라
바라노니 그 정성 　일진하소서

* 기류하는 형제 : 십수 년 이래로 건너와 경영하는 조선인이 7천여 명이니, 학교와
  교당 등의 시설과 신문·잡지의 출판이 갈수록 정비되고 있다. 거주하는 사람들은
  대체로 노동을 하는데, 대개 사탕 농사에 종사한다. 해외 이민 중에서는 비교적 좋
  은 상황에서 지내고 있다.

둥그러니 물 하늘 　맞닿은 속으로
산 같은 경파오랑 　씨름하면서
열흘 동안 온 길이 　일만 삼천 리
반갑다 동양 풍물 　횡빈 항이라

* 물 하늘 맞닿은 속 : 하와이 섬에서 떠나 서쪽으로 오는 데는 작고 크건 간에 섬이
  없고 10여 일이나 항해하여도 널린 것은 물뿐이다.
* 경파오랑 : 전태평양은 후태평양에 비하여 바람과 파도가 좀 심하며, 산과 같은 파
  도가 잠깐 떴다가 가라앉음은 참으로 일대 장관이다.
* 일만 삼천 리 : 하와이 섬과 요코하마 사이.
* 횡빈 : 요코하마. 일본 관동 평야의 일단이며 동경에서 서남쪽 70리경에 있다. 동양
  에서 가장 중요한 무역항의 하나다.

구루마야 다리를 　잠시 빌어서
올라가는 기차에 　몸을 던지니
품천 만 싸여 있는 무장야 한 귀
순식간 동경 시가 　여기로구나

* 구루마야 : 인력거꾼을 말한다.
* 품천 만 : 시나가와 만. 동경 만의 일부다. 시나가와 시는 동경에 접하여 그 남방의
　문호가 된다.
* 무장야 : 무사시노. 관동 평야의 일부. 동경도 그 중에 있다.
* 동경 시 : 일본의 수도로 무사시노의 동남부에 있다. 동경 만에 임하고 스미다 강이
　동부를 관류한다. 시가는 동서 25리, 남북 35리며 인구는 180여 만이다. 문명의 설
　비가 갖추어진 동양 최대 도시이자 세계 제7위의 도시다. 전 일본 정치 학문의 중
　심이며 북일본 경제의 중심이다.

그윽할사 이중교　　호리도 깊고
번화하다 은좌통　　거리도 크다
본향대 삼전 언덕　　조도전 숲에
제제하다 다사는　　학문의 권위

* 이중교 : 니쥬바시. 황궁의 정문 앞 연못에 놓인 석교다.
* 은좌통 : 긴자 도리. 동경 시에서 물색이 가장 번화하고 상업이 가장 성대한 구역
　이다.
* 본향대 : 혼고다이. 동경 시내 북쪽에 있으며 제국 대학, 고등학교 등 최고 학부가
　있다.
* 삼전 : 미타. 동경 시내의 남쪽으로, 후쿠자와 유키치가 창개한 게이오 의숙이
　있다.
* 조도전 : 와세다. 동경 시내의 남서쪽에 있으며, 오쿠마 시게노부가 창립한 와세다
　대학이 있는 곳이다.

천악사 사십칠 열　　조위하고서

54 호리(堀, ほり) : 해자. 성 주위에 둘러 판 못.
55 제제(濟濟) : 많고 성함.
56 다사(多士) : 많은 선비.
57 조위(吊慰) : 위문.

능운각 등림⁵⁸하니　조망도 좋다
우전천 변 길원의　불야성 경치는
삼백 년 태평 꿈이　오늘이 어제

* 천악사 : 센카쿠지. 동경 시바구에 있는 유명한 사찰이다.
* 사십칠 열 : 아카 호기시라 하는 것이니, 겐로쿠 15년(단기 4035년; 역자 주: 1702
  년)에 아코의 무사 오시이 요시오(大石良雄) 등 47인이 주군을 위하여 원수를 갚고
  법에 의해 죽은 사건이 있다. 이 무사들을 의사라 하여 칭송한다. 센카쿠지에 그 묘
  가 있다.
* 우전천 : 스미다 강. 동경 시 동부로 흘러 동경 만으로 들어가는 강. 부근에 명소가
  많다.
* 길원 : 요시와라. 스미다 강변에 있는 유곽이다.
* 삼백 년 태평 : 도쿠가와 막부가 통치하던 기간을 이른다. 대개 요시와라의 유곽이
  도쿠가와 막부의 통치 이후에 무사의 기상을 부드럽게 하기 위하여 얼마쯤 유도하
  여 만든 것이라고 할 수 있다.

한나절 겨워서야　신교 역 떠나
잠속에 오십삼 차　다 지나오니
명고옥 성 부사 산　어찌 지난지
어느덧 경도부는　일천 년 고도

* 신교 역 : 신바시 역. 일본 최초, 동경 최대 정차장. 남쪽으로 가는 관문으로 남서쪽
  으로 가는 철로의 기점이다.
* 오십삼 차 : 옛날의 에도(지금 동경)에서 교토에 이르는 길에 역참이 53개 있었음
  을 이른다. 그 거리가 천2백 리 남짓하다.
* 명고옥 : 나고야. 동해도선 근처의 도시로 옛날에 중경이라 칭했다. 철도의 중심지
  이며, 상업이 융성하다. 그 성루는 가토 기요마사가 지은 것으로, 지붕의 귀에 황금
  물고기 모양을 붙여 놓은 것으로 유명하다.
* 부사 산 : 후지 산. 스루가, 가이, 사가미 세 지방에 걸쳐 원추형으로 높이 솟은 일
  본의 명산. 높이가 만 2천3백여 척으로 산꼭대기에는 사계절 내내 눈이 있다.

---

58 등림(登臨) : 높은 곳에 오름.

바둑판 같은 가구⁵⁹   정제도 하다
둘러싼 산과 물은   경개도 비범
금은각 동서본원   여러 명사찰을
두루 보고 나양을   잠깐 들리니

* 바둑판 : 시가의 구획이 균일하게 정돈되어 무수한 정사각형의 마을로 이루어졌다.
* 금은각 동서본원 : 금각사, 은각사, 동본원사, 서본원사. 다 교토 내외의 이름난 절
  이다.
* 나양 : 나라. 경도 시 남쪽 백 리경에 있는 곳이다. 경도로 천도하기 전, 이른바 왕
  조 시대에 77년간 도읍지였다. 그 문물이 거의 다 우리에게서 나왔다. 명소와 유적
  이 많고 사계절 내내 유람객이 모여든다.

정창원과 박물관   많은 보물은
왕조 시대 문화의   귀여운 유물
월뢰매와 길야앵⁶⁰   여기 왔다가
못 보고 돌아가니   섭섭하도다

* 정창원 : 쇼소인. 나라가 도읍일 당시의 공예와 미술 유물을 소장한 곳이다.
* 박물관 : 역사, 미술, 아름다운 예술 등 옛 유물을 수집하여 진열한 황실 박물관이
  다.
* 왕조 시대 : 일설에 나라 왕조라 하니, 나라가 도읍일 당시의 시대를 말한다.

59 가구(街衢) : 거리와 구획.
60 월뢰매(月瀨梅)와 길야앵(吉野櫻) : 쓰키세 산의 매화와 요시노 지역의 벚
   꽃.

정천의 긴 다리를   얼른 건너니
일본 상업의 중추의   대판 항이라
성은 누벽이나마   외연⁶¹하고나
당년 지업⁶² 뒤끝이   너무도 적막

* 정천 : 요도가와 강. 경도 동쪽 비파 호에서 발원하여 근 2백 리를 서쪽으로 흘러와
  오사카 항에서 바다로 들어간다.
* 대판 항 : 오사카 항. 오사카 만의 입구. 요도가와 강이 만으로 들어가는 곳에 있으
  며 인구 100만의 일본 경제의 중심지. 상공업이 일본 제일로 발달했다. 작은 도
  랑들이 시내에 종횡으로 흐르고, 철도가 사방에 통한다.
* 성 : 오사카 성은 오사카 시의 동쪽에 있다. 둘레가 10여 리다. 도요토미 히데요시
  가 지어, 도쿠가와 이에야스가 보수했다. 진이 높고 성을 둘러싼 못이 깊다. 누벽은
  대개 큰 돌을 층층이 쌓은 것이니 장관이다.

수풀같이 촘촘히   들어선 연통
제조 공업 성대를   설명함이요
내외 무역 복주⁶³의   요지인 것은
축항의 큰 규모를   보아 알겠네

* 제조 공업 : 일본 최대 공업지. 청일 전쟁 전까지도 심히 적막하더니, 전쟁 때부터
  공업이 크게 발달하여 굴뚝이 공중을 가득 채워 매연이 자욱하다. 견사 · 성냥 · 시

61 외연(巍然) : 높고 큼.
62 당년 지업(當年志業) : 당시에 뜻을 두었던 업적.
63 복주(輻湊) : 다투어 모임.

멘트와 함께 기타 값이 싼 일용물의 제조가 매우 발달했다.
* 내외 무역 : 일본 내 상업은 메이지 유신 초에 잠시 부진하다가 말기에 쇠운을 만
회하여 화물이 몰려드는 일본 제일의 중요 도시가 되었다. 외국 무역은 저절로 고
베 항으로 주요한 문호를 삼고 오사카 상인이 점유하였다. 최근에 거액을 들인 축
항 공사가 완성되어 갈수록 세력이 증대하고 있다. 더욱 조선과 중국 방면 무역은
저절로 대개 이 항구를 중심으로 이루어진다.

바쁜 길에 신호를   그저 지나니
백사청송 경 좋다   수마 명석개
이름 높은 금대교   어디쯤이냐
백마교 생각나는   마관을 고대

* 신호 : 고베. 오사카 만의 서북 지역으로 요코하마와 함께 일본의 무역항이다. 왕래
하는 선박이 모여들어 무역이 성대하고, 도시가 번화하다.
* 수마 : 스마. 고베시 서남 약 15리에 있는 신칸센 철도역. 전면 모든 포구는 아와지
등 여러 섬이 한눈에 보여 풍광이 아름답다.
* 명석 : 스마에 이어진 포구로, 풍광이 또한 아름답다.
* 금대교 : 킨타이 교. 신칸센 지나는 길에 이와쿠니이란 곳에 있는 이름난 다리다.
* 백마교 : 시모노세키에 있는 우리 선조의 유적이다.
* 마관 : 시모노세키. 또는 하관이라 한다. 신칸센의 종점이며, 부산에서 연락선으로
건너가면 처음 밟는 땅이다. 청일 전쟁 당시 강화 조약을 체결한 곳이다.

차 내리자 연락선   갈아 타고서
하룻밤 현해탄에   풍파 겪으니
반갑다 앞장 나서   맞는 오륙도
고향의 봄빛이   지금 어떠뇨

* 연락선 : 부산과 시모노세키 사이 거의 5백 리에 이르는 바다에 수천백 톤 이상의

연락선 5척을 띄운다. 양쪽에서 매일 밤낮으로 정시에 출발한다.

* 하룻밤 : 한 번 가는 데 10시간 걸린다.
* 현해탄 : 시모노세키에서 부산으로 향하는 해상 초입에 있는 해협이다. 풍랑이 험
  악하다.
* 오륙도 : 부산 항구 밖에 줄지어 있는 작은 섬을 가리킨다.

장춘을 곧장 가는　구아연락차
마지막 나그네 몸　부쳐 실리고
꿈 같은 지난 길을　돌아보는 중
양양한 한강 물이　눈에 보이네

* 구아연락차 : 조선은 유럽과 아시아의 교통에 중요한 길의 일부분이 되었다. 작년
  에 러시아에서 개최한 운수업자 회의에서 협정한 바, 만주–일본 연락은 작년 5월 1
  일부터, 일본–러시아 연락은 작년 10월 1일부터 실시되었다. 또 서구 여객 교통에
  관해서도 일본–만주, 일본–만주–러시아의 여객 교통을 협정하였으니 곧 시작될
  예정이다. 아직은 매주 3회씩 장춘과 조선에서 서로 열차를 직접 운전하여 유럽과
  아시아를 연결한다.

그립다 남대문아　너 잘 있더냐
아무래도 볼수록　기쁜 제 고장
지구를 두루 돌 때　많은 느낌은
말씀할 날 있기로　아직은 이만

조선유람가

朝鮮遊覽歌

崔 南 善 作
金 永 煥 作

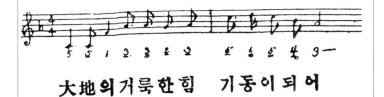

大地의거룩한힘 기동이되어

한울을버틔고— 선 白頭의 聖山

猛虎의수파람이 울니는거긔

聖人이나셧고나 英雄길럿네

1928년 한성도서주식회사에서 출간한 판본에 수록된 악보

서(序)

조선을 노래할 것입니다. 그 산하를 노래할 것이며 산하에 들어 있는 풍물을 노래할 것이며 산하와 풍물이 씨줄과 날줄이 되어 자아낸 문화의 비단을 노래할 것입니다. 노래하고 노래하여 한 줌의 흙과 한 알의 모래에까지 우리의 순하고 정성스러운 예와 찬미의 운율이 스며 들어가게 할 것입니다. 내게 가장 친절하고 가장 온화한, 내 생활의 모든 면에 가장 울림이 깊은 것이 다시 무엇이겠습니까. 거문고의 현을 타는 이상으로 우리의 마음을 기쁨의 물결에 둥실 띄워줄 것이 다시 무엇이겠습니까.

재주 없는 제가 일찍이 이에 마음을 쏟아 새로운 노래로 철도가나 한양가를 지었습니다. 이 흠결 많은 책에 보탬이 되기를 기약합니다. 최근 20여 년 간에 세상의 흐름이 크게 변하여, 혹 꺼려져 금지도 되고 혹 어떤 사정에 의해 속박도 되었습니다. 본래부터 품은 뜻은 아직 펼쳐지지 않았고, 또 지금에 와서 보니 그 문장들이 너무나 거칠고 사실에 맞지 않는 것들도 있습니다. 얼마쯤 세상에 유행하는 것이라도, 할 수 있으면 내 손으로 없애 버릴 생각이 나기도 합니다. 그래서 조선의 풍습에 관해 여러 새로운 노래를 지으려고 하였으나 이리저리 세상일에 휘둘려 성취하지 못하였습니다.

최근에 유치원에서 보통학교, 고등학교에서 부르는 노래가 귀에 들어와 들으니, 가사가 속되고 촌스러워 심성을 더럽히지 않을 것이 없습니다. 가사나 곡이 좀 들을 만한 것은 외국의 제재에 의존하고 있는 것이 흔합니다. 학교의 교과서를 들쳐 보니 조선색이나 조선 정조에 관해서는 볼 것이 없고, 이에 관해서는 모든 주의가 도무지 소홀하여 저절로 탄식하지 않을 수 없습니다. 이에 역사의 작은 파편들을 조선의 노래에 짜 넣기로 생각하여, 먼저 자연과 인문을 어울려 쓴 조선유람가 한 편을 세상에 내어놓기로 하였습니다.

대저 조선은 반만년에 얽힌 역사를 가지고 삼천리에 이르는 복잡한 지형을 지니고 있습니다. 조선의 사실을 받들어 높이고 그 높고 아름다운 품격을 생각하고 맛보는 데 어찌 끊어진 책과 조각난 말들로 다 이르겠습니까. 또 많은 말을 번잡하게 늘어놓는 것은 어렵지 않다 할지라도, 사람들이 읊고 부르기에 도리어 거북할 것입니다. 이에 신중하게 생각하고 깊이 연구하여 요점을 담기에 힘쓰고, 제재를 안배하는 데 주의를 더 하였습니다. 이것이 이러한 종류의 책에 마음을 쓰기에 필요로 하는 최고의 한도라고 생각한 것입니다. 표면적 말과 숨어 있는 뜻 사이의 미묘한 의미를 읽어내는 것은 오직 독자의 현명한 판단에 맡길 따름입니다.

이 거칠고 소홀한 한 편이 어찌 감히 교육에 도움이 되기를 바라겠습니까마는, 지금 가장 큰 결함이 있고 또 나의 가장 큰 고심인 조선의 교육(조선 교양)에 다소의 공헌이 있다면 감히 희망 밖의 행운입니다.

무진년 5월 23일

일람각 자등란 밖으로 봄내가 무르익은 끝에 쏟아지는 빗줄기가

마른 초목을 적시는 풍경을 내다보면서

백운향도

조선유람가

1

대지의 거룩한 힘　기둥이 되어
하늘을 버티고 선　백두의 성산
맹호의 휘파람이　울리는 거기
성인이 나셨구나　영웅 길렀네

* 백두산 : 동방 대륙의 지형에서 근본이 되는 곳으로 우리 인간과 문화의 시조이신
환웅과 단군이 여기에서 인간으로 태어나셨다. 또 부여 이하의 모든 건국자들이
의지하여 출세하고 업을 이룬 곳이므로, 예로부터 성산이자 영지로 숭배되어 왔다.
대장봉의 높이는 2,744미터.

2

한 팔을 남으로 던져　금수 삼천리
무궁화 향이 덮힌　대조선 반도
산 아니 높으시냐　물이 곱구나
백화가 어우러진　문화의 동산

3

일만 척 영봉 위에   신비를 담고
풍운을 희롱하는   조화의 천지
두만강 압록강이   좌우로 나가
슬해를 당기었다   발해를 끼고

* 슬해, 발해 : 함경도 저쪽의 동해를 조선 고서에서는 슬해로 적었다. 평안도 저쪽의
  서해를 중국에서는 지금도 발해라 일컫는다. 그 본래 뜻은 모두 성스러운 신의 바
  다를 의미한다.

4

천평이 끝없는데   홍송 숲 깊어
신시의 옛 터전을   찾으려 하면
동으론 홍단수와   서엔 허항령
새로워 어제 같은   천왕당 있다

* 천평 : 백두산록에 생긴 수백 리의 큰 들을 예로부터 천평이라 일컫는다. 고조선의
  이전 나라인 환웅 신시의 터다. 천평의 동쪽에는 무산의 홍단수가 있으며, 서쪽에
  는 갑산이 있다. 갑산의 허항령 위에는 환웅과 단군을 모시는 사당인 천왕당이 있
  다.

5

대홍산 소백산이   어깨 든 곳에
수없는 고봉장령²   담장이 되어

---

1 백화(百花) : 온갖 꽃을 의미함.
2 고봉장령(高峰長嶺) : 높은 봉우리와 길게 이어지는 고개.

옥저의 함경도가　동쪽에 생기고
낙랑의 평안도가　저쪽에 벌렸네

　* 옥저, 낙랑 : 함경도는 옛날에 옥저국이었다. 평안도는 한때 한족의 거주지로, 낙랑
　　이라는 군이 되었다가 뒤에 다시 고구려에 편입되었다.

6

윤관의 아홉 성이　어디 만이냐
금나라 깨친 글을　북청에 읽고
태조의 일대영풍[3]　무엇에 볼까
오백년 묵은 빛이　함흥 괴궁송

　* 윤관 : 고려 예종 때에 도원수를 지낸 분이다. 여진족을 쳐서 그 거주지이던 함흥
　　이북을 되찾았고, 거기에 아홉 개의 성을 쌓았다.
　* 금문자 : 금나라는 여진족이 세웠던 제국으로, 그 문자를 새겨 놓은 비석이 북청군
　　위원면 창성리에 있다.
　* 괴궁송 : 함흥군 운전면에는 조선 태조의 함흥본궁이 있다. 여기에 한 그루 늙은 소
　　나무가 있는데, 이 소나무는 태조께서 손수 심으신 나무로 태조께서는 여기에 활
　　을 걸어 두셨다고 한다.

7

성천강 작다 하랴　만세교 길다
반룡산 발을 뻗어　넓은 합란평
흥망이 이 바닥에　얼마 갈렸나
황초령 진흥왕비　백운산 고성

──────────

3 일대영풍(一代英風) : 큰 영웅의 풍모.

* 만세교 : 함흥의 성천강에 설치한 다리로, 길이가 275간에 이르는 조선 최대의 대
교다.
* 합란 : 반룡산 아래의 함흥 평야를 옛날에 합란평이라 일컬었다.
* 황초령비 : 신라의 진흥왕이 북쪽을 개척하고 그 국경을 돌아본 것을 기념한 비이
다.
* 백운산성 : 백운산 위에 있는 성으로, 동명왕 때 건축하였다.

8

원수대 풍광으로   일컫던 경성
주을의 온천으로   새로 들리고
명태의 소산지로   소문난 명천
그보다 더 유명한   칠보산 절승

9

나남을 등에 지고   청진이 열려
북방의 수륙 교통   중심을 짓고
반도의 동문으로   원산이 있어
동해를 우리의 것   만들었도다

10

구름도 쉬어 넘는   철령 마천령
소나무 땅에 기는   명사십리와
여름에 더위 없는   석왕사 삼방

유자의 마음 끄는⁴ 명소도 많다

> * 철령, 마천령 : 철령은 강원도와 함경도가 만나는 경계이고, 마천령은 함경남북도
> 를 가르는 경계로, 다 무서운 높은 고개다. 백사 이항복의 시조에 "철령 높은 고개
> 쉬어 넘는 저 구름아"라는 구절이 있다.
> * 명사십리 : 원산항 바깥쪽에 있는 갈마 반도의 맨 끝에서부터, 황룡산 자락이 바다
> 로 들어가는 곳까지 약 10리 간에 흰 모래와 푸른 소나무가 길게 뻗어 있다. 여기
> 의 경치가 비범하여, 해수욕장으로 유명하다.

11

간도를 휘어잡은　　회령 종성엔

여진의 옛 자취를　　도처에 볼사

오지암 '한이' 전설　귀가 기울고

오국성　황제총은　눈물겨웁다

> * 오지암 : 청나라의 태조가 회령의 오지암에서 태어났다고 하는 전설이 있다. '한이'
> 는 우리가 청 태조를 부르는 통칭이다.
> * 오국성 : 송나라의 휘와 흠, 두 사람의 황제가 금나라에 잡혀 와서 오국성에서 죽었
> 다. 회령 운두산성의 황제총이 그 무덤이라 한다.

12

압록강 떼흐르는⁵　장장 이천 리

곳곳이 새로울사　　고구려 영화

만포진 건너편의　　국내성 터에

산 같은 능과 비가　예⁶를 말한다

---

4 유자(遊子) : 놀러 다니는 사람.

5 떼흐르는 : 모여들어 흐르는.

6 예 : 아주 먼 과거

* 국내성 : 만포에서 압록강 건너편에 있는 통구는 고구려의 평양성 이전의 도읍이
  다. 유명한 광개토왕비가 거기에 있다.

13

영원의 낭림산은　숲이 보일사

희천의 두첩굴은　돌도 기이타

강계의 인풍루와　의주 통군정

시원한 오지랖에　호기[7]가 발발

14

신의주 안동현은　철교가 검얼[8]

이름만 다른 나라　실상 한 집안

쌓여서 산을 이룬　엄청난 뗏목

백의인 청의인[9]이　마주쳐 드네

* 철교 : 동양 제일이라고 일컬어지는 다리로, 압록강 위에 놓인 3,700척 길이의 큰
  철교. 조선과 만주를 연결하고 있는 거멀못같이 보인다.
* 뗏목 : 백두산록에서 벌목한 것을 압록강에 띄워 내려보내는 것으로, 신의주로 향
  해 가다가 영림창에서 재목으로 만들어 낸다.

7 호기(豪氣) : 호걸의 기운.
8 섬얼 : 거밀못.
9 백의인 청의인(白衣人 靑衣人) : 흰옷을 입은 사람, 푸른 옷을 입은 사람. 각
　각 조선인과 중국인을 뜻함.

15

성마저 흔허졌다[10] 임장군 백마

들꽃도 쓸쓸할사 홍원수 정주

을지공 한칼 아래 놀란 백만 혼

지금도 헤매일사 청천강 변에

     * 백마 : 의주에 있는 백마산성은 인조 때에 임경업이 지키며 청군을 격퇴하던 명지
       다.

     * 홍원수 : 순조 신미년에 홍경래가 정주성에서 혁명 운동을 일으켜 스스로 평서 대
       원수라 일컬었다.

     * 을지공 : 고구려 영양왕 때 을지문덕이 수나라의 침입군 백만을 상대로 싸워, 그 대
       부대를 살수(지금의 청천강)에 빠져 죽게 하였다.

16

더듬어 올라가자 묘향산으로

한나절 단군굴이 광명에 쐬고

높다케 앉아 보자 약산의 동대

휘어진 구룡강이 소련 널었네[11]

     * 단군굴 : 영변의 묘향산은 예부터 신의 산으로 단군의 유적인 굴과 대가 있다.

17

점점산 끼고 도는 용용 대동강

옛 도읍 평양부의 사천 년 물색

---

10 흔허졌다 : 무너졌다.

11 소련(素練) : '매달린 하얀 베'라는 뜻으로, 구룡강이 굽이굽이 흘러가는 모
   습이 널려 있는 하얀 베 같다는 뜻.

영락왕 장수왕도   유상¹²하였을
모란봉 소나무 숲   능라도 버들

* 점점산 : 고려의 시인 김황원이 연광정에 올라서 평양의 형세를 노래하기를, "성벽
  한편으로는 넘쳐 넘쳐 흐르는 물이요, 넓은 들 동쪽에는 한점 한점 산이로다"라고
  한 것이 명구로 후세에 전하고 있다.
* 영락왕 : 광개토대왕. 장수왕은 그 아들로, 고구려의 세력이 이 두 왕의 대에 절정
  에 달하였다.

18

숭녕전 절을 하고   조천석 밟고
청류벽 푸른물에   편주¹³ 띄워라
올라가 강선루를   성천에 보고
내려가 염제비를   용강에 찾자

* 숭녕전 : 평양 안에 있어, 단군을 모셔 제사를 지내는 곳이다.
* 조천석 : 동명왕이 기린마를 타고 승천하였다는 전설이 있는 곳이다. 대동강 상류
  의 부벽루 아래에 있다.
* 강선루 : 대동강의 상류의 성천 비류강 변에 있는 유명한 누각이다.
* 염제비 : 용강 해운면 용정리에 있는 비석으로, 한반도에서 가장 오래된 것이다.

19

꿈 되어 흙에 묻힌   낙랑 문화를
좌우의 밭고랑에   지고¹⁴하면서

---

12 유상(遊賞) : 놀다가 칭찬함.
13 편주(扁舟) : 조그만 배.
14 지고(指顧) : 손가락질하며 돌아봄.

비발도 그늘 속에   노를 돌리면
진남포 커단 입이   산동 삼킬 듯

20

제량해 건너서서   대야 또 대야[15]
고조선 중심지가   황해도 여기
구월산 수양산이   앞뒷담 되고
재령강 예성강이   남북의 수구

* 제량 : 재령강의 하류가 대동강으로 들어가는 지역으로, 황해 평야의 수구이다.

21

궂은비 삼성사에   바람이 차고
저문 날 송관묘에   물결이 높다
송아지 어이 찾는   당장 이 벌에
걷던 길 없어졌다 풀이 거칠다

* 삼성사 : 구월산에 있으며, 단군을 모시고 제사를 지내던 곳이다. 몇 해 전에 사당
  을 헐어 걷어내는 일을 당하여 지금은 터만 남았다.
* 송관사 : 장연 아사진의 송관에 있다. 단군의 왕후인 비서갑 부인을 모시고 제사를
  지내던 곳이다. 지금은 또한 헐어져 버렸다.
* 당장평 : 구월산 아래로, 한때 단군의 도읍이었던 곳이다.

15 대야(大野) : 넓은 들.

22

철쭉의 정방산성　　봄 자랑 마라

단풍의 장수산이　　가을도 좋다

녹음을 총수산에　　찾을 줄 알면

은해의 남대지를[16]　　어이 모르리

23

해당화 그늘 지는　　장연 백사정

승선봉 너머로서　　천악[17] 들리고

십오야 달이 밝은　　해주 부용당

해운지 바깥으로　　학이 떠도네

* 백사정 : 장연 아랑포 근처에 있는 해안으로, 길이가 10리에 이른다. 해당화와 대두
  황권이 유명하며, 백사정의 북쪽에 승선봉이 있다.
* 부용당 : 해주군 안의 연못에 있는 유명한 정자.
* 해운지 : 해운지와 이름이 같은 정자는 해주군의 동쪽 5리에 있다. 태조의 유적(역
  자 주: 태조가 해주에서 왜를 물리친 일)을 전하고 있다.

24

온천이 김 서렸다　　안악과 신천

행여나 이 백성이　　질병 있을사

창곡이[18] 넘고 찼다　　은파 사리원

---

16 은해(銀海)의 남대지(南大池) : 남대지의 반짝이는 물결. 남대지는 황해도
언안의 큰 못으로, 정식 명칭은 와룡지.

17 천악(天樂) : 하늘의 음악.

18 창곡(倉穀) : 창고에 쌓아 둔 곡식.

이래도 어느 인생   주림에 우나

  * 은파 : 재령의 유명한 시장이다.
  * 온천 : 신천과 안악에는 온천이 많다.
  * 사리원 : 봉산에 있는 곳으로, 황해평야에서 나는 곡식의 중심 집산지.

25

천마산 내린 맥이   청석관까지
경기의 덜미 뒤를   휩싼 안으로
쏟치는 은하수를   박연에 보며
송악산 접어들면   고려의 개성

  * 박연 : 대흥동의 물이 천마산과 성거산 사이에 있는 절벽으로 떨어지는 폭포다. 십
    장 길이로 떨어지는 이 폭포는 성내에서 가장 이름나 있다.

26

오백 년 풍풍우우   웃음과 울음
만월대 지대 밑에   다 들어가고
선죽교 돌에 스민   붉은 핏발만
지금도 그때같이   새로웁고나

  * 만월대 : 고려의 궁궐인 연경궁 정전의 전계이던 것이다. 개성의 대표적인 고적으
    로 옛 시에 많이 오르내린다.
  * 선죽교 : 고려 말기의 충신인 정몽주가 여기서 살해를 당했다. 그 혈흔이 돌 위에
    남아 있다.

27

진봉산 철쭉이며   자하동 수석

송도의 자랑일 것   다 아니로다

삼지에 오엽마다   돈꽃 기르는¹⁹

삼포의 삿차양이   어여쁠시고²⁰

> * 진봉산 : 개성군 동남쪽 9리경에 있는 산으로, 철쭉으로 유명하다. 유혜풍(역자 주: 유득공(柳得恭 ; 1749~1807); 조선 정조 시대의 실학자. 혜풍(惠風)은 그의 자)이 시를 지어, "황량한 이십팔 왕의 왕릉, 해마다 비바람에 켜지지 않는 까막등이여, 진봉산의 붉은 철쭉꽃은, 봄만 오면 난만하게 피어 오르네"라 하였다.

28

대자산 돌아 들어   최도통 적분

따뜻한 술 붓기를   잊어버리랴

무악재 넘어와서   독립문 앞에

신들메 다시 한번   조일지로다.

> * 적분 : 고려 말기에 최영 장군이 원통하게 죽으며 유언하기를, "내 무덤 위에 풀이 나지 못하리라" 하였다. 과연 풀이 나지 않으므로, 적분이라 일컬어진다. 고양 옛 읍에서 동쪽 10리경에 있다.

29

하늘도 찌를 듯한   북한 삼각산

떨어져 백악봉이   두 활개 벌려

---

19 삼지(三枝)에 오엽(伍葉) : 세 줄기에 다섯 잎이란 뜻으로 인삼을 뜻함.
20 삼포(蔘圃) : 인삼밭.

낙산과 인왕산이　우긋한²¹ 속에
이천 년 한양성이　껴안겼세라

* 삼각산 : 북한산이라고도 부른다. 남쪽으로 뻗은 줄기가 문수봉으로 백악(경복궁의
　주산)이 되었다. 문수봉의 왼쪽으로 타락산이, 오른쪽으로 인왕산이 있다. 이 가운
　데 경성의 도읍이 생겼다. 가장 높은 봉우리인 백운대의 높이는 836미터다.
* 이천 년 : 백제의 시조인 온조 이래의 역사적 시간을 말한다.

30

온조의 칼자루와　이태조 채찍
다 어디 갔단 말가　그림자 없고
천추가 하루 같은　백운대만이
변할 듯 변치 않고　이제도 우뚝

31

주자소 관상감이　터는 없어도
동활자 측우기를　세계가 안다
복기다²² 겨우 남은　원각사 탑은
그대로 자랑하네　예술의 생명

* 동활자 : 태종 때 만들어 쓴 동활자는 세계의 금속 활자의 시초다. 활자를 만들던
　주자소가 남산 아래에 있다.
* 측우기 : 세종 23년에 측우기를 만들어 각지에 배치했다. 우량 관측을 세계 최초로
　한 것이다. 이를 관리하던 관상감은 지금의 휘문 학교 터에 있었다.
* 원각사 탑 : 지금 탑공원은 본래 원각사란 절의 터다. 이 절은 후에 뒤숭숭한 변천

---

21 우긋한 : 안으로 조금 우그러진.
22 복기다 : 볶이다.

을 겪었으며, 그 탑은 세조 때 세운 것이다.

32

백로주 영평 놀이   겨를 못한들
관악산 연주대야   빼일까 보냐
한강에 눈을 붙여   오르내리매
남한이 게로구나   행주가 저기

* 영평 : 백운산에서 내려온 임진강의 상류를 끼고 있는 옛 영평은 맑고 아름다운 풍
  경으로 유명하다. 백로주와 금수정은 그중 이름난 곳이다.
* 남한산 : 백제의 옛 도시로, 지금은 산성이 있다.
* 행주 : 한강의 상류, 임진왜란 당시의 대첩지였다.

33

조강을 돌아내려   강화로 들면
마니산 제천단이   하늘에 닿고
양선을 패퇴하던²³   초지를 거쳐
월미도 끼고 돌면   인천 제물포

* 조강 : 한강과 임진강이 합하여 바다로 들어가는 강이다.
* 마니산 : 강화군의 남쪽 25리에 있다. 마니산의 꼭대기에 돌로 지은 제천단이 있어
  단군의 유적이라 한다.
* 초지 : 강화도 동남쪽에 있는 정박 지점으로, 고종 병인년에 프랑스 군대를 패퇴시
  킨 곳이다.

---

23 양선(洋船) : 서양의 배. 여기서는 프랑스의 배를 의미.

34

붕어의 살이 찌는   서호의 수원
화산이 충충한데   독성이 오뚝
삼남의 목장이²⁴를   잡은 안성장
물건이 산 같은데   사람이 바다

 * 화산 : 수원군의 남쪽 20리에 있다. 정조의 건릉과 장조의 융릉이 거기 있다. 함부
   로 베지 못하게 한 소나무 숲의 둘레가 70리에 이른다.
 * 독성, 소사 : 둘 다 임진왜란 때의 전장이었다.

35

천안의 능수버들   온양의 온정
충청도 들어서며   훗훗한 정취
소사의 싸움터를   살피던 발로
어라산 충무 유택   찾을지로다

 * 어라산 : 옛 아산군에 있던 산으로, 충무공의 산소가 거기에 있다.

36

가야산 기슭으로   내포 모든 골
논 좋고 어염²⁵ 좋아 도처에 낙토
눈같이 모시 나는   한산 서천의
아씨네 손끝에서   돈이 샘솟네

24 목장이 : 목덜미.
25 어염(魚鹽) : 서민 생활의 필수품인 생선과 소금.

* 내포 : 아산만 남쪽, 유궁진 서쪽의 가야산 앞뒤에 있는 마을을 모두 다 내포라고
부른다. 옛날에는 11현이었다.

37

백제가 언제러뇨   낙화암 밑에
백마강 목이 메는   부여 반월성
망해루 터나 있나   대왕포 비고
고란사 쇠북소리   해가 저문다

* 낙화암 : 백제가 망하고 왕이 도망치자, 비빈과 궁녀들이 물에 빠져 죽었다는 곳이
다.
* 부여 : 백제는 처음에 광주에 도읍을 정하였다. 22대 주문왕이 웅진(공주)으로 옮겼
고, 26대 성왕이 다시 사비, 즉 부여로 옮겼다. 이후 백제가 멸망할 때까지 약 150
년간 나라의 수도였다. 반월성은 그 옛 터다.
* 망해루 : 백제 무왕이 선산(역자 주: 방장선산)을 모방하여 궁남지 안에 세웠던 것
으로 사치스러움이 궁극에 달하였다.

38

웃을사 조룡대는   이름이 좋다
석탄을 지나서매   어느덧 웅진
강산은 그림이오   옛일 꿈인데
휘파람 절로 나는   공주 쌍수성

39

²⁶
웅심한 계룡산이   높기도 한데
²⁷
놀믜에 강경이는   크기도 하다
²⁸
연산의 쇠두멍과   은진 돌미륵
불교가 이렇듯이   성하였구나

> * 연산 철부 : 연산읍 동쪽의 공원 안에 있는 개봉사의 유물이다. 주위가 약 3장에 이
>   른다.
> * 은진 미륵 : 논산역 동남쪽 약 10리경에 있는 관촉사에 있다. 전체 높이는 88척 8
>   촌, 둘레가 45척인 거대한 상으로, 사실은 관음상이다.

40

무역과 교통상의   중심점으로
남에는 대전 있고   북엔 조치원
속리산 법주사는   당탑도 크고
낙영산 화양동은   천석이 곱다

> * 법주사 : 법주사에 조선에 유일한 목조 탑인 5층탑이 있다.

41

대추로 시집가는   청산의 색시
담배로 장가드는   진안의 머슴
추풍령 치달아서   삼도봉까지

---

26 웅심(雄深)한 : 크고 깊은 .
27 놀믜 : 논산의 옛 이름.
28 쇠두멍 : 쇠로 만든 큰 가마. 여기서는 연산 철부를 가리킴.

덕유산 내룡에는　동부도 많다[29]

42

우륵선 어디 갔나　탄금대 비고
신립의 설운 패적[30]　달천이 운다
옥순봉 서린 구름　귀담 잠긴 달
강을 껴 내사군이　승지의 연환[31]

　　* 탄금대 : 충주읍 서쪽 10리경에 있는 대문산에 있다. 고대의 악성 우륵이 거문고를
　　　희롱하던 곳이다. 임진왜란 때는 신립이 조령을 넘어 들어오는 적군을 막으려고
　　　하다가 패하여 죽어, 경성이 크게 동요하였다. 달천은 그 오른쪽으로 흐르는 한강
　　　의 한 상류다.
　　* 내사군 : 충북의 맨 구석 지방으로, 남한강이 활 모양으로 구부러진 지점의 안쪽에
　　　있는 네 개의 군이다. 옛 단양, 영춘, 제천, 청풍.

43

춘삼월 자규루를　차마 오르랴
장릉에 지는 눈물　한강이 작다
소양강 팔길 안은　맥국 강원도
우두산 푸른빛에　싸인 자 춘천

　　* 자규루 : 단종이 영월 청령포로 쫓겨날 때, 자규루에 올라 한을 읊었다. "세상 근
　　　심 많은 분들에게 이르노니, 부디 춘삼월엔 자규루에 오르지 마오"라고 한 시구가
　　　있다.

---

29 동부(洞府) : 마을.
30 패적(敗績) : 패배한 유적.
31 연환(連環) : 고리를 꿰어 만든 사슬. 여기서는 아름다운 풍경이 사슬처럼
　　이어짐을 비유.

* 장릉 : 단종의 릉이다.
* 예맥 : 지금 강원도는 본래 예맥의 국토다. 강원도의 영서를 따로 맥국으로도 일컬
      었다.

44

태봉의 성 둔덕이   철로에 끊긴
철원에 삼부연의   기승이 있고
검불랑 세포 거처   추가령까지
평강의 고원미도[32]   유다른 배포[33]

* 태봉 : 신라의 말에 궁예가 철원에 배포했던 나라.

45

단발령 저 너머에   정광이 돈다[34]
옥부용 일만 이천   이름이 금강
만폭동 유리 홈에   구르니 구슬
구룡연 수정 방아   찧느니 우레

* 만폭동 : 금강산의 만 이천 봉과 삼십육 동천은 금강산의 대표적인 승경이다. 물과
      돌로 이루어진 풍경으로는 내산의 만폭동을 들고, 폭포로는 외산의 구룡연을 드는
      것이 일반적이다.

32 고원미(高原味) : 고원에서 느껴지는 기분 또는 취향.
33 배포 : 여기서는 나라를 세웠다는 의미로 쓰임.
34 정광(淨光) : 맑은 빛.

46

삼일포 절대 가인   신랑이 누구
에두른 삼십육 봉   저마다 낸 듯
해산정 장수로다   군졸이 얼마
눈앞의 해금강 떼   뉘 아니 그리

* 삼일포 : 고성에 있는 호수 중에서 가장 이름이 높은 것이다. 호수의 주위에 36개
  의 봉우리가 있다고 한다.
* 해산정 : 역시 고성에 있는 정자로, 금강산과 동해의 장관을 한눈에 볼 수 있어서
  유명하다.

47

조화의 잔재주를   총석에 보고
세계의 넓은 뜻을   창해에 아니
세간의 기관 장관   이에 그칠 듯
낱낱이 관동팔경   찾아서 무삼

* 총석 : 통천의 고저 항구 밖에 있는 바위로, 큰 현무암들이 깎아지른 듯이 높이 벽
  을 지어 서 있는 것이다. 둘레가 각각 척에 이르고, 높이로는 56장이나 되는 곧고
  평평한 이 바위들이 무수히 늘어서 있다.
* 창해 : 강원도 쪽 동해의 이름이다.
* 관동팔경 : 대관령의 동쪽에 있는 흡곡 시중대, 통천 총석정, 고성 삼일포, 간성 청
  간정, 양양 낙산사, 강릉 경포대, 삼척 죽서루, 울진 망양정을 이른다.

48

강릉은 천년 고도   볼 것도 많다
구태여 경포대만   일컬으리오

웅박에 수려 겸한   오대산만도 ³⁵

역내에 짝이 드물   명승이거늘

49

자단향 코를 에는   봉화 태백산

절묘한 모란봉에   신비한 황지

그중에 기이할손   공연 '뚤픈내' ³⁶

쏟쳐서 부푼 것이   낙동강 근원

> * 황지 : 태백산 안에 있는 연못으로, 모양이 대포에 구멍을 뚫은 것같이 가운데가 넓
> 고 밖이 오그라든 것 같다. 남쪽으로 넘어가서 공연이 되었다가 큰 벽의 구멍으로
> 나가서 낙동강의 근원이 되었다. 이를 '뚤픈내'라고 부른다.

50

구부려 내려가는   일천삼백 리

거연히 경상 일도   대동맥 되니

민생의 이해득실   교통의 편부 ³⁷

무엇이 여기 좌우   아니된다나

51

봉황산 부석사의   무량수전은

조선의 가장 오랜   목조의 건축

---

35 웅박(雄博) : 그 기상이 호방하고 장대함.

36 공연(孔淵) : 구멍 뚫린 못.

37 편부(便否) : 편리함과 불편함.

백운동 안문성공의 소수서원은
송제를 처음 본뜬 민립한 학교
³⁸

* 무량수전 : 약 700년 전 고려 중엽의 건축. 조선 반도에서 가장 오래된 나무 건물
  이다. 옛 순흥, 지금의 영주에 있다.
* 소수서원 : 옛 순흥 백운동에 있던 문성공 안유의 옛집에 중종 때 주세붕이 창립한
  송나라 제도의 강학소. 우리 조선에서의 서원의 시초다.

52

안동의 문필산에   김생의 고적
예안의 도산에는   이퇴계 유풍
우리의 문화사에   특필할 곳이
유난히 이 근처에   퍼부어 있다

* 김생 : 왕희지와 동등하게 거론되는 신라의 명필. 안동의 문필산에 그 공부 터가 있
  다 한다.
* 퇴계 : 옛 예안의 도산에 있는 이황의 옛집이다. 이황의 호가 이 집의 이름에서 나
  왔다. 도산서원이 있다.

53

실만 한 골짜기에   콩만 한 나라
제가끔 내로라던   시절도 있어
장부인릉이 있는   개령 감문국
대발병 삼십인도   하였다던가

* 감문국 : 고대에는 하나의 산골짜기나 하나의 마을이 하나의 나라를 이루었는데,

---

38 송제(宋制) : 중국 송나라 제도.

이 자취가 경상도에 가장 많다. 감문국은 개령에 있던 작은 나라다. 나라에 난이 일어나 대대적으로 병사를 일으켰는데, 그 수가 30인이었다는 전설이 있다. 읍서의 웅곡에 감문국 장부인의 능이라는 것이 있다.

54

주방산 천폭이야   보건 말거니
금오산 길재사를   알과못하리[39]
가야산 홍류동도   더듬으려나
해인사 대장경판   찬양을 먼저

* 주방산(역자 주: 주왕산) : 청송에 있는 산으로, 일대가 모두 거대한 암석이다. 샘과 폭포가 비할 데 없이 기이하다.
* 금오산 : 선산에 있는 산으로, 고려 말에 길재가 은거한 곳이다. 길재사가 있다.
* 대장경판 : 합천의 가야산은 홍류동의 물과 바위도 기이할 뿐만 아니라, 땅이 깊고 한적하여 삼재가 들지 않는 땅이라 한다. 그래서 세계의 보물이라 하는 고려 대장경판이 이 산의 해인사에 보관되었다.

55

대구는 남조선의   모든 대중심
달구불 예로부터   인물이 부려[40]
팔공산 동화사에   금당을 찾고
금척릉 지나가니   신라의 경주

* 달구불 : 대구의 옛 이름이다.

---

39 알과못하리 : 그냥 넘어가지 못하리.
40 부려(富麗) : 부유하고 화려함.

56

옥적을 누가 부나   계림이 쓸쓸
일천 년 유수성중⁴¹   오십팔 왕릉
슬기의 첨성대에   조선 빛나고
솜씨의 불국사에   세계가 온다

* 첨성대 : 현재 동양에서 가장 오래된 천문대. 천백여 년 전에 창건했다.
* 불국사 : 불국사의 석굴암은 미술의 정화로 세계에 알려졌다.

57

잔초도⁴² 굉장할사   황룡사 옛터
솔거의 그린 벽이   제 없혔던가
폐탑도 그리울사   분황사에는
성원효비 받침이   다행히 있다

* 솔거 : 신라의 뛰어난 화가로, 황룡사의 벽에 늙은 소나무를 그렸더니 새와 참새가
  날아들었다고 한다.
* 분황사 : 동방 불교의 최대의 종장인 신라 화쟁 국사 원효의 비석이 여기에 있었는
  데, 지금은 비석 받침만 남아 있다.

58

서술산 성모 위엄   뉘 안다 하랴
양산의 나정만을   말하여 분분

41 유수성중(流水聲中) : 흐르는 물소리.
42 잔초(殘礎) : 남아 있는 초석.

금오산 새벽달이   지샐 때마다
한숨의 최고운을   뉘 생각하나

* 서술 성모 : 신라의 건국 신화에서 신라 국조를 탄생시켰다는 선녀. 그를 받는 사원
  이 서연산에 있었으나 침수되어 없어졌다.
* 나정 : 후세에 신라의 시조라 하게 된 혁거세 왕의 탄생지라고 하는 곳. 경주군의
  남쪽에 있다.
* 금오산 : 경주의 남쪽 5리에 있는 명산. 최고운의 유적이 있다.

59

연오랑 태운 바위   어디 갔다나
안력만 궁해진다   영일만 밖에
수천이 마주 단 데   가뭇한 일점
향나무 울릉도의   성인봉일까

* 연오랑 : 전설에 연오랑이 지금의 영일만에서 바위를 타고 바다를 건너가서 일본
  의 왕이 되었다고 한다.

60

덥고 찬 두 조류의   모이는 목에
물 깊고 절벽이 진   동해안 일대
어족이 풍부할사   어업이 성타

---

43 최고운(崔孤雲; 857~?) : 최치원. 신라 말기의 문장가, 학자.
44 안력(眼力) : 시력.
45 수천(水天) : 하늘과 물.
46 마주 단 데 : 마주 닿은 데.

고래의 장생포와   청어의 감포

* 장생포 : 울산.
* 감포 : 경주.

61

양산의 통도사는   고찰에 대찰[47]

불사리 금강계단   높아 의구타

동래의 범어사는   승경에 영경[48]

못 보아 더 신기한   금정의 천어[49]

* 통도사 : 양산에 있는 큰 절로, 신라의 승려인 자장 법사가 창건하였다. 절 내부에
  는 석가모니의 사리탑이 있는데 승려가 처음으로 계를 받는 계단이 되었다.
* 범어사 : 동래의 금정산에 있다. 산 정상의 바위 위에 둥근 우물이 있어, 색이 황금
  과 같다. 『동국여지승람』에 금색 물고기가 오색 구름을 타고 하늘에서 내려와 그
  우물 속에서 유영한다고 전한다.

62

온천에 몸을 풀어   한달음 하면

절영도차면 안에   부산이 우묵[50]

반도의 호정이오   대륙의 관문[51]

47 고찰(古刹)에 대찰(大刹) : 오래되고 큰 사찰.
48 승경(勝境)에 영경(靈境) : 빼어나고 성스러운 경치.
49 천어(天魚) : 하늘에서 내려온 물고기.
50 절영도차면(絶影島遮面) : 절영도가 가리개 형상으로 둘러싼 바다.
51 호정(戶庭) : 집 안에 있는 뜰이나 마당.

못자리보다 숱한   작고 큰 돛대

* 온천 : 금정산 기슭에 있으며, 보통 동래 온천이라 부른다.

63

칠점산 건너서자   가락의 김해
반가운 귀지봉이   스럽지 않고[52]
진해를 돌아가자   마산의 항만
세계의 제일임을   뉘 앙탈할까

* 가락 : 현재 김해는 옛날의 가락국이다. 귀지봉은 나라의 시조가 내려온 곳으로 전
  해지는 곳이다.

64

동풍에 돛 달아라   배를 놓아라
거제를 끼고 돌면   통영이 거기
한산도 달이 밝고   적 소리 나면
무지한 어룡들도   애 끊길랏다

* 한산도 : 통영 앞바다에 있는 섬으로, 임진왜란 당시에 통제사 이순신이 승리를 거
  둔 곳이다. "한산도 달 밝은 밤" 운운하는 시조와 "바다에 맹세하니 물고기와 용이
  움직이고, 산에 서약하니 나무와 풀이 아느니"라는 시는 통제사가 여기서 지으신
  것이다.

52 스럽지 않고 : 낯설지 않고.

65

욕지도 사랑도에　노량　삼천포
아득한 우수영의　'울목이'까지
이곳에 바라뵈는　어느 산해가
거북선 백전장이　아니었던가

    * 울목이 : 명량도라 쓴다. 경상도, 전라도의 남해 일대는 거의 다가 임진왜란 때 수
       군들의 전장이었다. 충무공이 만든 거북선은 이 전쟁에서 특별한 공로를 세웠다.

66

촉석루 입 다물고　남강이 자도
의연히 의랑암은　소리 지른다
생명은 짧으니라　의는 기니라
논개의 진주에서　배우라 이를

    * 의랑암 : 진주 남강에 촉석루가 있고, 그 아래에 의랑암이 있다. 의랑암은 임진왜란
       당시에 기생 논개가 적장을 껴안고 물에 뛰어 들어 죽은 곳으로 전해진다.

67

팔백 리 지리산을　뉘 아니 크대
칠천 척 천왕봉이　높기도 하지
백두산 내려오는　기세를 거둬
영호의 경계 위에　앉아도 덜퍽

    * 지리산 : 백두산의 안 줄기가 반도의 남단에 서러서 경상도와 전라도의 경계에 생

긴 큰 산이다. 둘레가 8백여 리요, 높은 봉은 천왕이라 하여 높이가 1,915미터. 일명 두류라 한다.

68

청학동 골이 깊고　　학 아니 나와
상청의 신선 소식　　들을 바 없다
⁵³
칠불암 아자방이　　깨끗도 하니
승연이 닿는 대로　　선을 닦을까
⁵⁴

> * 청학동 : 지리산의 남쪽에 있는 마을로, 옛날부터 신선의 전설이 전해져 온다.
> * 아자방 : 지리산의 유명한 절인 칠불암에 아(亞)자 형태로 온돌을 꾸민 방이 하나 있다. 예부터 선을 닦는 곳으로 유명하다.

69

언제고 시원하다　　운봉 팔량치
공연히 반가울손　　남원 광한루
발쭉한 마이산에　　임실을 지나
으슥한 만마관을　　빠지니 전주

> * 팔량치 : 그 앞에 이 태조가 아지발도(역자 주: 고려 말 전라도 남원 지방에 침입한 왜구의 수장)를 쳐서 평정한 기록을 담은 황산 대첩비가 있다.
> * 만마관 : 임실에서 전주로 가는 길에 만마산성이 있다. 골이 길고 목이 좁은 것으로 유명하다.

---

53 상청(上淸) : 도교에서, 신선이 산다는 삼청(三淸)의 하나. 최고 이상향.
54 승연(勝緣) : 훌륭하고 좋은 인연.

70

한벽당 사시 가흥   풍류 어떠뇨
만경대 나를 졸라   시 읊으라네
비환이 저렇구나   당년 금산사
흥폐를 알리로다   기준성 저기

> * 한벽당 : 전주의 대표적인 누각으로 시조에 그 이름이 많이 오르내린다.
> * 만경대 : 전주의 동남쪽에 있는 고덕산의 북쪽 기슭에 있다. 서쪽으로는 군산을 바라보고 북쪽으로는 기준성과 연결되며, 동남쪽으로는 태산을 지고 있어 경관이 다양하고 시야가 쾌활하다.
> * 금산사 : 전주에서 멀지 않은 금구에 있다. 후백제왕 견훤이 그의 아들에게 유폐되었던 곳이다.
> * 기준성 : 익산의 미륵산 위에 있는 옛 성.

71

금만경 넓은 뜰에   숱한 곡산을
한 입에 씹어뱉는   군산을 거쳐
변산의 월명암에   낙조를 보고
선운산 찾아가자   동백꽃 필 때

72

서리 때 내장산은   비단이 곱다
늦은 봄 무등산은   철쭉에 타네
적벽의 칠월망에   미인도 보고

---

55 비환(悲歡) : 슬픔과 기쁨.

송광사 새벽종에   고불[56]을 문세

* 내장산 : 정읍에 있는 산으로 단풍의 명소로 알려져 있다.
* 적벽 : 동복의 계산에 있는 명승지다.

73

이 새에 눈을 돌려   반가이 볼 것
담양의 죽물이며   순창의 지물
예부터 들려오는   국중의 명산[57]
백양산 경승만이   자랑 아니다

* 백양산 : 장성에 있으며, 소금강이라고 일컬어지기도 한다. 이름난 사찰도 많다.

74

영산강 띠가 되어   휘도는 곳에
금성산 나부죽한   나주의 평야
호남의 토리[58]좋고   산물 많음을
한군데 여기로써   짐작하거라

75

월출산 천탑이야   이로 안다랴

---

56 고불(古佛) : 오래된 부처. 여기서는 부처의 뜻.
57 국중(國中)의 명산(名産) : 나라 안의 유명한 산물.
58 토리(土理) : 흙의 성질.

대둔산 수충사에　　차 공양하고
벽파정 밀고 써는　급한 수세에
당년의 전황이나　　살펴볼꺼나

* 월출산 : 영암읍의 남쪽에 있는 산으로, 또한 소금강으로 일컫는다. 기암괴석이 많
  다. 신라 말의 뛰어난 승려인 도선이 창건했다는 도갑사가 있다. 또 풍수지리설에
  기초한 천탑이 있기로 유명하다(역자 주 : 천불천탑으로 유명한 곳은 전남 화순 천
  불산에 있는 운주사다. 『신증 동국여지승람』에 운주사의 좌우 산등성이에 석불과
  석탑이 각각 1천 개씩 있다는 기록이 있다. 민간에는 도선 국사가 풍수지리설에 의
  거하여 일본의 침입을 막기 위해 세운 것이라 전한다. 이 설화는 확인되지 않은 것
  으로, 여기서는 최남선이 도선 국사와 관련된 두 개의 일을 같은 것으로 오인하여
  월출산에 천탑이 있는 것으로 표기한 것처럼 보인다).
* 대둔산 : 남해에 있는 산으로, 대흥사가 있다. 대흥사 안에 서산 대사와 사명 대사
  등에 제사를 지내는 사당인 수충사가 있다. 대둔산은 또한 차의 명산지다. 근세의
  이름난 승려인 초의 선사 의순이 여기서 다도를 정밀히 연구하여, 『동다송』 한 권
  을 지었다.
* 벽파정 : 전라 우수영의 맞은편인 진도에 있다. 이 벽파정 아래에 돌줄기가 있어,
  조수의 흐름이 급격하다. 임진왜란 때 충무공이 이 수세를 이용하여 적선 4백여 개
  를 난파시켰다.

76

유달산 품에 안겨　　목포 넓은데
풍성한 물화 집산　　놀라울시고
노인성 보인다는　　제주 바라며
다도해 상침 뜨자　　돛대로 바늘

* 다도해 : 전라도의 서남해에는 크고 작은 섬들이 별같이 깔려 있어서, 다도해라 일
  컫는다.
* 제주 : 한라산이 바다 밑에서 일어나 생긴 땅이다. 옛날에는 탐라라는 나라로 백제
  에 복속되었으나, 곧 신라에 편입되었다. 한라산은 높이가 1,950미터.

77

마지막 추자도를 놓아 보내니
황해의 호호망망[59] 가이없고나
커오는 한라산이 반갑다 할 때
조천포 내리란다 어느덧 탐라

 * 추자도 : 다도해의 최남단에 있는 섬이라. 여기서부터 제주까지는 허허바다이다.
   그래서 제주 가는 배가 풍파를 만나면 여기서 피난하였다가 떠난다.

78

백일이 한가로운 백록담에는
영주의 진선들이[60] 얼마 모였나
봄풀이 길게 덮은 삼성혈 가에
유자가 누르렀다 말이 뛰노네

 * 백록담 : 한라산은 삼신산 중 영주라 한다(역자 주: 중국의 전설에서는 발해만 동
   쪽에 봉래산, 방장산, 영주산을 삼신산으로 가리키는데, 이 삼신산이 한국에 있다
   는 믿음이 전해 내려온다. 봉래산은 금강산, 방장산은 지리산, 영주산은 한라산을
   가리킨다). 특히 그 정상의 백록담에는 신선 설화가 많다(『택리지』의 「해산조」를 보
   라).
 * 삼성혈 : 제주성 남쪽에 있으며 모흥혈이라고도 한다. 태초에 고을나, 부을나, 양을
   나 세 명의 신이 이리로 내려와서 탐라를 세웠다고 한다.

59 호호망망(浩浩茫茫) : 한없이 넓고 멀어 아득함.
60 진선(眞仙) : 도를 성취한 참 신선.

79

모슬포 지진두에　오고 말도다
어린 듯 미칠 듯한　이 마음이여
지난 길 돌아보니　꿈이 여리고
발 앞에 있는 것은　물과 다 만물

* 모슬포 : 제주의 남단이다.

80

춤추는 흰 놀 밖에　가물거리는
미지의 님의 나라　새로 그립다
샛별과 같은 눈이　불같이 탐을
바다가 비춰 준다　가슴이 뛴다

시 가 문 학

조선유람별곡

朝鮮遊覽別曲

崔　南　善　作歌
白　禹　鏞　作曲

天下를굽어보는 聖白頭　山　의

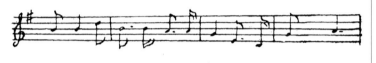

고임을 혼자바다 자라는 조　선

名畵를 펼친江山 그릇조흔데　百

花를繡논 歷史담겨서　가　득

1928년 한성도서주식회사에서 출간한 판본에 수록된 악보

서(序)

내가 일전에 조선유람가를 지어 세상에 내어놓았더니, 세상의 오랜 기대가 과분한 칭찬으로 이를 맞아 주셨다. 스스로 돌아보니 부끄러워 땀을 흘릴 지경이다. 그중에 안 좋은 점들을 일러 주셨다. 구절의 수가 많아서 읊고 노래하기에 벅차다던가 혹은 수사가 거북스럽다던가, 또 설명 없이 알기 어려운 말들이 너무 많다고 지적하시기도 하셨던 것은 다 우매한 어린이들에게도 아무쪼록 보급되기를 희망하는 뜻에서 나온 것이라 여긴다.

이에 그 뜻을 받아서 다시 붓을 들고 별곡 한 편을 짓는다. 짧고 쉽기를 바라지만 더욱 거칠고 서투른 것은 어쩔 수 없는 일이나 얕게 이해하고 쉽게 생각하는 바, 전작의 결함을 메우는 데 보탬이 될까 한다.

무진년 6월 18일
비 같은 비를 반년 이상 못 보다가
방울방울 생명의 기쁨을 담아 가지고 오는 단비가
푸른 오동나무 잎 위에 떨어지는 것을 보면서
일람각에서 다시 짓다

조선유람별곡

1

천하를 굽어보는 성백두산의
고임을 혼자 받아 자라는 조선
명화를 펼친 강산 그릇 좋은데
백화를 수논 역사 담겨서 가득

2

두만강 앞녘으로 옥저 옛 땅은
산 높고 바다 기단 함경남북도
칠보산 기이하고 학포 고운데
앞뒤로 청진 원산 문을 열었다

* 학포 : 안변에서 동쪽으로 60리경의 바닷가에 있다. 학포의 동북쪽에 명사 수십 리
  가 있어 바람을 따라 무늬를 이루는데, 혹 크기도 하고 작기도 하여 마치 비단폭을

---

1 고임 : 사랑함. 아낌.
2 기단 : 기다란.

펼친 것 같다. 학포의 둘레가 20리에 평평하고 둥근 것이 거울과 같다. 학포의 서쪽에 원수대가 있고, 가운데에 율도라는 섬이 있어 아름답다. 지금 다만 명사십리로 유명하다.

3

산해의 이를 겸한　해변 칠읍의
부려한 물색이야　일러서 무삼
화전에 귀리 심던　삼수갑산도
나날이 논이 느네　이밥을 먹네

* 해변 칠읍 : 함흥의 북쪽과 칠보산 남쪽의 함경도 연해의 7군. 함흥, 홍원, 북청, 이원, 단천, 길주, 명천 등이다.
* 삼수갑산 : 옛날에는 무서운 두메라 하여 원악지란 이름까지 있었으나, 지금은 교통도 편하고 논도 많이 늘어간다.

4

압록강 띠를 이룬　평안도 어디
고구려 옛 영화가　아니 실렸나
묘향산 단군굴에　고개가 숙고
청천강 칠불도는　기운이 난다

* 칠불도 : 청천강의 칠불도는 백만 수병이 물에 잠기던 중심점이다. 칠불의 이적(역자 주: 살수 대첩에서 수나라 군사를 유인하고자 7명의 승려가 강을 건넌 일)을 전한다.

---

3 산해(山海)의 이(利) : 산과 바다의 이점.

5

낙랑의 옛날부터　번화한 평양
대동강 거울 속에　모란봉 곱다
강선루 어디메뇨　무산이 어때
진남포 구름 넘어　황해가 아득

　* 낙랑 : 대동강 유역은 고대 조선에 있어서 문화와 재화의 중심이었으니, 당시 생활
　　의 호화로움은 최근에 연이어 발굴되는 고분에서 짐작된다. 그러나 도시의 위치는
　　지금과 같이 강북이 아니라 그 남쪽 기슭이었다.
　* 무산 : 성천의 강선루 앞에 있는 흘골산을 무산 12봉에 비유하여 이렇게 부른다.

6

제량을 올라가니　구월산 안에
열려서 시원코나　황해도 평야
'나무리' '어루리'에　벼가 누를 때
황주에 사과 붉고　봉산 배 희네

　* 나무리 · 어루리 : 재령과 신천. 황해도의 대표적인 평야이며, 둘을 합하면 황해도
　　에서 가장 큰 농토를 이룬다.

7

아랑포 들어오는 배　왜 저리 바빠
백사정 해당화가　철을 당하고
용당포 나가는 돛　배도 부르다
수양산 부는 바람　세를 얻었네

* 아랑포 : 장연읍 서쪽 5리에 있다. 백사정이 아랑포의 서쪽에 있다.
* 용당포 : 해주에서 바다 쪽으로 열린 입구로, 교통의 요지다.
* 수양산 : 해주읍 동쪽에 있으니, 산 위에는 이제묘(역자 주: 백이와 숙제를 모신 묘)
　가 있고, 묘에 「백세청풍」의 비석이 있다.

8

우뚝한 삼각산이　　가운데 솟고
성거산 백운산에　　관악 마니산
사방을 둘러쌓은　　경기 한판은
형승이 저렇구나　　풍상⁴ 적으랴

9

남한산 늦은 봄에　　백제 꽃 피고
송악산 한보름에　　고려 달 밝다
천추의 흥망사를　　제 알건마는
밤낮에 입 다물고　　흐르는 한강

* 남한산 : 광주에 있다. 백제의 초기부터 개로왕이 고구려 장수왕에게 잡혀 죽은 서
　기 475년까지 근 500백 년간 나라의 수도이던 곳이다. 광주 유수가 있던 조선 시
　대에는 화류터로 유명하였다.
* 송악산 : 고려 옛 도읍인 개성의 진산으로, 왕궁이 그 산록을 의지하여 조성되었다.
　거기에 남은 만월대는 개성의 대표적 고적으로 시가에 흔히 오르내린다.

4 풍상(風霜) : 바람과 서리.

10

화산과 목멱산이   마주 보면서
바람에 그 무엇을   속살거리나
찌들은 한양성이   꿈에 눌리고
'둥그재' 저 너머에 해 또 저문다

* 화산 : 경복궁의 주산인 백악의 다른 이름이다.
* 목멱산 : 남산의 옛 이름이다.
* 둥그재 : 서대문 바깥에 있는 산으로 지금은 금화산이라 한다. 원교라고도 한다.

11

평택이 질펀하고   내포가 깊어
충청의 남반도는   생리가 좋고
속리산 구름 깊고   도담 물 맑아
북도는 경승으로   내로라하네

* 도담 : 남한강의 상류에는 기승이 많다. 단양의 귀담. 도담. 옥순봉. 강선대 등이 특
  히 유명하다.

12

은진의 돌미륵도   갈릴 날 있고
연산의 쇠두멍도   삭고 말려냐
낙화암 깊은 설움   씻긴다 하랴
백마강 미는 물이   아무리 센들

5 생리(生利) : 사는 데 필요한 물품과 방법.

13

한 덩이 금강산만　가지고라도
세계에 어깨 으쓱　뽐낼 강원도
설악에 오대산도　과하다거든
하물며 해상 팔경　낱낱이 절승

* 설악 : 양양과 인제 사이에 있는 높이 1,780미터의 큰 산이다. 가을에 눈이 내리기
시작하여, 여름에야 녹으므로 설악이라 한다. 양양 쪽에 천당 폭포, 계조굴이 있고
인제 쪽에 곡백담, 심원사, 십이 폭포 등의 절경이 있다.
* 오대산 : 강릉의 서북쪽으로 120리에 있는 산. 만월봉, 기린봉, 장령봉, 상왕봉, 지
로봉 등 다섯 봉우리가 둘렸으며, 그 세력이 고루 알맞으므로 산의 이름을 오대라
한다.

14

강릉에 예가 있고　춘천에 맥국
대관령 넘나들며　얼마 겨뤘나
시방은 옛이야기　창해역사의
천하를 뒤흔들던　놀라운 용명⁶

* 대관령 : 강릉의 서쪽 45리에 있으며, 높이는 865미터, 높은 봉은 1,157미터다. 백두
산에서 내려오는 척추 산맥의 이 근처 통관점. 이 영을 기준으로 강원도를 영동과
영서로 나눈다.
* 창해역사 : 예나라의 용사로 이름이 천하에 알려져서, 장량의 청을 받고 철퇴로써
진시황을 저격했다고 한다.

6 용명(勇名) : 영웅이 날린 이름.

15

태백산 '뚤픈내'가　낙동강 되어
신라의 경상일도　만든단 말가
금호강 멀리 둘러　대구가 큰데
금오산 예런 듯한　일천 년 경주

16

팔만 장 대장경판　쟁인 가야산
홍류동 수석만을　일컬으리오
금관국 아득한 일　뉘게 물을까
마도나 불러 보자　부산항 밖에

* 금관국 : 가야국의 다른 이름. 지금의 김해다.

17

의랑암 하소연을　진주에 듣고
지리산 천왕봉을　달려 오르니
거북선 닿는 듯한　남해 일대에
어룡이 어이 뛰나　무놀[7]이 높다

18

고창의 화표주와　익산의 석인

7 무놀 : 거친 파도의 사투리.

마한의 옛 자취를　하마 만질 듯
순천의 송광사와　남해 대흥사
나려의 묵은 쇠북　이제 도우네
⁸

    * 화표주 : 고창읍 서쪽에 뾰족한 돌기둥을 세우고 예부터 숭봉하는 것이다. 인류학
      용어로는 멘히르라고 하며, 석기 시대부터 내려오는 신앙의 유물이다.
    * 석인 : 익산의 구읍 앞에 한 쌍의 석인(역자 주: 익산 금마면의 석불입상)이 있다.
      예전에 이것도 실상 고대로부터 내려오는 신앙의 유물이다. 화표주와 석인은 필시
      마한의 것일 것이다.
    * 송광사 : 송광사는 고려 불교계의 거인인 보조 국사 지눌이 개창했다. 이후에 그 이
      름의 덕이 계속 이어져 이른바 16국사를 배출하였다. 지금까지도 해인사, 통도사와
      함께 삼대 사찰의 하나로 거론된다.

19

금만경 이쪽으로　탁 터진 벌판
무등산 높이 앉아　시원히 보자
영산강 끼고 돌아　목포 나가면
그림도 못 따를손　다도해 경치

20

큰 돛을 높이 달아　바다로 드니
삼성혈 그저 있는　한라산 제주
마라도 바깥으론　바다 또 바다
그지가 본래 없네　조선의 앞에
⁹

---

8 나려(羅麗) : 신라와 고려.
9 그지 : 끝. 한도.

* 마라도 : 모슬포 바깥에 있는 조선의 남쪽 끝이다. 남쪽 끝점이 북위 33도 6분 40
초다.

신시

모르네 나는

밥만먹으면 배가부름을
모르네나는
물만마시면 목이축임을
모르네나는
해만번하면 세상인줄을
모르네나는
돈만많으면 근심없는줄
모르네나는
벼슬만하면 몸이귀함을
모르네나는
지식많으면 마음맑음을
모르네나는
우리구함과 우리찾는것
이뿐아닐세

여러가지다 모두긴하고
중요로우나
갑절더한것 또있는줄을
아나모르나
밥과마실것 돈과벼슬은
얻지못해도
낙과영화와 몸과목숨을
잃어버려도
나의자유는 보전할지며
찾아올지니
자유하나만 자유하나만
갖지못하면
그의세상은 아무것없고
캄캄하리라
하늘위에서 내려다뵈는
모든영화를
다줄지라도 아니바꾸네
나의자유와
따뜻한자유 있는곳에만
성물이살고
해가쬐이고 별이돌아서
목적이루네
자유이자유 발길끊어서
볼수없으면
두려움장막 근심휘장이
내몸을덮고
가시손가진 모진마귀가

내등을밀어

즐거움에서 걱정속으로

잡아가두고

편한안에서 곤한밖으로

밀어내치네

그럴때에는

밥은헤지고

물은마르고

해가빛없고

돈이힘없고

낙이감퇴고

영화사라져

지식이설어

소리지르며

탄식하리라

통곡하리라

발광하리라

* 소나기 뒤에 무지개 서고, 캄캄한 밤이 지나면 밝은 해가 또 나는 법이다. 우리 유
학생계에 오래 요란하고 어둡던 것을 깨뜨리기 위해 지금 『대한학보(大韓學報)』가
다리를 내어놓고 얼굴을 드러내었다. 나도 또한 잠잠히 있을 수 없으나 다만 되지
못한 일에 몸이 감기어 정성을 들이지 못했던지라, 이에 수기 뭉치를 뒤져 이 글을
찾아 바쳐서 마음이나 표한다.

『대한학회월보』 제1호, 1908. 2.

자유의 신에게

자유야! 자유!
우리의양식,
자유를위해
죽기즐기고
어려운것을
피하지않는-
나라는성코
인민은홍해
오래가도록
그복받으리.
자유라! 자유!
내몸기르고
정신까지도
살려주노나!

『대한학회월보』 제2호, 1908. 3.

막은물

밤이나낮이나 조리졸졸
한시도한각도 쉬지않고
한없는바다에 가기까지
곤한줄모르고 흘러가네
가다가중도에 사람들이
고이게한다고 조약돌로
흐르지못하게 막았으나
제자유조금도 잃지않네
돌틈을뚫어서 나가든지
모래로 스며들어가든지
볏발에 끌려올라가든지
어떻게무슨법 써서라도
가운데끌림이 연할때에[1]
땅밑에숨은물 합할때에
공중에수증기 엉길때에
내되고샘되고 비되어서
전같이유하게 쉬지않고
그대로바다로 향해가니
막던이수고는 헛일되고
흐르는자유는 상함없이
영원히자유로 갈곳가네
밤에나낮에나 쉬지않고

『대한학회월보』 제2호, 1908. 3.

---

1 가운데끌림이 연할때에 : (위에서) 끌어 올림이 연방 일어날 때에.

생각한대로

물이한번묻으면
젖지않는것없고
불이한번붙으면
타지않는것없네
물과불의큰힘을
눈이있어보거든
아는것과분수가
없다하지말아라
캄캄하다우리들
모르거늘평등을
물과불은알아서
아는대로행하네
물앞에는귀없고¹
천한것도없으며
불에게도강없고
약한것도없으니
금은장식한집도
무섬없이태우고
곤룡그린옷자락²
당돌하게적시네

『대한학회월보』 제2호, 1908. 3.

1 귀업고 : 귀한 것이 없고.
2 곤룡그린옷자락 : 임금이 입던 곤룡포. 여기에서는 봉건적인 권위를 상징.

그의 손

내가보지못하고 만지지못한
그의손과가락이 어떤지몰라.
어떠하면남대양 바다물위에
붉그스레피어진 산호같지와
어떠하면곤륜산 조약돌틈에
흰눈같이깨끗한 옥덩이같이,
사람들이보고는 부러워하고
칭찬하고바라게 되었을지나,
옥이거나산호나 금강석이나
깎고쓸고삭히고 끈에꿴뒤에
머리우에꽂으면 보배비녀요
옷자락에드리면 노리개이니,
위축하오바라오 이손가진그
무쇠같이무딘것 갈고닦으면
밝고맑은거울이 되고말거든,
처음부터맑은것 또다시씻고,
애당초에밝은것 눌러닦으면
맨나중에이룰것 무엇이겠소
산호같이고움을 자랑치말고
옥덩이의깨끗을 더욱늘여서,
어진장인익은손 얻어붙잡아
이루어라되어라 보배그릇이.
나의손은차갑기 얼음같으나

---

1 위축(爲祝) : 나라를 위해서 소원을 빔.

육계부댜먹은듯 입은더우니[2]

유향물약가지고 만나는날에

그의손과가락에 입맞추리라.

* 이 시는 이한수가 손으로 쓴 『대한학회(大韓學會)』 표지의 뒷면에 쓴다.

『대한학회월보』 제2호, 1908. 3.

---

2 부댜 : 뜨겁게.

백성의 소리

신은입없어,
백성이대신
그의먹은뜻
일러알리고
신은뜻없어
백성이먼저
일을지어서
고할뿐이라.

우레를높다
이르지말며,
세상을크다
생각지마라,
가는그소리
금철¹울리고,
적은그말이
천지에가득.

오오거룩한
그의소리를
못들은지가
지금몇몇해,
내귀가캄캄

---

1 금철(金鐵) : 굳고 강한 쇠붙이.

내속이빽빽
그믐밤같이
바늘귀같이.

구세주부활,
백성의소리
기껏질러서
남지않을때!
죽은이일고[2]
산이모여서
공평한심판
신의뜻이뤄!

---

2 죽은이일고 : 죽은 사람이 일어나고.

나는 가오

나는가오
부용봉(후지산 별명)높고큰산
등에진것그것이오,
현해탄실개천은
뛰넘는것그것이라.
나는가오
우에노(지명)사쿠라는
떠나가는그것이오,
낙양성도리화는
만나려는그것이라.
나는가오
산지나바다넘어
만날언약하여두고
새벗님맞으려고
주저않고활개치며-

『대한학회월보』 제3호, 1908. 4

해에게서 소년에게

1.

처……ㄹ썩, 처……ㄹ썩, 척, 쏴……아.
때린다, 부순다, 무너뜨린다,
태산같은 높은산, 집채같은 바윗돌이나,
이것이무어야, 이게무어야.
나의큰힘, 아느냐, 모르느냐, 호통까지하면서,
때린다, 부순다, 무너뜨린다,
처……ㄹ썩, 처……ㄹ썩, 척, 튜르릉, 콱.

2

처……ㄹ썩, 처……ㄹ썩, 척, 쏴……아.
내게는, 아무것, 두려움없어,
육상에서, 아무런, 힘과권을 부리던자라도,
내앞에와서는 꼼짝못하고,
아무리큰, 물건도 내게는 행세하지못하네.
내게는 내게는 나의앞에는
처……ㄹ썩, 처……ㄹ썩, 척, 튜르릉, 콱.

3

처……ㄹ썩, 처……ㄹ썩, 척, 쏴……아.
나에게, 절하지, 아니한자가,
지금까지, 없거든, 통기¹하고 나서보아라.

---

1 통기 : 기별하여 알림.

진시황, 나팔륜,[2] 너희들이냐,

누구누구누구냐 너희역시 내게는 굽히도다,

나하고 겨를이 있건오너라.

처……ㄹ썩, 처……ㄹ썩, 척, 튜르릉, 콱.

4

처……ㄹ썩, 처……ㄹ썩, 척, 쏴……아.

조그만 산모를[3] 의지하거나,

좁쌀같은 작은섬, 손뼉만한 땅을가지고,

그속에 있어서 영악한체를,

부리면서 나혼자 거룩하다하는자,

이리좀 오너라, 나를보아라.

처……ㄹ썩, 처……ㄹ썩, 척, 튜르릉, 콱.

5

처……ㄹ썩, 처……ㄹ썩, 척, 쏴……아.

나의 짝될이는 하나있도다,

크고길고, 너르게 뒤덮은바 저푸른하늘.

적은시비 적은쌈 온갖모든 더러운것없도다.

저따위 세상에 저사람처럼,

처……ㄹ썩, 처……ㄹ썩, 척, 튜르릉, 콱.

6

처……ㄹ썩, 처……ㄹ썩, 척, 쏴……아.

2 나팔륜(羅八倫) : 나폴레옹의 음차 표기.
3 산모(山모) : 산등성이.

저세상 저사람 모두미우나,

그중에서 딱하나 사랑하는 일이있으니,

담크고 순정한 소년배들이,

재롱처럼, 귀엽게 나의품에 와서안김이로다.

오너라 소년배 입맞춰주마.

처……ㄹ썩, 처……ㄹ썩, 척, 튜르릉, 콱.

『소년』 1년 1권, 1908.11.

성신(★星辰★)

★낮에는숨어있어 우리살피고
　밤에는드러나게 우리보시는
　　북두칠성태백성 다른모든별
　　　어찌저리적은게 반짝거리노
　　　　바루바루금강석 야광주같이
★아무리높더라도 나뭇가지에
　달려있는과실은 아무거라도
　　잡아당겨딸수가 있는것처럼
　　　저기닿는막대가 있을양이면
　　　　무엇으로생긴고 따보리로다
★반짝반짝밝음은 모두같으나
　쪽쪽마다딴유리 붙인등같이
　　청홍적백그빛이 각각다르니
　　　청의입은너희는 무슨나라며
　　　　백의입은너희는 무슨나라냐
★물어도대답없고 따지도못해
　설혹대답하여도 듣지못하니
　　하는수만있으면 전화도매고
　　　공중으로철도도 길게놓아서
　　　　네곳까지이르러 친히보리라

『소년』 1년 1권, 1908. 11

우리의 운동장

※삼면이 바다인 우리나라의 소년아, 너희는 한순간이라도 꿈에서라도 은혜로운 너의
세계적 처지를 잊지 말지어다.

1

우리로 하여금 '풋볼'도 차고

우리로 하여금 경주도 하여

생하여 나오는 날쌘 기운을

내뽑게 하여라 펴게 하여라!

아직도 제주인 만나지 못한

태동의 저대륙 넓은 벌판에!!

우리로

우리로

우…………리…………로!!!

---

1 태동(泰東) : 동아시아.

2

우리로 하여금 헤엄도 치고
　우리로 하여금 경도²도 하여
　　서방님 손발과 도련님 몸을
　　　거칠게 하여라 굳게 하여라!
　　　　우리의 운동터 되기 바라는
　　　　　태평의 저대양 크나큰 물에!!
　　　우리로
　　우리로
　우⋯⋯⋯리⋯⋯⋯로!!!

3

뚫어진 짚신에 발감게 하고
　시베랴 찬바람 거스르 면서
　　달음질 할이가 그누구 러냐?
　　　나막신 같은배 좌우로 저어
　　　　볏발이 곧쏘는 적도 아래서
　　　　　배싸움 할이가 그누구 러냐?
　　　우리오
　　우리오
　우⋯⋯⋯리⋯⋯⋯오!!!

* 지금 세계 문명을 움직이는 중심은 태평양과 동아시아 대륙에 있다. 이 사이에 있
　는 우리 대한은 양쪽을 제압할 것을 생각하라.

『소년』 1년 2권, 1908.12.

---

2 경도(競棹) : 경도(競渡)의 오기. 경도(競渡)는 배를 저어 빨리 물을 건너가는
　것을 겨루는 놀이.

벌

1

굿은날마른날 가리지않고
높은데낮은데 헤이지않고
　머나가까우나 찾아다니며
　부지런바지런 움직이는건
　　어여쁜꽃모양 탐함아니오
　　복욱한[1]향내를 구함아니라
　　　애쓰고힘들여 바라는것은
　　　맛있는좋은꿀 얻으렴이라.

2

공든것드러나 꿀을얻으면
우리는조금도 관계안하고
　곱다케모아서 사람을주어
　긴하게쓰도록 바랄뿐이니
　　맛없는것에는 맛나게하고
　　맛있는것에는 더있게하여
　　　아무나좋은건 꿀같다하게
　　　우리가만든걸 칭찬케되다.

3

사람아사람아 게으른사람
귀숙여우리말 들어를보게

---

1 복욱(馥郁)한 : 풍기는 향기가 그윽한.

저즘께고초를 무릅쓰고서
정성을다하여 공이룬것이
이되나해되나 생각하건댄
송로와칭예의 이뿐이로다[2]
초당에편한잠 탐하였다면
너같이무용히 되었겠구려.

4

옛사람말씀은 그른것없어
한마디한구절 한땀이라도
가로되쓴뿌리 단열매맺고
괴로운끝에는 낙온다더니
수고한뒤에는 좋은갚음이
오지를말래도 억지로오네
사람과벌레가 무엇다르랴.
게으름부지런 갚음받을때.

『소년』1년 2권, 1908.12.

---

2 송로(頌勞)와칭예(稱譽) : 수고를 찬양하고 칭찬함.

밥벌레

너희는 개백정은 되어도
밥벌레는 되려하지 말아라
너희는 거름장산 되어도
앵무새는 되려하지 말아라
너에게 밥먹으라 입주신
하늘께서 손과발도주시되
입하나 주시면서 손발은
둘씩주신이치아나모르나
먹기도 적게하고 말까지
많이하지 아니할것이로되
할수가 있는대로 손과발
놀리기는 쉬지아니하여서
주먹힘 튼튼하게 많거든
지구라도 때려부숴버리고
발길질 뻣뻣하게 잘커든
월중계¹도 보기좋게걷어차
아까운 일평생을 공연히
옷밥씨름 하는데쓰지마라
그러면 거름장사 개백정
되는편이 또한나으리로다.

『소년』 2년 1권, 1909.1.

---

1 월중계(月中桂) : 달 속에 있다는 계수나무.

구작 삼 편

1. 우리는 아무것도

우리는아무것도가진것없소,
칼이나육혈포¹나——
그러나무서움없네,
철장같은형세라도
우리는어찌못하네.
　우리는옳은것짐을지고
　큰길을걸어가는자임일세.

우리는아무것도지닌것없소,
비수나화약이나——
그러나두려움없네,
면류관의힘이라도
우리는어찌못하네.
　우리는옳은것광이²삼아
　큰길을다스리는자임일세.

우리는아무것도든물건없소,
돌이나몽둥이나——
그러나겁아니나네,
세사같은재물로도

1 육혈포 : 6발을 발사할 수 있는 리볼버 권총.
2 광이(廣耳) : 큰 귀. 여기서는 '귀를 크게 열어서 소리를 들음'이라는 뜻으로
　사용.

우리는어찌못하네.
　우리는옳은것칼해집고[3]
　큰길을지켜보는자임일세.

2. 한 말 하는 일

한말하는일조금틀림없도록
몽매에라도마음두고힘쓰게
말이좋으면함박꽃과같으나
일은흉해도흰쌀알과같더라
눈비움도좋으나
배부른것더좋네

3. 자유로 제 곳에서

자유로제곳에서날고뜀은
옳은이옳은일의거룩한힘
깊고큰저연못에거침없이
넓고긴저공중에마음대로
그와같이다니고
뛰놀도록합시다.

　　* 나는 천품이 시인이 아니다. 그러나 시대의 흐름이 나로 하여금 시인이 되게 하였
　　다. 처음에는 매우 완고하게 저항도 하고, 거절도 하였으나 결국엔 좌절하였다. 정

3 옳은것칼해집고 : 옳은 것으로 잣대 삼아.

미년의 조약(역자 주: 1907년 7월 24일 대한 제국과 일본 제국 사이에 체결된 불평등 조약. 제3차 한일 협약)이 체결되기 3개월 전에 붓을 들어 우연히 생각한 대로 기록한 것을 시작으로 하여, 3~4개월 동안에 10여 편을 얻게 되었다. 이 작품들이 내가 붓을 들어 시를 쓰게 된 시초며, 우리 국어로 신시의 형식을 시험하던 최초의 작품들이다. 그중에서 3편을 여기에 기록한다. 이제 우연히 옛 작품을 보고, 그 시에 나타난 나의 생각과 마음을 떠올려 보니 그 또한 심대한 감흥이 없지 않다.

『소년』 2년 4권, 1909. 4.

꽃두고

나는 꽃을 즐겨 맡노라,
그러나 그의 아리따운 태도를 보고 눈이 얼이며[1]
　　　그의 향기로운 냄새를 맡고 코가 반하여
정신없이 그를 즐겨 맡음아니라,
다만 칼날같은 북풍을 더운기운으로써
　　　인정없는 살기를 깊은사랑으로써
대신하여 바꾸어
뼈가 저린 얼음밑에 눌리고 피도얼릴 눈구덩에 파묻혀있던
억만목숨을 건지고 집어내어 다시살리는
봄바람을 표장하므로[2]
나는 그를 즐겨맡노라.

나는 꽃을 즐겨 보노라,
그러나 그의 평화기운 머금은 웃는 얼굴 홀리며
　　　그의 부귀기상 나타낸 성한 모양 탐하여
주저없이 그를 즐겨 봄이아니라,
다만 겉모양의 고운것 매양실상이적고
　　　처음서슬 장한것 대개뒤끝없는중
오직혼자 특별히
약간영화 구안치도[3] 아니코 허다마장[4] 겪으면도 굽히지않고
억만목숨을 만들고 늘여내어 길이전할바

---

1 눈이 얼이며 : 눈길을 빼앗기며.
2 표장(表章) : 표창. 세상에 널리 알려 칭찬함.
3 구안(苟安) : 한때의 안락함을 꾀함.
4 허다마장(許多魔障) : 수많은 장애와 난관.

씨열매를 보육하므로
나는 그를 즐겨보노라.

『소년』 2년 5권, 1909. 5.

우리님

철관머리에쓰고
1
몸에금수옷입고
가슴에는훈장차
이상하게점잖은
행세하는그사람
우리님이아니오

코에지혜를걸고
입에아는것발라
눈을팽팽히뜨고
남다르게높은체
하려하는그사람
우리님이아니오

돈있기로유식코
재물있어의젓코
넉넉으로푼푼해
제가잘나그런듯
하게아는그사람
우리님이아니오

우리님아우리님
네모양은어떠뇨

---

1 금수(金繡) : 비단.

나는맨몸맨머리
입고가린것없어
약한쥐를놀내려
아니쓰오괴[2]가죽

우리님아우리님
네자랑은무어뇨
나는근본을알고
아는대로하나니
분바르고흰빛깔
자랑하지아니하오

우리님아우리님
네가진것무어뇨
흠이없는내마음
수정같이맑으니
여럿의것거두어
나눌때에빗안내오[3]

『소년』 2년 7권, 1909.8.

2 괴 : 고양이.
3 빗안내오 : 여기서는 착복하지 않음의 의미.

아느냐 네가

공작이나 부엉이나 참새나
새생명을 가진것은 같은줄
          아느냐 네가

쇠끝으로 부싯돌을 탁치면
그사이서 불이나서 날림을
          아느냐 네가

미는물이 조금조금 밀어도
나중에는 원물만큼 느는줄
          아느냐 네가

건장한이 들어가는 먼길을
다리성치 못하여도 가는줄
          아느냐 네가

『소년』 2년 7권, 1909. 8.

삼면환해국

1

부글부글　끓는듯한　동녘하늘　보아라,
상서기운　농조하야　빽빽히찬　안에서
온갓세력　근원되신　태양이　오르네,
하늘은　붉은빛에　휩싸인바　되었고
바다는　더운힘에　항복하여　있도다,
어두움에　간혀있던　억천만의　사람이
　눈을뜨고　살펴보는　자유얻으며
　몸을일혀　움직이는　기운생기네,
기뻐하고　좋아하는　아침인사　소리는
어느말이　태양공덕　송축함이　아니냐,
이러하게　만중¹이다　우러보는　태양은
벽해수를　사이하여　먼저우리　비추네,
그렇다　우리나라는
동방도　바다이니라.

2

북적북적　빛발하는　남녘하늘　보아라,
광명구름　천정되어　가로퍼진　면에는
온갓세력　주재이신　태양이　떠있네,
인축²은　밝은빛에　부지런을　다투고,
초목은　붓는힘³에　자라기를　힘쓰네,

---

1 만중(萬衆) : 세상의 모든 사람들.
2 인축(人畜) : 사람과 가축.
3 붓는힘 : 태양의 빛이 내리쬐는 힘.

게으름에　　붙들렸던　　억천만의　　품물이
　손발놀려　　일을하는　　활기있으며
　조화빌어　　열매맺는　　생의보이네,[4]
가다듬고　　힘써하는　　한나절일　　모양은
어느것이　　태양정기　　표현함이　　아니냐,
이러하게　　만물이다　　힘을입는　　태양은
영해수를　　사이하여　　마주우리　　쬐이네,
그렇다　　　우리나라는
남방도　　　바다이니라.

3

우걱우걱　　찌는듯한　　서녘하늘　　보아라,
채색노을　　장막이뤄　　둘러쳐논　　속으로
온갖세력　　작성하신　　태양이　　　드시네,
산악은　　　남은빛에　　공손하게　　목욕코
하해는[5]　　걷는힘에　　질서있게　　밀리네,
어려움에　　빠져있는　　삼천세계　　중생이
　차별없이　　베풀어준　　은광입으며
　한량없이　　헤쳐놓은　　덕파젖었네,[6]
즐거움과　　편안함의　　저녁때의　　광경이
어느것이　　태양택화　　점피함이[7]　　아니냐,
이러하게　　만계가다[8]　　복을받는　　태양은

4 생의(生意) : 생명의 뜻.
5 하해(河海) : 강과 바다.
6 덕파(德波) : 덕스러운 파도.
7 태양택화(太陽澤化) 점피(霑被)함 : 태양이 베푸는 은혜를 입음.
8 만계(萬界) : 온 세상.

황해수를   사이하야   끝내우리   쏘시네.
그렇다   우리나라는
서방도   바다이니라.

『소년』 2년 8권, 1909. 9.

태백산부[1]

지 구 의 산 —— 산 의 태 백 이 냐?
태 백 의 산 —— 산 의 지 구 냐?
시인아 이를 묻지말라.
그것이 긴하게 찬송할것 아니다.

하늘면은 휘둥그렇고 땅바닥은 펑퍼짐한데,
우 리 님 —— 태 백 이 는 우 뚝!

독립 —— 자립—— 특립.

송곳? 화저?[2] 필통의 붓?
영광의 첨탑!
피뢰침? 깃대? 전간목?[3]
온갖 아름다운 용이[4] 한데로 뭉치어 된 조선남아의 지정대순의[5] 큰
팔뚝!
천주는[6] 부러지고 지축은 꺾어져도,
까딱없다 이 첨탑!
삼손(유대국 용사의 이름)이 쳐도, 항우가 달려도 —— 구정을[7] 녹여

1 『소년』 3년 2권에 실린 〈태백산〉 시집의 세 번째 시.
2 화저(火箸) : 부젓가락.
3 전간목(電桿木) : 전봇대.
4 용(勇) : 용기.
5 지정대순(至精大醇) : 지극히 깨끗하고 아주 순박함.
6 천주(天柱) : 하늘이 무너지지 않도록 괴고 있다는 상상속의 기둥.
7 구정(九鼎) : 중국 우왕 때 구주(九州)에서 금을 모아 만든 솥. 하나라, 은나
라 이래로 중국의 천자에게 전하여 내려오는 보물.

서 망치를 만들어가지고 땅땅땅 때려도,
　까딱 없다 이팔뚝!

　지구면의 물이 다 마르기까지,
　정의의 기록은 아직 이리라.
　그리하여 어두운 세상의 등탑이 되어 사람의 자식의 큰길을 비
추어주리라.

　태양이 잿덩어리 되기까지,
　정의의 주인은 반드시 이리라.
　그리하여 어미닭의 날개가되어 발발떠는 병아리를 덮어주리라.

　아아 세계의 대주권은 영원히 이 첨탑 ―― 이 팔뚝에 걸린 노리
개로다.

　하늘면은 휘둥그렇고 땅바닥은 펑퍼짐한데,
　우리님 ―― 태백이는 우뚝.

　지 구 의 산 ―― 산 의 태 백 이 냐?
　태 백 의 산 ―― 산 의 지 구 냐?
　시인아 이를 묻지말라.
　그것이 긴하게 찬송할것 아니다.

태백산의 사시[1]

봄

혼자우뚝.
모든산이 모두 다 훈훈한바람에 항복하여,
녹일것은 녹이고 풀릴것은 풀리고,
아지랑이분 바른것을 자랑하도다.
그만 여전하도다.
흰눈의 면류관이나, 굳은얼음의 띠나,
어디까지든지 얼마만큼이든지 오직 '나'!
나의 눈썹한줄, 코딱지한덩이라도 남의 손은 못대어! 우러러 보
니 벽력같이
내귀를 때린다 이소리!
꽃없다 진달래한포기라도.
'나는 사나이로라'.

여름

'베스비우스'야 한껏하여라.(''은 이탈리아의 유명한 화산의 이름)
네앞에 있는 누더기와 북데기[2]를 누구더러 쓸려고하랴.
지중해의 물이 끓어뒤집혀 찌꺼기가 말끔 가라앉도록 연방 그밑
에 통장작을 지펴라.
우리의 의분은 정히 한껏 대목에 오르지 아니하였느냐.

---

1 『소년』 3년 2권에 실린 『태백산』 시집의 4번째 시.
2 북데기 : 짚이나 풀 따위가 함부로 뒤섞여서 엉클어진 뭉텅이.

그가 바야흐로 이생각을 하고 있는듯.

무럭무럭 김이 나고 부걱부걱 거품이 지고 활활활 결이 오르는 뭉텅이 구름이 살그면 슬그면 혹 피잉피잉 그이 머리로 오고 가고 하는도다.

요동칠백리.

그의 회왕³에 살라버린 터로다.

화산같은 여름볕 —— 끝없는 벌판의 복사열.

모래는 알알이 타고 풀은 뙤약이뙤약이 찐다.

서남으로 오는 인도양절기풍아 왜 그리 더디냐,

어서바삐 네 습기가져다가 내 이마에 붙어서라.

지체아니하고 생명의 비를 만들어 퍼부어주마.

의를 위하는 용을 아끼는 내가 아니로라.

희던것이 검고 성기던것이 빽빽한구름.

배로 허리로 어깨로 금시금시에 온몸을 휩싸도다.

물분자는 연방 엉기도다.

쏟는다. 쏴아············

벌써 이세계는 그의 것이다 마른대로 둠이나 충충하게 소를⁴ 만듦이나!

'힘'!

방울방울 떨어지는대로 이소리.

가을

하늘은 까······맣고, 휘······언하고, 한일자.

---

3 회왕(會往)에 : 모인 뒤에.
4 소(沼) : 연못.

안하에 남이 없는듯 엄전하게 우뚝.

끼룩소리는 사면에서 나지만,

그의 위에는 지나가는 기러기떼가 없다.

추웁다고 더웁다고 궁둥이를 요리조리하는 기러기.

아니 넘기나? 못넘나?

한손은 남으로 내밀어 필리핀군도의 폭우를막고, 한손은 북으로 뻗쳐 시베리아광야의 열풍을 가리는 그 용맹스러운상.

'우리는 대장부로라'!

내려지른 폭포 —— 우거진 단풍 —— 굳세고 —— 빨갛고.

우리 과단성 보아라하는듯한 칼날같은 바람은,

천군만마를 모는듯하게 무인지경으로 지치라고 골마다 구렁마다 나와서 한데합세하는도다.

'휘이익! 휘이익! 내가 가는곳에는 떨고 항복하지아니하는자 —— 없지! 휘이익!'

그의 전체는 언제든지 끄덕없이 우뚝.

겨울

하얗게 덮이고 반들하게 피인 눈.

평균의신! 태평의신! 천국의 표상이로다!

그속에는 몇 '어홍'이 감취였노?

『소년』 3년 2권, 1910. 2.

---

5 안하(眼下) : 눈 아래.

6 엄전(儼全) : 몸가짐에 흠이 없음.

7 '어홍' : 호랑이.

뜨거운 피

세상 사람이 모두 다 나불나불한 입술과 산뜻산뜻한 생각과 끝처진 눈과 끝들린 수염을 가지고 분분하게 되고 못될 것을 말하더라도

그는 그요 나는 나다!

나는 그런 요량이 당초부터 없음을 다행으로 아노라.

우리의 혈관으로 돌아다니는 것은 통장작 지핀 가마물보다도 더 뜨거운 피.

우리의 흉중에 가득한 것은 한없는 동력으로 거칠 것 없이 나가는 기차와 같은 전진심이로다.

경영하고 착수하고 진행하다가 실패·성공하고 입신·살신하고 이것이 우리의 생애를 결락한 사실이로다.

일이라고 있으면 하리라!

어여쁜 것 있으면 온 마음을 다 바쳐 사랑하리라 그가 어여쁘니까 날로 사랑할 뿐이지, 이루고 못 이룸은 우리의 물을 바도 아니요, 알 바도 아니라.

잘 되면 살고 못 되면 죽고, 너를 운명이라 하더구나,

그런 것은 내가 알아 둘 소용없어,

우리는 다만 생각할 뿐, 만들 뿐, 할 뿐

뜨거운 피와 전진심이 있기까지는 그러하지 아니하려 하여도 아니할 수 없어.

송곳 같은 바늘이 온몸을 두루두루 찌를지라도 나는 원망하지 아니하리라.

가시 있는 것이면 장미로만 알지.

구린내이니 지린내이니 내면 다 마치 한가지로 알겠다.

차별이 있기로 얼마 있어.

뜨거운 국에 맛 알겠느냐, 뜨거운 피는 온갖 차별의 날을 무디게,
아니라 아주 없이한다.

아무것이고 다 좋아.

하지.

피는 선동, 마음은 조세[1], 그리하여 두 팔이 들먹들먹

가만히 있을 순 없다.

큰 세계는 작은 나를 위하여 있도다.

열두 번 죽어도 재주 있는 사람은 아니되어.

『소년』 3년 3권, 1910. 3.

---

1 조세(助勢) : 조력.

나라를 떠나는 슬픔

운수는 나로 하여금 나라를 떠나게 하도다

버티려 하면 손도 있고 버팅기려 하면 발도 있으나 우리는 구태여 운수의 시킴을 항거하려 아니하노니 그 소용없음을 아는 고라.

오천춘광[1]에 한없이 번화하였던 무궁화! 내가 얼마나 사랑하던 것이뇨

우리의 활개가 적은 줄을 모름이 아니나 너를 위하여는 대붕의 날개같이 덮어 주려 하였고

나도 사람의 자식이라 자연의 맹폭을 굴복치 못할 줄은 알으나 너를 위하여는 보기 좋게 이 몸을 버려서라도 막을 때까지는 막고자 하지 아님이 아니로라

그러나 운수로다

운수는 기어코 너를 한번 흔들어 떨어뜨리고야 만다고 하는구나

그리하여 나로 하여금 나라를 떠나게 하는도다 —— 젖 떨어진 아이를 만들게

너의 목숨은 이미 너의 자유에 벗어났도다 그런데 너의 목숨을 자유로 하는 자는 너의 목에 칼을 얹었도다

살기를 영화로이 하였으니 지기도 영화로이 하여라! 살았을 때에도 사나이였으니 질 때에도 사나이여라!

저 하늘에 달린 달을 보니 이즈러질 때에는 조금도 원통하여하지 아니하고 이즈러지는 대신에 둥글 때에도 거침없이 둥글어지는도다

너로 하여금 조락하게 한 운수는 미구에 번영케 할 운수가 아닌 줄 누가 담보한다더냐

---

1 오천춘광(五千春光) : 오천 년의 세월.

너의 온갖을 다 뭉치어 모두 '때'의 바퀴에 실어라 서쪽으로 향하였던 것이 곧 동쪽으로 향하게 되리라

떨어져라 죽어라 나는 가노라

피울 때 살을 때에 다시 오리라 다행히 미력이 남아 있노니 동군의 수레를 밀기에 쓰리라

『소년』 3년 4권, 1910. 4.

---

2 동군(東君) : 봄의 신.

태백의 님을 이별함

태백아 우리 님아

나 간다고 슬퍼 마라

나는 간다 가기는 간다마는

나의 가슴에 품은 이상의 광명은 영겁무궁까지도 네가 그의 표상이로다

뜬 구름이 태양을 가림은 있다 그러나 그 빛은 가리지 못하느니라

퍼붓는 물이 붙어 일어나는 불을 끄기는 한다 그러나 불 그것이야 털끝만치도 건드리기를 어찌 해

회오리바람이 먼지를 일으키면 너의 면목을 가리지 못함은 아니라

사나운 바람이 아침을 어찌 맞히며 바람에 불려 일어난 티끌은 진정될 때가 있느니

그러므로 한때로다

대동 국면의 감시자로, 세계 평화의 옹호자로, 우리 강토의 정수로, 우리 역사의 체화로, 우리 민족 이상의 결정으로, 모든 옳음의 활동력의 원천으로, 너의 면목은 위로 무궁에와 같이 아래로 무궁에도 오직 빛날 것은 있으나 누가 흠집을 내겠느냐

좋은 때에 너를 올려다보니 네가 막대한 동정을 주고 슬픈 때에 너를 치어다보니 네가 지상의 위로를 주도다

너의 앞에 있을 때에는 모든 감정과 조우가 다 혼연히 융화하여 다만 방촌¹에 희망의 빛이 반짝거렸을 뿐이었도다

그런데 이제 나는 너를 잠시 떠나게 되었도다

---

1 방촌(方寸) : 마음.

'알프스'를 오를 때도 있으리라 '록키' 산을 넘을 때도 있으리라 '스위스'의 호수와 산이 혹 나의 오랜 동안 우거가 될지도 모르리라

그러나 아침 저녁 기쁜 때 성난 때에 너를 대하지 못할 것이 걱정이로다

우리는 다만 좁은 가슴이라도 큰 님을 용납할 수 있으므로 이 슬픔을 너그럽게 하리로다

나는 이제 가는도다 —— 너를 등지고 —— 너의 컴컴한 중에 파묻힘을 보고

감히 즐기는 바가 아님과 같이 너를 그 모양대로 버려둠도 차마 하지 못하는 바로라

그러나 너와 나로 떠나게 하는 운수를 나는 항거치 아니하고 그대로 떠나노라

떠나게 한 운수는 합하게 할 운수임을 믿고 —— 떠나게 한 운수를 떠나서 합하게 할 운수를 맞이하기 위하여

잘 있거라 나는 간다

봄은 오느니라 제왕의 권력과 재화의 세력 밖에 있는 동군은 때만 되면 오느니라

무궁화 다시 피건 또 다시나 만나자!

『소년』 3년 4권, 1910. 4.

화신을 찬송하노라고

나는 네가 한껏 공평함을 아노라.

제왕의 정원에와 같이 한사의 파옥[1]에도 너의 고운 모양은 한결 같고, 지혜로운 사람의 눈에와 같이 준우한[2] 자의 눈에도 기쁜 뜻은 틀리지 아니하구나.

공평함을 아는 그때에 나는 아울러 미쁨도 알며 참스러움도 알며 더욱 자아를 발전하려는 큰 노력도 아노라.

무엇이든지 불어 날리고 꺾어 넘어뜨리지 아니하면 말지 아니하겠단 동풍이 날로 밤으로 잇달아 불고,

어저께 오던 몹쓸 비가 오늘에도 오기를 예사로 하되,

그러나 너의 생을 보존하고 씨를 번식하기에는 일찍 절망한 일도 없고 마음을 게을리한 일도 없도다.

견인하는도다[3] 역배하는도다[4] 그리하여 자방[5]에 알이 익기까지는 격전을 사양치도 아니하고 분투를 즐겨하도다.

"무정한 사람아, 잔인한 사람아. 나의 꽃을 딸 터이면 따거라. 가지를 꺾을 터이면 그도 마음대로 하여라. 아무리 하여도 최후의 결실에는 어찌하지 못하리라."

너의 호어[6]를 나는 괴이하게 여기지 아니하리라.

따 가는 열을 앞으로 미리 스물을 준비하며 꺾어가는 하나를 앞으로 애초에 열을 준비함을 내가 봄일세라.

---

1 한사(寒士)의 파옥(破屋) : 가난하고 권력이 없는 선비의 무너지고 허물어진 집.
2 준우(蠢愚)한 : 어리석은.
3 견인(堅忍) : 굳게 참고 견딤.
4 역배(力排) : 힘껏 물리침.
5 자방(子房) : 씨방.
6 호어(豪語) : 용감한 말.

살아야 한다! 늘어야 한다! 어려운 중 괴로운 중 이리 하려면 필요 없지 못할 많은 희생을 아끼지 아니하는 너의 용기를 사랑하노라 —— 내 손으로 만든 자식을 죽임이나 다름없이 하는 간절한 아끼는 정도 모름이 아니나 ——

공평도 좋다, 미쁨도 좋다, 참스럼도 좋다, 가장 귀하고 높은 도덕적 생명을 우리 손에 거치게 하니 이것만으로도 우리는 너를 찬송하지 아니치 못할지로다.

하물며 너희는 우리의 몸과 마음이 생활의 피로와 미혹의 고뇌와 및 자아실현에서 생긴 몸살을 앓을 때에 금강석보다 곱고 '라듐'보다 귀한 힘의 교훈을 줌이에리오.

너는 어여쁘다, 외모에와 같이 내심도 그러하면 원하건대 너의 공평으로써 너의 가진 참 힘을 우리 사람에게 골고루 빌려주려무나.

사람이란 왜 이리 약하여질 소인이 있는가? 이를 생각할 때마다 더욱 너희를 부러워하며 기림은 우리의 참 정이로다.

『소년』 3년 5권, 1910. 5.

꺾인 소나무 (평양에서 본 것)

하루는 기자릉[1] 솔밭으로 쇄풍[2] 차 갔다가

우연히 이상스럽게 꺾어진 소나무 한 주를 보다.

정혈이 소진하여 다시 서 있을 기운이 없었던가 —— 생활이 곤고하여 다시 살아 있을 생각을 버림인가 —— 그가 과연 이러한 겁약[4]한 무리인가?

화증 날 때마다 인정 없이 남을 못살게 구는 벼락이 그에게 무슨 분풀이를 함인가 —— 가져다가 솥 밑에 구재를 만들 양으로 하여 참혹한 짓 잘 하는 사람이 무지한 독기를 더함인가 —— 그가 과연 이렇게 된 희생인가?

우리는 그의 지난 일을 알고자 아니하노라.

그의 주위에 천잡만잡[6]으로 들어선 다른 솔들은 꼿꼿한 허리를 하늘로 펴고 가지가지에 생기를 드러내고서, 바람이 훌쩍 불 때마다 우수수우수수 혹 우줄활활 기력 자랑을 한다.

아아, 이 하나만 허리 부러진 병신이로다 —— 게다가 어느 못된 놈은 겹겹이 입었던 붉은 갑옷을 저리도 몹시 벗겨서 하얀 몸뚱아리를 만들었구나.

바람이 불면 남처럼 때릴 터이지, 비가 오면 남같이 맞을 터이지, 서리가 와도 눈이 와도 다른 데 한가지로 덥힐 터이지 —— 발가벗은 이에게도, 병든 이에게도.

---

1 기자릉(箕子陵) : 평양 을밀대 아래에 있는 기자의 무덤. 기자는 중국 은나라 주왕의 친척인데, 나라가 망하자 조선에 들어왔다고 전해짐.
2 쇄풍 차(灑風次) : 바람 쐬러.
3 정혈(精血) : 생기를 발하는 맑은 피.
4 겁약(怯弱) : 겁 있고 약함.
5 구재 : 갈고리 모양의 도구.
6 천잡만잡(千帀萬帀) : 사방으로 분분하게 빙 두른.

다행히 그런 중에도 꺾인 목이 한 옆으로 조그맣게 뿌리통에 붙어서 지기[7]를 마시므로 무서운 죽기를 면하였구나. 불행히 이로 하여 괴로운 살림을 계속할 밖에 없이 되었구나 —— 사람의 감정으로 보기에는.

그러나 그는 이것으로 하여 늘 슬퍼만 하지 아니하는 듯, 늘 아파만 하지 아니하는 듯, 아무것도 아니하면서 울고불고만 하지 아니하는 듯.

부러진 것은 부러진 것이다, 꺾어진 것은 꺾어진 것이다, 강한 남의 힘은 내가 그를 굴복시킬 힘이 생기기까지 어찌하려도 어찌할 수 없는 것이다. 그래해도 아무렇게 되든지 내 생은 내가 발전하여야 한다, 그리할 양으로 뒤를 보고 노력하여야 한다, 그리하여 나도 난 체를 하여야 한다 남 같은 소나무 행세를 하여야 한다!

이와 같은 그의 자신은 그의 모양에 번듯하게 뚜렷하게 드러났구나.

풀솜[8] 같은 사람의 자식이면 벌써 실망인지 바늘망인지 절망인지 부처망[9]인지 하였을지나, 그러나 그는 사람이 아니라.

한 줄이라도 지기를 통할 만하냐, 그는 이를 가지고, 이리로 올라오는 조양[10]의 원료를 가지고, 퍼뜨릴 가지는 퍼뜨리고, 펴 놓을 잎새는 펴 놓았구나, 방울 열 때엔 방울 열고, 송화 날릴 때엔 송화 날리는구나 —— 병신의 꽃이라고 바람에 날리지 않지 않으렷다. 날리기만 하면 어디 가서든지 떨어져 새 나무가 되렷다.

밑을 보니 불쌍하도다. 부러진 허리에 벗은 몸, 네가 무슨 죄라더

---

7 지기(地氣) : 땅 기운.
8 풀솜 : 몹시 허약하거나 힘이 없는 것의 비유.
9 실망(失望)인지 바늘망(望)인지 절망(絶望)인지 부처망(望)인지 : 실망인지 절망인지. '망'의 반복을 통한 언어 유희를 보여 줌.
10 조양(調養) : 건강이 회복되도록 몸을 보살피고 병을 다스림.

냐 ——

위를 보아라, 비뚤어져 올라갔을망정 키는 남만 하고, 모로 퍼졌
을망정 그 그늘이 족히 햇빛을 가리는구나 —— 살았을 뿐이 아니
다, 기식이 엄엄하여 잔루를 근보함이 아니다, 남만 하게 산다, 남
만 하기에 산다.
¹¹ ¹²

* 칠성문을 나서서 의주 거리로 나가면, 오른쪽에 보이는 울창하고 나무가 무성한
소나무 숲은 기자 능원이다. 하루는 유진영 선생을 모시고 이 송림 속에 한나절 오
후를 보내었다. 해가 바야흐로 떨어지고 어두움의 장막이 둘러쳐 들어올 때였다.
바삐 돌아가려고 벗어 놓았던 웃옷을 집어 입으려 하는데, 우연히 여러 어미네(마
누라의 이곳 사투리)들이 난잡하게 지껄이는 소리가 들려 눈을 들어 찾아보았더
니, 얼마 멀지 않은 송림문에 평양의 명물이라 할 만한 여인들의 산놀이가 떡 벌
어졌다. 난전앵창(역자 주: 난새와 같이 지저귀고 꾀꼬리같이 부르는 노래)은 기생
의 권주가요(여인네 놀이인데도 기생이 있다), 마군저주(역자 주: 삼으로 지은 치
마와 모시 소매)는 좌객들의 춤이라. (여인네 놀이에도 술상이 어지럽게 늘여져 있
고 춤과 노래가 질탕하다. 마시고 울고, 울고 마심은 평양의 특색이니 아무 날이고
산에만 올라가면 한 패 두 패는 으레 본다.) 그것이 구경스러워 그 앞을 지나가면
서 여인들의 차림을 보는 것도 풍류를 보러 먼 곳에서 온 객의 한 재미라 하여, 슬
슬 갔다가 길을 따라 나오니 의주 가는 큰길이 나왔다.
그대로 온 길로 가는 것은 재미없다. 또 성을 끼고 돌아서 모란대 밑으로 가려면
지금 나온 길로 가야 하기도 하고, 다시 그 앞으로 왔다갔다하는 것도 그녀들에게
미안한 일이다. 이런 옹졸한 서생의 약한 마음으로 길이 있거나 없거나 능 뒤로 길
을 잡았다.
한참 가다가 하마비를 조금 지난 지점에서 다시 송림으로 들어갔다. 참혹하게 밑
둥이 부러지고 게다가 몹쓸 놈의 손에 온몸의 껍질이 벗겨진 소나무 한 그루가 있
었다. 부러진 채로 자랐는데, 그 위에서는 번성하기가 마치 다른 나무와 같다. 올려
보고 내려보니 무한히 큰 교훈을 받는 것 같았다. 이 나무가 곧 이 시의 주인공이
다. 이를 써서 유 선생께 드린다.

『소년』 3년 6권, 1910. 6.

11 기식(氣息)이 엄엄(奄奄) : 숨 쉬는 기운이 매우 약함.
12 잔루(殘縷)를 근보(僅保)함 : 남아 있는 줄기를 겨우 보호함.

여름 구름

의사 있는 듯도 하고 없는 듯도 한 뭉텅이 구름이 봉만도 같고[1] 연염도 같은 모양으로 삼청동 위에 떴다.[2]

그는 바퀴도 있는 것 같지 아니하다, 키도 달린 것 같지 아니하다, 더욱 발명의 천재가 고심 연구한 결과인 발동기도 걸린 것 같지 아니하다.

그러나 그는 간다,

그렇다고 사람 모양으로 발이 있다든지 새 모양으로 날개가 있다든지 고기 모양으로 지느러미가 있는 것도 같지 아니하다.

그러나 그는 간다, 번듯하게 떠다닌다.

수레는 넘어지는 일도 있고 배는 엎어지는 일도 있고 기관은 깨지는 일도 있고 다리는 부러지는 일도 있고 날개와 지느러미는 떨어지는 일도 있으나

그는 아무것도 없이 다니므로 이러한 걱정도 없고 또 이러한 재액으로 하여 다니는 자유를 빼앗기는 고통도 없도다.

평지에 다니는 것은 산위에 못하고, 물에 헤이는 것은 뭍에 못하고, 땅에 기는 것은 공중에 못한다 —— 그러므로 걸리고 막히고 그치는도다.

그러나 그는 이 모든 불편이 있지 않도다 —— 땅으로 낮게 돌려 하면 안개가 되고 하늘로 높이 뜨려 하면 기운(미수분자)이 되면 그[3] 만이로다 —— 그의 나라는 이름을 일이라 하니, 분계 없고 강역 없[4][5][6]

---

1 봉만(峰巒) : 꼭대기가 뾰족뾰족하게 솟은 산봉우리.
2 연염(烟焰) : 연기와 불꽃.
3 기운(微水分子) : 미세한 수증기.
4 일(一) : 하나.
5 분계(分界) : 서로 갈라진 두 땅의 경계.
6 강역(疆域) : 한 나라의 통치권이 미치는 지역.

어 따로이 세관 없고 따로이 검사 없으니 그러므로 저기 저 불덩어리가 행학[7]하는 곳으로 가고 싶으면 거기도 자유요, 저기 저 은쟁반이 웃음을 담아 가지고 있는 곳으로 가고 싶으면 거기도 자유요, 아향[8]이 수레를 밀고 뇌공[9]이 북채를 잡고 있는 곳으로 가려 하면 거기도 또한 자유라 자재라, 남이 나를 자유자재케 함이 아니라 내가 나를 자유자재케 함이라, 억지로 자유자재함이 아니라, 자유자재할 소질과 기능이 있음이라.

그는 집이 없는게야 떠나던 곳으로 도로 돌아오는 일이 없도다, 그는 아내도 없는게야 자식도 없는게야 활활활 다니면서 뒤도 돌아다보는 일 없도다, 그는 명예도 모르는게야 화리[10]도 모르는 것이야 이로 하여 걸음을 멈추거나 길을 고침을 보지 못하겠도다, 그는 의무도 없고 권리도 없는게야 그의 다니는 동안에는 무엇에 붙들리는 것도 없고 무엇을 잡는 것도 없도다. 그런게야 그는 자유자재 밖에는 아무것도 없는게야.

그러나 억지로 말하면 그에게 한 가지 의무 —— 극히 너그러운 의무가 있으니 곧 거침없는 벌판 —— 태허창명[11]한 벽공에 자유자재로 다님이라, 또 이것은 한편으론 그의 권리까지 되느니라.

그는 이렇게 다니고 이러하여 다니는도다.

조금조금 늘어서 제법 큰 덩어리가 되어서 백악 머리로 올라가더니 서렸던 구렁이 풀어지듯 슬금슬그머니 가로 퍼져서 바닷가의

---

7 행학(行虐) : 학대.
8 아향(阿香) : 아향은 우레의 여신을 가리킨다. 고사에 아향이 우레의 수레를 민다고 하는 이야기가 있음.
9 뇌공(雷公) : 우레. 뇌신.
10 화리(貨利) : 재물과 이익.
11 태허창명(太虛蒼冥)한 : 광활하고 푸르고 아득한.

모래 단적층 모양으로 엇비슷하게 절전을 띄우다.[12]

나의 억측은 바야흐로 새 날개를 얻도다.

과연 신선이란 것이 있는가 —— 그래서 그(구름)를 잡아 타고 바람으로 멍에 하여 한가히 골몰하는 신세가 공연히 영소전으로[13] 오르락나리락하는가?

그러면 그의 신세도 자유자재치 못할 염려가 있구나, 없는 머리를 억지로 정하여 굴레도 씌우고 재갈도 먹이고 고삐도 매고 상모도 달며, 갈퀴니 꼬리니 억지로 정하여 오색당사 엮은 실로 척척척 엮어 땋으며, 위편을 등이라 하여 은안수갑으로[14] 꾸민다고 등이 닿도록 무거운 것을 실리고, 그게 부족하여 등자니 무슨 자니 얹고 달고 늘이며, 아래편을 발이라 하여 대갈도 박고 대님도 채우며, 원하지도 아니하여도 솔질 비질 갈쿠리질 쉬는 틈 없이 치고 떨고 훔치리로다 —— 혹 심하면 허리를 떠서 마구에 메이지 아니할런지도 모르리로다.

그래도 신선은 사람과 다르니, 혹 그러한 허식을 위하여 남의 자유를 업신여기지 아니할까 여기지 아니할까? 그러나 일시에 한때라도 남의 손에 붙잡혀 내 마음대로 못함은 면치 못하리로다.

과연 신선이 있나 없나 —— 더군다나 열어구 모양으로[15] 몇 달씩 줄곧 타고 다니는 사람은 있지나 아니한가?

신선은 있고 없고 어찌 되었든지, 대붕이란 새는 참말인가?

바람을 긷고 기운을 쌓아서, 그 큰 날개를 펴고 올라가서 한숨에 구만 리씩 돌아다니면, 그들의 나라는 어떠한 난리가 될까?

---

12 절전(絶巓) : 높고 큰 산의 제일 꼭대기.

13 영소전(靈霄殿) : 신령이 내려앉는 전각.

14 은안수갑(銀鞍繡甲) : 은 안장과 수놓은 갑옷.

15 열어구(列禦寇) : 중국 전국 시대의 사상가. 도가 사상을 확립한 철학가로 「열자」의 저자.

평화의 신은 기가 막혀서 죽고, 사직의 주인은 날갯바람에 날려 가지 아니할까?

그러면 자유는 고사하고 자재는 차치하고, 그 속에서 온전함을 얻을 자 얼마나 될까? 부르짖는 소리는 하늘을 움직이고 발버둥치고, 애쓰는 모양은 하느님의 눈썹을 찡그리게 하리로다 —— 피 좋아하고 한숨을 음악으로 아는 악마만 득의양양하리로다.

이런 일이 그에게 불가항력이 되지 아니할까?

지금 저리로 떠오르는 그 구름도 이러한 걱정을 품었을지도 모르겠도다 —— 지금 저리 높은 데로 기어오름은 그러한 때에 가서 피난하게 십승지지 구하려고 길떠남이 아닌지 모르리로다 —— 그에게는 정감록이 없나? 그들은 궁궁을을 투득하였나?

혹 그들 중에도 장주가 있고 남화경이 있고 거협편이 있어 여기 성복하고 여기 심취하여 아무것도 다 벗어 내던지고 지금 바야흐로 소요유 행차를 나섬이나 아닌가?

홀연히 떨기떨기 피운 함박꽃이 되고, 다시 엉거주춤하고 매무

---

16 사직(社稷) : 나라.
17 십승지지(十勝之地) : 나라 안에서 피난하기 좋다는 열 군데 지방.
18 정감록(鄭鑑錄) : 조선 시대 중엽 이후에 민간에 성행하게 된 나라의 운명 · 생민 존망(生民存亡)에 대한 것을 예언한 책.
19 궁궁을을(弓弓乙乙) : 정감록의 「도선비결」에 나오는 표현으로, 진인과 십승지와 관련됨.
20 투득(透得) : 환하게 깨달음.
21 장주(莊周) : 장자.
22 남화경(南華經) : 남화진경, 중국 전국 시대 때의 사람 장주가 지은 「장자」를 높여 이르는 말.
23 거협편(胠篋篇) : 「장자」의 외편
24 성복(誠服) : 성심을 나타내어 순종함.
25 소요유(逍遙遊) : 소요유는 장자 사상의 핵심 중 하나로 구속이 없는 절대의 자유로운 경지에서 노니는 것을 의미함.

새를 고쳐하는 거인이 되고, 곰이 되고 사자가 되어 천태만상이 홀
변숙개[26]하면서, 한 걸음 한 걸음 산전[27]에서 떠나 머리를 북으로 향하
더니만 백운대를 훌쩍 넘어 동으로 도봉산으로 침로[28]를 취한다.

　그가 일정한 형상이 있지 아니함은 일정한 주의에 구인[29]되지 아
니한 표가 아닌가 —— 가뜩이나 적은 구름쯤으로 가뜩이나 좁은
기권[30] 안에서 놀면서 제 스스로 ○도 △도 그려서 자청하여 그 속에
칩거하여 애를 부드덩부드덩 쓰지 아니하는 표가 아닌가 —— 넓
은 것을 좁게 쓰기는 고사하고 좁은 것이라도 넓게 쓰려 하며, 평
탄한 길에서 조약돌을 찾기는 고사하고 조약돌 밭에서라도 평탄한
곳을 찾는 표가 아닌가?

　그는 목적이 없는 것이다 그러므로 가는 길이 방향이 없으며, 그
는 억지로 얼른 하여 보겠다는 욕망이 없는 것이다 그러므로 숨이
차서 헐레벌떡거리는 일이 없도다.

　그는 다닐 뿐이라 노닐 뿐이라 그리하여 저의 성[31]을 굽히지 아니
할 뿐인 것 같도다 —— 다니는 것이 곧 목적이요 노니는 것이 곧
목적이니 다니고 노니다가 무엇이 되면 되나 보다 안 되면 안 되
나 보다 할 뿐이지, 바라지 아니할 것을 바라고 구하지 못할 것을
구하다가 그것이 안 된다고 또 못 된다고 남을 원우[32]하거나 그렇지
아니하면 스스로 절망하는 어리석음을 배우지 아니하는 듯하도다
—— 그러므로 다니고 노니는 중에 무엇이 되겠으면 다니거나 노
닐고, 아니 되겠으면 그만두는 일이 있는 것 같지 아니하도다.

26 홀변숙개(忽變倏改) : 갑자기 변하고 갑자기 바뀜.
27 산전(山巓) : 산꼭대기.
28 침로(針路) : 나아갈 방향.
29 구인(拘因) : 구속.
30 기권(氣圈) : 대기권.
31 성(性) : 성품. 성미.
32 원우(怨尤) : 원망하고 꾸짖음.

네가 과연 그러냐 아니 그러하냐 그렇기만 하면 너도 또한 나의 사랑을 받을 유복한 놈이리라.

차차 앞으로 나갈수록 차차 위로 올라간다, 때때 그를 사이하여[33] 어디서 나는지 번갯불이 번쩍번쩍 번득거린다 —— 어디에서 오는 것인지 시커먼 구름 한 장이 거의거의 충돌할 만한 상거[34]에까지 오다.

저 구름 속에도 생물이 있다 하면, 지금 저 앞에 당두해 온 먹장 갈아 분 듯한 무서운 괴물[35]을 '헬리' 혜성으로나 알지 아니할까?

누가 한 방울 튀는 물을 보고 무섭다 하리오, 누가 주전자 부리에서 나오는 성긴 김을 보고 두렵다 하리오, 누가 그 속에 신통한 이치와 위대한 힘이 감춰졌음을 직감 직각하리오.

태산이란 무엇이냐 티끌이 모인 것이오, 하해란 무엇이냐 물방울이 모인 것이라, 벽공이란 무엇이뇨 대기의 퍼진 것이로다.

그런데 대기에는 소가 있다, 알이 있다, 곧 물분자인데 이 물분자야말로 신통도 하고 괴이도 하도다. 천지창창[36]은 이 분자가 태양의 광파를 반사함이라 하니 그런즉 천체를 만드는 것은 성운임과 같이 창천을 만든 것은 물분자가 아닌가, 그러나 이것으로 신통하다는 것 아니라 —— 헤어졌던 물분자가 모이기는 왜 하며 모이면 모였겠지 비는 왜 되며 비가 되면 비나 되었겠지 눈은 왜 되고 서리는 왜 되고 이슬은 왜 되노, 그러나 이것으로 괴이하다는 것 아니라.

---

33 사이하여 : 구름을 사이에 두고.
34 상기(相去) : 가까운 거리.
35 먹장갈아 분 듯한 무서운 괴물 : 먹장을 갈아 부은 듯이 어둡고 시커먼 괴물.
36 천지창창(天之蒼蒼) : 하늘이 푸른 것.

보아라 그의 한 걸음 한 모양 무엇이 아름하지 아니하냐, 무엇이 선하지 아니하냐, 그는 시니라, 사람의 재주에 벗어난 크고 좋은 시니라, 그는 그림이니라, 조각이니라, 또한 사람의 생각에 뛰어난 그림이요 조각이니라, 큰 극희라, 큰 문장이라, 큰 종교라, 큰 품물이라, 모든 것에서 다 한결같이 사람의 우스운 기교로 하여금 한 푼 어치 가치도 없이 하는 하느님의 대작이라, 그의 앞엔 천재도 없다, 숙련도 없다, 아무 것도 없다. —— 이것이 어찌 신통하지 아니하랴.

이 어리석은 무리야, 사람의 팔과 붓과 종이가 아니면 아무것도 못하는 줄 아는 무리야, 오너라 와서 이를 보아라, 그리하여 사람의 손으로 만든 '브러쉬'와 사람의 꾀로 만든 글씨란 것이 어떻게 우스운 것임을 알아라! 물방울과 김으로 저 구름이 이러한 교훈을 주니 이 신통한 일이 아니냐.

그는 가끔 웃으면서 춤추고, 뒤둥글어져서 들았고, 검은 옷을 입고 보름달을 가리면서 숨박꼭질하고, 밝은 분을 바르고 저녁해로 더불어 손뼉치고, 높이 떠서는 네 이놈들 하면서 내려다보고, 낮게 내려와서는 까강깡깡 나를 잡겠지 하여, 온갖 어린 체를 다하여 어른 아이 할 것없이 다 친교를 맺거니와 더욱 인간에 벗을 잃고 사회란 방 한 구석에서 떨어진 장판을 때우고 있는 불쌍한 사람에게 대하여 항상 말하랴 말할 수 없는 아름다운 위안의 화한을 가져다 줄 때에 그와 우리의 사이에 무슨 독특한 관계가 있어서 떨어질래야 떨어질 수 없고 잊을래야 잊을 수 없는 맺음이 있는 것 같도다.

또 한 옆으로는 더욱 공상의 단술에 취하여 허깨비 나라를 마음으로 바라면서 '엑셀쇼어((Excelsior-더 높히)[37]'를 노래하는 젊은 아이들에게 없지 못할 친구라.

---

37 엑셀쇼어 : 롱펠로우의 시.

그저 사람의 눈으로 보면 저기 저 구름은 물방울이 뭉치고 식어서 된 것이니 그 속에 있는 것이 물분자일 뿐이라, 혹 티끌이 섞였을 뿐이라 하리라 —— 그러나 동정 있는 사람이 보면 저 날개를 펴고 획획획 가는 그의 등에 한 짐 잔뜩 젊은 아이들의 공상을 실은 것이 보이리라 —— 과연 그는 이 짐을 지고 바로 기껍게 측량 없는 듯 가는 듯하도다.

그는 물분자라 그러나 당장 세상에서 바람이 없는 사람에게는 바람이 되어 위안하여 주고, 이 다음 세상은 이리저리 한다고 단데 없는 공상을 만들어 가지고 애쓰는 젊은 아이들에게는 다정스러운 지심지우[38]가 되어 간접으로나 위대한 공로를 우리 인류 사회에 세우는도다 —— 이 어찌 괴이한 일이 아니냐.

거기 좀 섰거라. 나의 생각이 겨우 강구를 벗어나 바다로 나가지 아니하느냐 —— 무슨 먹을 것이 있겠다고 저리도 바삐 달아만 나느냐.

그러나 그는 나를 위하여 자유를 결박하지 아니하는도다.

조금도 힘드는 기색없이 슬슬슬, 그저 슬슬슬 연방 모양을 고치면서 산 너머로 들어가다.

금시에 북산 일면에는 산불이 나서 연기가 오르는 모양으로 뿌옇고 무르녹은 것이 뒤덮어 올라와서 온통으로 산의 몸을 집어삼키다.

보고 앉아서 정신을 잃었던 이 아이 귀에 범의 소리가 들린다.

'소년 원고를 다하였다!'

『소년』 3년 7권, 1910. 7.

---

38 지심지우(知心之友) : 마음을 알아주는 벗.

천주당의 층층대

땀을 뻘뻘 흘리면서 북다란재 천주당의 층층대를 올라가는 촌부자가 있다.

오후 세 시 —— 출입문을 열면 종은 부는 바람에 기세를 얻어 다앙당당 기파를 일으킨다.

집도 높기도 하지! 어찌하면 저렇게 짓노!

저 속에는 무슨 영특한 물건이 들어앉았노? 웅장하렷다?

한 층계 올라서서는 한 번씩 치어다보면서 연해 연방 무릎을 꺾는다.

이럭저럭 첫 번 층대는 다 올랐다.

저 우뚝한 집의 조금이라도 가까워지는 것이 분명히 이의 눈에 기쁜 빛을 담게 한다.

한 번 휘이 숨을 돌리면서 갓을 벗어 들고 이마의 땀을 훔친다.

당줄에 눌리지 아니한 머리털은 가는 바람에 요리조리 날린다.

둘째 층대에 와서는 이런 데 다니기에 익은 사람이 아닌 고로 오금이 공연히 아프고 다리 또한 떳떳치 못하여 아까 모양으로 달음질로 올라갈 수 없다.

집에 있을 때로 말하면 큰 골 가서 나무 할 때에 그리 험하고 긴 차양바위도 우습게 오르내렸는데 요만한 것에 이리 피곤하니 이 또한 모를 일이로다 하여 서울은 물이 달라 그런가 보다 하면서 스스로 의심하고 인해 스스로 해결한다.

한 층이 한 층보다 어려워간다.

땀은 사정없이 나고 흐르는데 휘주근한 고의가 연방 정강이를 휘감는다.

나는 듯이 앞서 올라간 구경시키러 온 듯한 아이는 위에서 내려다보면서 "좋은 구경은 힘도 드는 게다!"

말대답하는 모양으로 시위라고 "아 그놈의 데 꽤 수월치 않다" 하면서 서울아이라 다르단 뜻을 머금은 눈으로 올려다본다.

제 딴은 많이 애를 쓰고 끝까지 올라가서 치어다보더니 "이 집에 든 벽돌이 모두 몇 개가 될고?"

"여보 얼른 갑시다 공연히 못 들어가리다" 하는 말에 겁이 펄쩍 나서 "그럼 애 어서 가자" 하고 다른 데를 둘러보지도 못하고 따라선다.

처음에는 사람이 그리 많은 줄 몰랐더니 급기 문간에를 가서 보니 옹기옹기 서고 이리저리 부비는 모양이 시루의 콩나물이라 저 속 구경이 어떻게 좋으면 저리도 사람이 모여드는고 하여 들어갈 마음이 더욱더욱 급하여진다.

겨우 휩쓸려 들어가다. —— 기름 짜듯 조르는 틈을 타서.

한 벌밖에 없는 두루마기는 구구지 망구지가 되고 발등에는 흙이 가득.

우리 골 향교 —— 공자님을 모신 곳 일년 일차 석존[1]에도 사람이 이렇게 몰려 들어가는 일은 없는데 한다.

아이구 저 천정 보게 —— 아 유리창도 찬란도 하다 —— 흉물스러운 저 그림들은 다 무엇인고.

그러나 내가 그리도 몹시 보고 싶던 것은 무엇인고? —— 그 애를 쓰고 들어올 때에 무엇을 구하였던고?

"여보시오 저기 저것 보시오 굉장하지오" 하는 소리를 듣고 방

---

1 석존(釋奠) : 공자께 제사를 지내는 의식.

으로 치면 아랫목이라 할 곳을 올려다본다.

이물스러운 물상 —— 금촛대 —— 희미한 불 —— 컴컴한 가운데 색스러운 옷 입고 무엇인지 들고서 서며 엎드리며 중얼거리는 양인 —— 그런 듯도 하고 그렇지 아니한 것도 같은 그 광경.

과연 집으로 보아도 명륜당 것보다는 낫고 꾸민 것으로 보아도 대성전 속보다는 끔찍하나 그러나 물 건너 새 절 법당에 비해 보니 별로 좋을 것은 없는 걸, 거기다가 암만 보아도 제향 드릴 정성도 나지 않고 또 암만 불공을 올려도 복 줄 것 같지도 아니해!?

그는 머리를 구부린다.

애쓰고 들어옴이 무엇을 보려고 함인지 그것은 하나도 눈에 들어오지 않는다.

이물스러운 양인의 입을 따라 무어무어라 중얼거리는 소리에 비로소 많은 사람이 좌우로 갈라서 엎드렸음을 보았다.

또 의심난다 —— 저 사람들은 또 무엇을 보러 왔노? 구하러 왔노? 한다.

이리저리로 둘러보다 —— 그러나 아무 것도 눈 띄우지 않는다 —— 다시 자기가 처음부터 찾는 것이 무엇인고를 생각하여 아무 것이 아님을 깨닫고 그러면 내가 왜 그 애를 쓰고 여기를 들어왔는가 하니 허하기 짝이 없어 한다.

아무 생각도 다 없어지고 금시에 무슨 손에 잔뜩 쥐었던 귀중한 물건을 모르는 틈에 잃은 듯하다.

남 나오는 틈에 휩쓸려 나오는데 맥도 또한 느리다.

아이는 남의 속도 모르고 "처음 보셨지요, 저 집 짓기에 돈이 그 덩어리만큼 들었답니다!"

층대길로 느릿느릿 돌아오노라니까 보려고 아니하여도 장안 성
내 서편 북편의 광경이 '파노라마'처럼 안계에 들어온다 —— 아까
는 보지 못하던.

층대에 와서 한 발 내려놓고 고개를 돌려 뾰족집을 다시 한번 치
어다본다.

무악재 넘어가는 해는 얼빠진 해의 윤기 없는 빛을 그 높은 집
의 꼭대기로부터 발끝까지 퍼부었는데 겹치고 눌린 벽돌은 낱낱이
"에구 등줄기 아파"를 부르짖는 듯.

『소년』 3년 8권, 1910. 8.

---

2 안계(眼界) : 시야.

아메리카(아메리카합중국국가)[1]

1

내가 노래하여 기리는,

자유의 고향이요

우리 선조가 죽고 살던 데요,

청교도가 남에게 자랑하는 곳인,

우리나라여

산 구석 골 속까지라도

자유가 찌르르 울어 움직이소서.

2

점잖은 자유민이 살고 지내는

---

1 원문 : Samuel. F. Smith, "America". 이 노래는 로웰 메이슨에 의해 1832년에 처음으로 출간되었고, 그 해 독립 기념일 행사에서 불리어졌다. 미국의 국가 대신에 불리는 찬송가다.

우리 조국이여
나는 너의 이름을 사랑하노라.
너의 우뚝한 바위며 장탄² 강물이며
깊은 나무수풀이며 높은 산부리는
모두 다 내가 사랑하는 바-로다
나의 마음이 즐거운 법이 마치
천당에나 올라가는 듯하오

3

풍악 소리가 고운 바람에 들리어
구수한 자유의 노래 소리로 하여금
나뭇가지 사이마다 울리게 하소서
온 세상 사람이 다 따라 부르게 하소서
목숨 붙은 물건이면 다
와서 참여하게 하소서.
무지한 저 바위까지도 목청을
길게 빼어 여향이 길어지게 하소서

4

우리 조상신령님이여.
자유를 창개한 자여.
나는 너를 노래하야 기리노라
원컨댄 자유의 큰 빛이 영원히
우리나라 위에 번쩍거리도록 하소서
우리들이 높여 절하는 거룩한

2 장(長)탄 : 기다란.

하나님아 원컨댄 너의 힘으로써

우리를 보아 주소서

『소년』 1년 2권, 1908. 12.

청년의 소원[1]

1

높이높이 높높이   오르리라 공명산
우리들의 훈업이   우리나라 역사에
영원토록 안 썩고   언제까지 전하게
국세 민생 창황한[2]   이러한 때 제회한[3]
우리 청년은,   참말 행복이로다.
득승하여 목적을   성취하는 사람도
낭패하여 이룸을   얻지 못한 사람도
나랏일에 죽음은   마치 한가지로다.

2

깊이깊이 깊깊이   캐우리라 지식광.
만휘물품 묘리와[4]   백과학식 지보를[5]
산야에서 치토와[6]   창고에서 금백을[7]
사냥하듯 꺼내듯   학교에서 얻겠네.
우리 청년은,   산호 캐는 사람이
깊은 바다 밑에서   가지가지 주워내듯
면류관을 꾸미는   보주보다 더 좋은

---

1 원문 : James Montgomery, "Aspiration of Youth", The Pelican Island, and
   other poems, 1827.
2 국세 민생 창황(國勢民生蒼黃) : 나라의 세력과 국민의 삶이 풍요롭고 활달하
   게 일어남.
3 제회(際會) : 좋은 때를 당하여 만남.
4 만휘물품 묘리(萬彙物品妙理) : 수많은 사물들의 신묘한 이치.
5 백과학식 지보(百科學識至寶) : 수많은 학식이라는 보물.
6 치토(雉兎) : 꿩과 토끼.
7 금백(金帛) : 금과 비단.

지식 구슬 찾아서　　닦고 갈고 쪼리라.

3
가세가세 가가세,　　아니 가면 안 되니,
우리 맡은 의무도　　용매하게 나가세.
참 정말의 행복은　　덕성 도심 굳음이오
참말 곱다 할 것은　　품행 단결함이라.
사람 마음은,　　　　하늘께서 주신 바
다른 것관 특별히　　생김생김 다르니,
우리들은 이 마음　　가지고서 인간을
천국같이 즐거운　　세계 만들지니라.

　　* 4, 5 두 절은 생략한다.

『소년』 2년 3권. 1909. 3.

8 의무도(義務道) : 의무와 도리.
9 용매(勇邁)하게 : 용기 있게 매진하여.

디 강변의 방아꾼[1]

1

튼튼하고 탈속한 　한 방아꾼이
디의 강의 곁에서 　거생하더라
아침부터 저녁에 　항상 즐겁게
노래하고 일하여 　말지 않으니
거침없이 하늘에 　놀며 다니는
종달새도 이 낙을 　못 따를레라.
그 노래의 후렴은 　한결과 같이
"나를 부러워하는 　사람도 없고
내가 부러워하는 　사람도 없다
참 정말이지
내게는 아무라도 　부럽지 않다"

2

어진 임금 '해리'가 　이 노래 듣고
"여보게 내 말 듣게 자네 노래가
아주 마땅치 못한 　말씀이로세
나의 마음이 만일 　자네와 같이
편안하고 쾌함을 　얻어 볼진댄
피차 가진 자리를 　바꾸려 하네
나는 디의 강곁에 　임금이지만

---

1 원문 : Charles Makay, "The Miller of the Dee", 찰스 메케이가 1841년에 쓴
짧은 이야기시.

한때라도 편할 수   아주 없거늘
어찌하여 자네는   방약무인히
아무 기탄도 없이   즐겁게 노래
부르는지 그 까닭   들어 보세나"

3

방아꾼이 그 말에   빙그레 웃고
벙거지를 벗으며   대답하기를
"나는 먹을 물건을   모아서 두고
우리 아내 우리 벗   사랑도 하며
아들딸 삼 남매를   귀애하는데
한돈 한푼 쫓기는   남의 빚 없소
다만 우리 집안의   몇몇 식구가
먹고 사는 곡식을   찧는 방아를
돌려 주는 디의 강   고맙게 아오"

4

한숨 쉬며 핼 왕이   이르는 말이
"좋은 벗아 갈수록   복을 누리소
그러하나 정말로   노래하려면
이후부터 아무도   자네 부러워
하지 아니한다고   이르지 마소
밀가루가 범벅된   자네 벙거지
우리 면류관보다   더욱 귀하고
자네 가진 물방아   우리나라의

들어오는 세납과   같이 치겠네
자네 같은 사람은   우리 영국의
자랑하는 보배ㄹ세   귀한 방아꾼"

『소년』 2년 5권, 1909.5.

노작[1]

1

쇠망치의 소리는   땅땅 울리고,
화롯불은 우닥탁   튀며 피우고,
달군 쇠는 불똥을   날리는 중에,
모루 치며 힘들여   일하는 자야,
너희들이 온종일   땀을 흘리며,
노력함이 어렵다   생각나거든,
세상에서 할 일이   없는 어려움,
더욱 기가 막힘을   생각해 보라.

2

튼튼하고 큰 손에   호미를 들고,
뙤약볕이 쏘여서   타는 듯한데,
단단한 흙덩이를   밭 가는 자야,
너희들의 생각에   *이 흙덩이가,
예로부터 저주를   받다[2] 하리라,
그러하나 온종일   힘을 다하여,
노력함이 어렵다   생각나거든,
세상에서 할 일이   없는 어려움,
더욱 기가 막힘을,   생각해 보라.

---

1 원문 : Caroline F. Orne, "Labor"
2 받다 하리라 : '받았다 하리라'를 음절을 맞추기 위해 줄여 씀.

3

뱃바닥의 밑에는　크단 무덤이
입 벌리고 있으며,　모진 바람은
악귀같이 뱃전에　포효하는데,
태산 같은 물결이　쉬는 틈 없이,
요동하는 창해를　배 젓는 자야,
너희들의 허구간[3]　애를 쓰고서,
노력함이 어렵다　생각나거든,
세상에서 할 일이　없는 어려움,
더욱 기가 막힘을,　생각해 보라.

4

살 내리고 피 줄고　신열 생겨서,
주야장천 심신을　수고로이 해,
일천하의 동포의　영혼 위하여,
정성까지 애쓰는　어진 사람아,
이러하게 고상한　목적으로도,
네 노력이 어렵다　생각나거든,
세상에서　할 일이　없는 어려움,
더욱 기가 막힘을,　생각해 보라.

5

힘들여 일하는 자　애쓰는 자야,

---

3 허구간(許久間) : 매우 오랜 세월 동안.

너희들은 크나큰   노력으로써,
이 세상의 사람을   감화하노나,
있는 힘을 다하여   일에 당하며,
한치만 한 시간도   이용 잘하라,
하늘로서 주신 바   사람 권리 중,
가장 고귀한 것이   일을 함이니,
너희 권리 너희 몸 너희 마음에,
미안하지 않도록   근로하여라,
지극하게 어렵고   못 견딜 것은,
세상에서 할 일이   없는 것이라.

* 이 말은 태초에 인류의 조상 아담과 이브가 생명과를 먹은 죄로 에덴 동산에서 내
쳐질 때에, 하나님께서 그 형벌로 토양을 저주하여 아담을 고통스럽게 하시려고
"내가 명하여 먹지 말라 한 나무의 과실을 먹었으니 땅이 너로 인하여 저주를 받고
네가 종신토록 수고하여야 먹을 것을 얻으리라"(『창세기』 제3장 17절)하심을 인용
한 것이다. 곧 농부가 밭을 갈 때에 땅이 굳어 경작이 곤란할 때에 반드시 '아담의
때에 하나님께서 저주하신 땅이 지금까지 저주받았나 보다'라고 탄식하리라 함이
라.

『소년』 2년 6권, 1909. 7.

해적가[1]

속깊이무르녹아 파란바다의
　　　　좋은일이있는듯 뛰노는물위
우리들의생각이 한끝이없고,
　　　　우리들의마음이 자유로와서,
바람불어지치는 진두까지와,
　　　　물결일어춤추는 온지경안을,
우리의제국으로 알고지내며
　　　　우리사는집으로 여겨보노나.
참말이지이것은 우리판도라
　　　　네게내게갈일이 애초에없고,
우리들의깃발이 한번날리면
　　　　쓰러지지아닐것 하나없도다.
우리의험상스러운살림살이가
　　　　소란하지아님이 실로아니나,
힘드는일마치면 편안히쉬고,
　　　　다른일할때마다 즐거우니라.
뉘라서안다더냐 이좋은맛을 -
　　　　너희무리와같이 배에멀미해,
정신을못차리고 버둥거리는
　　　　헛교만한놈들은 꿈도못꾼다 -
편할대로편하게 몸을가져서,
　　　　밥과잠의참맛을 알지못하며,
쾌락한일있어도 쾌락치않는

313

---

1 원문 : Byron, "The Corsair"

하잘것없는자가 알길어찌해 -
오직몸과담력을 단련하여서,
　　끝도아니보이는 넓은바다에
그정신이언제든 쾌창히있어,
　　높다랗게날래진 그감각으로,
뜨거운피굳세인 그맥박으로,
　　용맹하게떨치고 몸을일으켜
나서는자밖에야 그누가능히
　　우리들의쾌락을 짐작하리오.
싸우기를즐기는 마음으로써
　　임박하는싸움을 나가구하며,
남들이위태하단 일이란것은
　　마음으로도리어 좋아를하며,
겁쟁이가무서워 피하는일을
　　또없을열심으로 즐겨당하며
잔약한무리들이 기막혀하는
　　어려운일을보곤 잡아당겨서,
가슴의속속깊이 감각하여서,
　　희망은눈을뜨고, 정신은높이
날아오르는자가 아니고서야,
　　우리들의쾌락을 누가알리오.
우리죽을때에는 적도죽느니,
　　죽는것을어찌타 두려워할까 -
잠이든것보다도 더욱얼마나
　　편안하고고요히 보이는도다.
오려거든오너라 어느때든지
　　목숨의목숨, 내가 가져있노라.

내놓아서이것을 살릴지라도
　　　　어느누가이것을 돌아보리오-
오직다투는것과 병뿐이리라
　　　　쇠잔코병든몸을 연착²하여서
아까워하는자는 자리보전코
　　　　해포달포긴동안 병고로지내,
숨을헐떡거리고, 힘없는머리
　　　　두르면서,죽도록 버려두어라.
우리들의자리는 잔디밭이라,
　　　　퀴퀴하게내나난 욕아니니라.
허덕허덕하면서 다른이들은
　　　　큰애쓰고그혼백 떠나보내나,
단한번애를쓰고- 한번서슬에,
　　　　우리들은사고³를 벗어나노라.
다른이들죽음은 작은병에나,
　　　　좁다라한광중⁴을 이걸좋다고,
생전에싫어하던 사람이라도
　　　　그의무덤앞에를 장식해주나,
우리들은죽으면 훤한 바다가
　　　　가리는휘장과염 무덤이되며,
뿌려주는눈물은 비록적으나
　　　　말끔다진심으로 나옴이니라.
잔치를차릴때도 우리들끼린,
　　　　기억을나타내는 술잔위에도

---

2 연착(戀着) : 깊이 사랑하여 잊지 못함.
3 사고(死苦) : 죽음과 고통.
4 광중(壙中) : 무덤의 구덩이.

동무를추억하는   깊이정다운
　　　　슬퍼하는의사를   띄우느니라.
싸워이겨얻은걸   분배할때에
　　　　기억이일어나서   모든사람의
이마에슬픈뜻을   나타내고서
　　　　죽기를피치않은   용맹한그가
만일살아있으면   얼마만치나
　　　　좋아하겠느냐고   서로말할때,
위태하던저번의   일을기록한
　　　　간단히된비문이   여기있도다.

『소년』 3년 3권, 1910. 3.

정말 건설자[1]

1

봄, 여름, 가을, 겨울,
고금이 여일하게 차례 찾아 오는도다.
바람은 불고 그치고, 해는 떴다 졌다.
아침볕은 바로 '애 산들아 너의 금옷을 입으라' 하는 듯하도다.

2

호머의 시는 만고에 살아 있고,
죽은 솔론이 죽음이 아니로다.
피타고라스의 훤혁한[2] 이름은
해가 비추는 모든 나라에 골고루 퍼졌도다.

3

그러나 바빌론과 멤피스는
오직 티끌 위에 기록한 글씨로다.
지상의 폭군들아 그것(티끌 위의 글씨)을 읽어 보아라!
그리하여 너희가 자랑하는 세력이란 것이 어떠한 것임을 가만히
반성하여 보라.

4

바빌론과 멤피스는 그 부화하고[3] 경박한 무리가

---

1 원문 : Ebenezer Elliot, "The Builders"
2 훤혁(烜赫)한 : 업적이나 공로 따위가 빛나고 밝은.
3 부화(浮華)하고 : 실속 없이 겉만 화려하고.

궁흉극악한[4] 일을 할 때에 발흥하였도다.

그리하였다가 그 기초가 허위와 폭력이기 때문에 인해 멸망하였
도다.

5

진리(Truth), 자비(Mercy), 지식(Knowledge), 정의(Justice)야말로

언제까지든지 전복되지 아니하는 세력이리로다.

그들은 집을 그 마음 안에 짓고

또 하나님의 권위 밑에서 일함이로다.

> * 호머는 그리스의 시성으로, 서양 시가의 시조다. 솔론은 그리스의 대정치가로, 제
> 도와 법도를 많이 마련하여 복리를 크게 끼친 사람이다. 피타고라스는 그리스의
> 유명한 수학자다. 바빌론은 옛 바빌론 대제국의 수도이니 번성기에 그 번화하고
> 부유함이 짝이 없던 곳이다. 멤피스는 옛 이집트의 수도이다.

『소년』 3년 5권, 1910. 5.

---

4 궁흉극악(窮凶極惡)한 : 몹시 흉측하고 악독한.

제석[1]

1

울어라 우렁찬 종, 벽락한[2] 하늘 위에,
날으는 구름에며, 번쩍이는 밤빛에
올해는 오늘밤에 죽으려 하는도다,
울려라 우렁찬 종, 그래 죽게 두어라.

2

울려 옛 해 쫓아라, 울려 새해 맞아라.
울려라, 복된 종아, 눈 위로 스미면서.
묵은 해가 가려니, 가게 버려 두어라.
울려, 거짓 보내라, 울려, 참을 맞아라.

3

울려 쫓아라, 다시 이 세상에서, 볼 수
없는 사람 그리워 가슴 타는 괴롬을.
울려 쫓아라, 부와 빈의 계급 싸움을.
보천하[3] 사람에게 구원 맞아 주어라.

4

울려 쫓아라, 점점 없어져 가는 길과,
전부터 내려오는 여러 가지 당쟁을.

---

1 원문 : Alfred Tennyson, "In Memoriam"의 106장.
  제식(除夕) : 섣달 그믐날 밤.
2 벽락(碧落) : 벽공. 푸른 하늘.
3 보천하(普天下) : 온 세상.

울려 맞아라, 더욱   거룩히 사람 살 법,
풍습은 더욱 순미,   법은 더욱 깨끗이.

5

울려 쫓아 보내라,   구차, 근심 죄악과
때 잘 만난 탓으로   못한 이를 냉대함.
울려 울려 쫓아라   몹시 슬픈 내 노래.
기쁨에 찬 시인을   얼른 맞아 오너라.

6

울려 쫓아라, 처지   문벌 등 패천리한
거만과, 사회상의   서로 경멸, 조롱함.
울려 맞이하여라   참 이치와 옳음을
사랑함과, 공공이   착함을 다 좋아함.

7

울려 쫓아라, 자래   있는 모든 추한 병,
마음 더러운, 황금   사랑하는 식욕을.
울려 쫓아라, 항상   끊이지 않는 전쟁.
장안 변할 태평을   울려 맞이하여라.

8

울려 맞이하여라   강맹함과, 자립을

---

4 순미(淳美) : 인정이 두텁고 아름다움.
5 패천리(悖天理)한 : 도리에 어긋난.
6 자래(自來) : 저절로.

목숨으로 알음과,   더 관후코, 다정함.

울려 쫓아 보내라   나라들의 캄캄함.

울려 맞아라, 오실   우리 주 그리스도.

『소년』 3년 9권, 1910. 12.

---

7 관후(寬厚)코 : 마음이 너그럽고 후덕하고.

쫓긴 이의 노래[1]

주께서 나더러 하시는 말씀
외따론 길가에 홀로 서 있어
쫓긴 이의 노래를 부르라시다.
대개 그는 남모르게 우리 님께서
짝 삼고자 구하시는 신부일새니라.
그 얼굴을 뭇사람께 안 보이려고
검은 낯가림(면사)로 가리었는데.
가슴에 찬 구슬이 불빛과 같이
캄캄하게 어둔 밤에 빛이 나도다.
낮이 그를 버리매 하나님께서
밤을 차지하시고 기다리시니
등이란 등에는 불이 켜졌고
꽃이란 꽃에는 이슬 맺혔네.
고개를 숙이고 잠잠할 적에
두고 떠난 정다운 집가로부터
바람결에 통곡하는 소리 들리네.
그러나 별들은 그를 향하여
영원한 사랑의 노래 부르니
괴롭고 부끄러 낯 붉히도다.
고요한 동방의 문이 열리며
오라고 부르는 소리 들리니
만날 일 생각하매 마음이 졸여

---

1 원문 : Rabindranath Tagore, "The Song of the Defeated". 이는 타고르가 조
선을 방문했을 때, 특별히 청춘을 위해 지어 보낸 것이라고 기록되어 있음.

어둡던 그 가슴이 자주 뛰도다.

* 이 글은 작년에 시인 타고르가 동아시아에 내유하였을 때, 특별한 뜻으로 우리 『청
춘』을 위하여 지어 보내신 것이다. 인도와 우리와의 이천 년 이래의 옛 정을 도탑
게 하고, 더불어 그들과 우리가 새로 정신적 교류를 맺자는 마음에서 지으신 것이
다. 타고르 선생은 동아시아를 돌아보는 수개월 사이에 각 방면으로 극진한 존경
과 후대를 받았다. 신문 잡지에서도 빗발치듯 간곡히 기고를 요청하였지만 고요한
것을 좋아하시고 마음을 맑게 하기를 힘쓰시는 선생이 이 모두가 세속적 번거로움
이라 하여 일절 사절하셨다. 오직 아름다운 시를 지어 우리에게 부치신 것은 진실
로 우연한 일이 아니다. 이 한 편의 시에서 이렇듯 깊은 의사가 있음을 알아채고,
읽고 씹고 씹어 속속들이 참 맛을 얻어야 비로소 선생의 바라심을 저버리지 않을
것이다.

『청춘』 11호, 1917. 11.

한시 선역

아미산월 노래[1]

아미산 끝 가을 반달이

평강 물에 잠겨 예네

삼계 떠나 밤길 삼협

임 못 보고 유주 가네

산중에서 속인에게 대답하다[2]

산에 삶은 어인 일고 웃고 잠잠

맘 저절로 복숭아꽃 흘리는 물

인간 아닌 누린가보

보허사[3]

청계도사[4] 그 뉘 알리 상천하천[5] 외두루미

헌 사립문 굳이 닫고 낡은 창에 바람 찬데

이슬 방울 주를[6] 갈아 주역에다 점치는 이

---

1 원문 : 이백, 아미산월가(峨眉山月歌)
2 원문 : 이백, 산중문답(山中問答)
3 원문 : 고병, 보허사(步虛詞)
4 청계도사(淸溪道士) : 맑은 물 곁에 사는 도사.
5 상천하천(上天下天) : 하늘로 올랐다가 내려갔다 하는.
6 주(朱) : 붉은 먹. 연지.

어옹[7]

서암 곁에 밤을 새던 고기 잡는 저 늙은이[8]
새 배에 청상 길어 초죽을 사르렸다[9]
안개 걷고 해 떠도 사람은 안 뵈는데
어기야 한 소리에 산과 물만 푸르렸다
하늘 가를 돌아보며 중류에서 떠 내려가니
무심할손 바위 위에 흰 구름만 따르렸다

사변[10]

지난해 어느 때에 임이 나를 떠나신고
앞동산에 풀 푸르고 범나비는 넘놀았다
금년은 어느 때에 내가 님을 생각는고
서산에 눈의 희고 진구름이 아득하다
예서 옥관 삼천리에 편지한들 받을런가

추우탄[11]

가을비 오자 온가지풀 다시 들어 죽노매라
섬돌 밑에 결명화만 그 얼굴이 싱싱하다
가지 가득 잎 푸르고 금돈인 듯 꽃도 많다
하늬 쌀쌀 너를 쳐도 내내 그냥 독립하다

---

7 원문 : 유종원, 어옹(漁翁)
8 서암(西巖) : 서쪽 바위.
9 청상(淸湘) : 맑은 강.
10 원문 : 이백, 사변(思邊)
11 원문 : 두보, 추우탄(秋雨歎)

당상에 못난 선비 속절없이 센 머리로
바람결에 네 향내를 세 번 맡고 눈물진다

파주문월[12]

하늘에 달 생긴 지 얼마나 된고,
내 이제 잔 멈추고 한번 묻노라,
사람은 밝은 저 달 잡지 못하되,
도리어 달이 사람 따라오도다,
맑기는 나는 거울 단궐[13]에 단 듯,
푸른 안개 스러지자 더욱 빛나네,
해 지자 바다로서 뜸은 보아도,
밤새자 구름 속에 숨긴 몰랐네,

『청춘』 8호, 1917. 6.

12 원문 : 이백, 파주문월(把酒問月).
13 단궐(丹闕) : 붉은 궁궐의 문.

시 가 문 학

창가

계몽 노래

소년대한

1

크고도	넓으고도	영원한태극
자유의	소년대한	이런덕[1]으로
빛나고	뜨거웁고	강건한태양
자유의	대한소년	이런힘으로
어두운	이세상에	밝은광채를
빠지는	구석없이	던져두어서
깨끗한	기운으로	타게하라신
하늘이	붙인직분	힘써다하네
바위틈	산골짜기	나무끝까지
자유의	큰소리가	부르짖도록
소매안	주머니속	가래[2]까지도

---

1 덕(德) : 덕성.

자유의	맑은기운	꼭꼭차도록

2

우리의	발꿈치가	들리는곳에
우리의	가진깃발	향하는곳에
아프게	앓는소리	즉시그치고
무겁게	병든모양	금세소생해
아무나	아무튼지	우리를보면
두손을	벌리고서	크고빛난것
청하여	달라하게	만들것이오
청하지	아니해도	얼른주리라.

3

판수야³	벙어리야	귀머거리야
문둥이	절름발이	온갖병신아
우리게	의심말고	나아오너라
두드려	어루만져	낫게하리라
우리는	너희위해	화편가지고
신령한	밥티즘을⁴	베풀양으로
발감개	짚신으로	일을해가는
하늘이	뽑은나라	자유대한의
뽑힌바	소년임을	생각하여라.

『소년』 1년 2권, 1908.12.

---

2 가래 : 소매 속 솔기를 뜻하는 옛 말.
3 판수 : 맹인.
4 밥티즘(baptism) : 세례.

신대한소년

1

검붉게걸은　　저의얼굴보아라
억세게덕근　　저의손발보아라
　　　1
나는놀고먹지아니한다는
표적아니냐.
그들의　　힘줄은　　툭불거지고
그들의　　뼈…대는　　떡벌어졌다
나는힘들이는일이있다는
유력한증거아니냐
　옳다옳다과연그렇다
　신대한의소년은
　이러하니라.

2

전부의성심　　다들여힘기르고
전부의정신　　다써지식늘려서
우리는장차뉘를위해무슨일
하려하느냐
약한놈　　어린놈을　　도울양으로
강한놈　　넘어뜨려　　'최후승첩은
정의로　　돌아간다'는　　밝은이치를
보이려함이아니냐
　옳다옳다과연그렇다

---

1 덕근 : 굳은 살이 박힌.

신대한의소년은
이러하니라.

3
그에겐저의   권속이나재산의
사유한것은   아무것도다없이
사해팔방제몸이가는데가
저의집이오
일천하   억만성이   모두형제요
땅위에   자라나는   온갖물품이
저의재산아닌것이없는듯
지극히공평하더라
   옳다옳다과연그렇다
   신대한의소년은
   이러하니라.

4
앞으로   나갈용은   넉넉하여도
뒤흐로   물릴힘은   조금도없어
뻣뻣한그다리는아무때던지
내어디디었고
하늘을   올려봄엔   그눈밝아도
내려다   보는것은   아주어두워
밤낮위로올라가는빠른길

2 일천하 억만성(一天下 億萬姓) : 세상의 모든 사람.
3 용(勇) : 용기.

힘써찾을뿐이러라.
　옳다옳다과연그렇다
　신대한의소년은
　이러하니라.

『소년』 2년 1권, 1909.1.

대한소년행

따디따닷따! 두당둥당둥!

대천세계   덮고남는   우리기운을
한번한껏   못뿜어서   무궁한인데
수미산을   바로뚫는   우리용맹을
아직조금   못써보아   독자고로다
이런기운   이런용맹   한데모아서
이세상에   도량하는   부정불의를
토멸코자   의용대를   굳게단성해
대한소년   당당보무   나아가노나.

따디따닷따! 두당둥당둥!

번듯번듯   장공덮은   작고큰기엔
발발마다   정의자가   신면목이요
번쩍번쩍   일광가린   길고짧은칼
끝끝마다   정의신이   승전무추네
말바르고   이치맞고   형세장하게
거침없이   나아가는   우리군전에
안꺾이는   군사란게   누구있으며

1 무궁한(無窮恨) : 끝이 없는 한.
2 수미산(須彌山) : 불교의 우주관에서 세계의 중앙에 솟아 있다는 산.
3 독자고(獨自苦) : 스스로 고통스러움.
4 도량(跳踉) : 제멋대로 뛰어다님.
5 단성(團成) : 조직.
6 정의자(正義字) : 정의라고 쓰인 글자.
7 정의신(正義神) : 정의의 신.
8 군전(軍前) : 군대의 앞.

안눌리는　형세란게　어디있느뇨

따디따닷따! 두당둥당둥!

저기저기　반짝반짝　보이는것이

무엇인지　너희들이　알아보느냐

다만앞만　보고가서　얼른취하라

용사에게　돌아갈바　승첩등⁹이라

급하게나　완하게나　쉬지만말고

처음정한　우리목적　굳게지켜서

끈기있게　용맹있게　가기만하면

빼앗을자　다시없다　우리것일세,

따디따닷따! 두당둥당둥!

화락에찬　하늘풍악　즐겁게울고

비둘기의　모양으로　하나님임해

개가¹⁰불러　돌아오는　우리군인을

모든천사　내달아서　맞아들여서

보좌앞에　승전훈장　친히주실때

우리영광　우리복락　한이없겠네

한시한각　다투어서　얼른성공케

훈장들고　기다리심　벌써오래네

따디따닷따! 두당둥당둥!

나아가세　나아가세　기껏나가세

───────────

9 승첩등(勝捷燈) : 전투에서 승리하여 켜는 불.
10 개가(凱歌) : 승전 노래.

대한소년 의용군인 큰발자취로
성큼성큼 건장하고 용맹스럽게
최후승첩 얻기까지 기껏나가세
허큘쓰의[11] 높은산도 한번뛰우고
태평양의 넓은바다 한번헤엄해
정의도중[12] 온세계를 집어너라신
하늘명령 성취토록 기껏나가세

『소년』 2년 9권, 1909. 10.

11 허큘쓰 : 헤라클레스(hercules).
12 정의도(正義圖) : 정의의 지도.

바다 위의 용소년[1]

여기있는　세소년은　바다아이니
한반도가　나서기른　많은목숨중
가장크고　거룩히될　영형[2]아니라

염치없이　온하늘을　휩쓸려하는
물기둥의　일어서서　뛰노는모양
저렇듯이　흉용[3]하고　험상스런데

네보아라　그들이탄　좁고작은배
외상앗대　겨우달린　보트이어늘
활기에찬　그의얼굴　조금겁없이

쇠뭉치의　팔을뽐내　금강력[4]으로
이놈이리　접어뉘고　저놈저리해
물결치는　세찬용기　놀라웁도다

가늘게내　크게뽑는　그의노래를
귀기울여　들어보자　무슨뜻이뇨
"어이어라　어이어라　우리반도의

크고넓은　바다곁에　사는인민아

---

1 용소년(勇少年) : 용감한 소년.
2 영형아(寧馨兒) : 훌륭한 아이.
3 흉용(洶湧) : 물결이 매우 세차게 일어남.
4 금강력(金剛力) : 금강처럼 굳센 힘.

향기로운　맑은물이　씻는언덕과
짠맛띄운　맑은대기　덮은바닥에

백두산위　쌓인눈이　녹을때까지
벽해수의　고인물이　마르기까지
일시라도　옳지못한　바깥사람이

발붙이는　더러움이　있지않도록
손대이는　부끄럼이　나지않도록
우리처럼　힘과애를　말끔들여서

하나님이　맡겨두신　좋은이보배
조상님이　내려주신　고운이기물
영원토록　아름답게　보전해가세

이세계를　만드실때　우리주께서
맨나중에　꽃반도를　대륙에달고
손을펴서　뚝뚝치며　이르시기를

'이세계중　너를둠은　뜻있음이니
때가오건　잃지말고　부지런히해
너의직분　다하여서　이루어다오!

늦은뒤에　드러남을　설워말지며
큰고난을　겪을것을　알아두어라
나의바람　적지않다'　말하시도다

우리들로　큰그릇이　되게하시고
남아니준　좋은일을　맡기실때에
그만시험　보이심은　당연하도다

그동안을　엎드려서　소리안내고
바지아래　욕보기를　단꿀로앓이
웃지마라　우연함이　아니러니라

이제오나　저제오나　기다리던때
동녘하늘　요란하자　먼동터오니
잠시인들　머무르랴　바삐하여라

제가저를　깊이믿고　길이버티면
항복하지　않는것이　없는법이오
용사앞엔　못된다는　말이없으니

한결같은　우리정성　우리용맹이
마지막의　큰승첩을　얻게만들어
바다위엔　용왕궁이　내것이되고

육지에선　예루살렘　성전까지도
우리손에　들어와서　모시게되어
보기좋게　온세계의　대왕된뒤에

정의석에⁵　길을닦고　사랑을깔아

---

5 정의석(正義石) : 정의의 돌.

이곳에다　하늘나라　세우는책망[6]
앞뒤끝이　매끈하게　다할지로다

우리들은　어디까지　차례를찾고
조금조금　쌓여감이　큰것이됨과
수고하면　공이룸을　굳게믿으니

그럴듯한　큰직분을　잘맞추려고
내것부터　아름답고　온전스럽게
만들기를　함께하여　힘쓸지로다

금수같은　대한반도　즐거움동산
그역사는　영원토록　제능력다해
직분있는　사람들의　사공을신고[7]

그의땅은　천하의왕　대궐되어서
억만세에　영화로움　변함없도록
너희들은　부지런히　주선하여라

어이어라　어이어라　우리를보라
이런물에　이런배로　싸워가는것
겁쟁이의　눈에보면　못할일이나

굳은마음　굳센팔을　믿고의지해

---

6 책망(責望) : 책임과 바람.
7 사공(事功) : 업적. 보람.

이런중에 　견디어온 　공력이나서
오래잖아 　바다정복 　끝이나겠네

....”

어여쁘다 　용맹스런 　이소년들아
그침없이 　나아가서 　큰공이루어
오래묻힌 　우리해상 　재주보이라

불어오는 　동남풍에 　노랫소리가
따라가서 　안들림이 　애타지마는
다음말은 　안들어도 　대강알겠다

나는너를 　축복하며 　경의표하여
언제까지 　그렇기를 　참바라노니
그런본의 　내게하라 　부탁하노라

바다로써 　몸을가린 　대한반도는
이런소년 　많이가진 　대한반도는
크고좋은 　직분가진 　대한반도는

네가아니 　대주재의[8] 　막내둥이냐
온전하고 　깨끗한복 　갖춰가져서
천상천하 　짝이없는 　광명이로다.

『소년』 2년 10권, 1909. 11.

8 대주재(大主宰) : 모든 일의 중심이 되는 단군신.

태백범

갈고리 같은 나의 발톱에 긁히지 않는 것이 어디 있으며, 톱 같은 나의 이에 씹히지 않는 것이 어디 있으리오. 그러나 나는 이 톱과 이로 온전히 정의를 위하여 잡아먹되, 나는 살리기 위하여 잡아먹으며, 다른 범은 자기를 위함이되 나는 남을 위함이라, 나의 이루려 함은 오직, 진이오, 선이오, 미뿐이니라.

우리주의큰뜻부친 거룩한세계
어린아이존장난터[1] 된지얼마뇨
그경륜을이루어서 천직다하게
발내어논너의모양 숭엄하도다

사천년간길러나온 호연한기운
시원토록뿜어보니 우주가작고
대륙가에웅크렀던 웅대한몸이
우뚝하게일어나니 지구가좁아

1 존장난터 : 좋은 장난터.

우레같은큰소리를　한번지르면
만국이와엎드리니　네가왕이오
번개같은밝은눈을　바로뜰진댄
만악이다사라지니　네가신일세

즐거움의좋은동산　어지른티끌
어진이가둘러박힌　사랑입으로
남김없이집어먹어　전모양될때
하늘문이열리리라　너의발앞에

　호랑이는 뼈가 통으로 이어져 있어, 고
개를 돌리지 못하고 벗을 기운만 가진지라 위로
뛰기만 한다고 하는 말이 예전부터 있었다. 과연 그러하니 우리는
오직 앞으로만 나가도록, 또한 향상만 하도록 태어났다. 진취와 향
상. 이것은 곧 우리의 전체다. 그러므로 하늘이 부여하신 것을 거슬
러, 앞에 몰려 있는 온갖 날랜 기관을 게으르게 쓰면 뜻밖의 어려
움이 일어날 것이다.

『소년』 2년 10권, 1909. 11.

2 전(前) : 예전. 이전.

태백산가(1)[1]

즐거움과　태평의　크나큰빛을
모든것에　골고루　나눠주라신
하늘명을　받드신　우리대황조
이세상에　오시매　네게로로다

머리에인　흰눈은　억만년가도
변하거나　녹음이　결코없나니
순결하고　영원한　마음과정성
속으로서　밖으로　드러남이라

네밑에서　자라난　우리사람은
너를보고　만드는　세력으로써
세전하는[2]　포부를　힘써피고져
우주의큰　목숨과　함께되리라

사나웁게　뛰노는　물결같은중
뽑힌바된　너희가　가장크거니
억만목이[3]　소리를　가지런히해
너의덕을　즐겁게　기리리로다.

『소년』3년 2권, 1910. 2.

---

1 『소년』3년 2권에 실린 『태백산』시집의 첫 번째 시.
2 세전(世傳) : 세상에 전해져 오는.
3 억만(億萬)목 : 셀 수 없을 만큼 많은 사람들의 목.

태백산가(2)[1]

1

더러운물이	마음대로	이세상에	흐르고,
못된냄새가	막힘없이	이인간에	퍼져서,
옳은사람이,	큰물이와	한번씻기	바랄때,
쾌한불결을	뿜어내어,	빼지않고	불세례
머리위에서	더하려고,	맨먼저	애썼노니,
언제까지든	성취하잔	우리뜻이	이로다.

2

하늘앞문이	열리면서	밝은해가	나오매,
먼저그빛과	그더움에	목욕하긴	내로다,
찬바람으로	밤새고난	넓은뒷들	사람과,
눅은안개에	쌓여있는	작은앞섬	백성이,
다같히고개	번쩍들고,	나를우러러 보니,
문명한기운,	온화한빛	그의바람	이로다.

3

중원에모진	바람불고,	사나운비	올때엔,
행여무궁화	건드릴까	가로우뚝	막도다,
이리한새에	길러쌓은	힘을시험	할차로,
신한소년이	일어나매,	좌우로길	내도다,
떨쳐일어나	나아가라	장케하마	가는빛
너의앞을,잘	가렸던나,	너의뒤도	잘보마.

---

1 『소년』 3년 2권에 실린 『태백산』 시집의 두 번째 시.

4

내앞에놓인 　　꽃반도는 　　왼큰것의 　　점이니,
모든빛나고 　　고운일이 　　네게로서 　　시초라,
네한나라를 　　위해서나, 　　온세계를 　　위해나,
제일하기엔 　　용감하고 　　남위하얀 　　자비해,
적고큰너의 　　모든소망 　　내앞에서 　　이루라,
장하고대하고 　부하라 　　진코선코 　　미하라.

『소년』 3년 2권, 1910. 2.

태백산과 우리[1]

한줄기　뻗친맥이　삼천리하여
살지고　아름답고　튼튼하게된
이러한　꽃세계를　이루었으나
우리의　목숨근원　이것이로다

숭고타　그의얼굴　광명이돌고
헌앙타[2]　그허우대　위엄도크다
하늘에　올라가는　사다리모양
보지는　못하여도　그와같을듯

그안화[3]　볼때마다　우리이상은
빛나기　태양으로　다투려하고
그풍신[4]　대할때에　우리전진심
하늘을　꿰뚫도록　높아지노나

억만년　우리역산　영예뿐이니
그의눈　아래에서　기록함이오
억만인　우리동폰　원기찼으니
그의힘　내려받아　생김이로다

그리로　솟아나는　신령한물을

---

1 『소년』 3년 2권에 실린 『태백산』시집의 마지막 작품.
2 헌앙(軒昂) : 풍채가 좋고 의기양양함.
3 안화(顔華) : 빛나는 얼굴.
4 풍신(風神) : 풍채.

마시고　　난,큰사람　얼마많으뇨
힘있는　　조상의피　　길이전하여
현금에　　우리혈관　　돌아다니네

백곡이　　풍등토록　　비를만들어
은으로　　도와줄땐　　그가부모요
만악을　　숙살하게　　바람을내어
위로써　　깨우칠땐　　엄사전로다

우리는　　몸을바쳐　　그를섬기니
따뜻한　　그의품은　　항상봄이오
정성을　　기울여서　　교훈받으니
타작의　　마당에서　　수확많도다

육체나　　정령이나　　우리의온갖
세력의　　원동력은　　게서옴이니
언제든　　충실하고　　용장하여서
덜하지　　아니함이　　우연함이랴.

우리의　　가슴속엔　　검은구름이
머물러　　본일없고,　우리머리엔

5 현금(現今) : 지금. 오늘날.
6 풍등(豐登) : 풍성하게 익음.
7 은(恩) : 은혜.
8 숙살(肅殺) : 엄하게 없앰.
9 위(威) : 위엄.
10 엄사전(嚴師傳) : 엄격한 스승의 가르침.
11 용장(勇壯) : 용맹하고 장대함.

엉킨실   들앉은일   있지아니해
'환호'코   '역작'함도   그힘이로다

어떠한   일을하면   그의밑에서
생겨나   살아나는   값이되어서
떳떳한   얼굴들고   그를대하여
마음에   미안함이   없게되리오

무겁기   그와같은   거동으로써
드높기   그와같은   생각을좇아
그처럼   항구하게   노력하여서
그에게   아름다움   더할뿐이라

일상에   마음두어   힘쓸지어다
모든것   가운데서   높이뛰어나
남들이   올려보게   만들어줌이
그의덕   대응하는   외길이니라.

이러한   좋은데를   아무나가져
이복을   누릴수가   있음아니라
소리를   크게하여   우리다행을
다른곳   사람에게   자랑하리라.

『소년』 3년 2권, 1910. 2.

---

12 역작(力作) : 힘을 기울여 만듦.

들구경

꽃피었다　잎피었다　앞산뒷들에
나무가지　가지마다　철자랑이라
열매맺고　씨품어서　직분다하랴
그의활동　하는모양　눈에뜨이네
아아우리　소년들아　가서친하라
그는우리　익우로다[1]　본뜰지로다

비가온다　바람분다　이즘저즘에
나무잎새　잎새까지　시험중이라
팔내밀고　발버티어　승첩얻으랴
그의노고　하는모양　마음느끼네
아아우리　소년들아　가서섬기라
그는우리　현사로다[2]　배울지로다

『소년』3년 5권, 1910. 5.

---

1 익우(益友) : 사귀어 유익한 벗.
2 현사(賢師) : 어진 스승.

소년의 여름

1

우리다린무쇠다리 내어디디면,
험한길어려운곳   앞에없도다.
바람맞춰활개치고 돌아다닐때,
산악은엎드리고   하해떠도나.

2

즐겁도다여름되니 이를시험해,
호장한남아기운   발양하리라.
감발한다,나서노라, 사양않노라,
대자연의고대함   내가아노라.

3

화산이고열사¹밟아 땀을벗하여,
남아니간경역도   탐험할지오,
앞에고래,뒤에상어 적수삼아서,
해천²을삼키면서   헴³도하리라.

4

마음쾌쾌기력튼튼 정성겸하니,
간데족족지식을   발견할지라.

---

1 열사(熱砂) : 사막.
2 해천(海天) : 바다와 하늘.
3 헴 : 헤엄.

몸과배움상진위해   애쓰는우리
어찌차마이기회   허송하리오.

『소년』 3년 6권, 1910. 6.

4 상진(上進) : 향상.

내

괴로우나　즐거우나　내일은내일
맞고잡고　힘들이라　그리하여서
탐스러운　좋은열매　맺을지어다
내가내일　아니하고　뉘게미루랴

잘생기나　못생기나　내것은내것
깎고치고　다듬으라　그리하여서
한결가는　고운그릇　이룰지어다
내가내것　아니닦고　뉘를믿으랴

넉넉하나　구차하나　내셈은내셈¹
엎고쌓고　불리우라　그리하여서
으뜸가는　많은세간　만들지어다
내가내셈　안늘리고　뉘게바라랴

마음대로　부릴것이　내게는내니
내손내발　내몸뚱이　내힘내재주
내할것은　내하여서　내앞에올것
내가차지　아니하랴　뉘게내주랴

『청춘』 10호, 1917. 9.

---

1 셈 : 재력.

앞에는 바다

한방울한방울씩　돌틈을뚫고
떨어지는샘물이　제스스로는
어디가는셈인지　모르지마는
멀고먼그의앞에　바다가있네

샘으로서,시내로,　시내로서,똘[1]
여울로서,가람이　되기까지도
어디가는셈인지　모르지마는
나갈수록가까이　바다가있네

잘든굵든,만적든[2]　물이란물은
바다로돌아감이　애적의작정
내남없이어느덧　다다라보면
기다렸다삼키는　바다가있네

때의바다바라고　나가는우리
바다에간다음일　궁거울시고[3]
꿈같이스러지는　거품이될까
하늘덮는물결로　야단을칠까

『청춘』15호, 1918. 9.

1 똘 : 도랑. 작은 냇물.
2 만적든 : 많든 적든.
3 궁거울시고 : 알고 싶을지고.

기념 노래

단군절

1

굳은마음	한결같은	각방사람이[1]
우리성조	크신빛에	모여들어서
아무거나	같이하자	맹서하던날[2]
기쁨으로	노래하여	송축합시다

2

끊임없는	어진바람	사해에불고
녹지않는	은혜이슬	팔역이받아[3]
영원히큰	참복락이	보편하던날[4]

---

1 각방(各方) : 각 지방.
2 냉서(盟誓) : 맹세의 본딧말.
3 팔역(八域) : 8지역, '사해'와 더불어 세계의 모든 지역을 의미.
4 보편(普遍) : 모든 것에 두루 미치거나 통함.

기쁨으로　노래하여　송축합시다

3

힘껏성껏　정의위해　활동하여서
괴로움에　빠져있는　만방사람을
건져내어　함께살기　경륜하던날
기쁨으로　노래하여　송축합시다

4

대주재의　앞에나와　공손히엎듸어
어린아이　마음으로　정성들여서
처음으로　하늘길을　개척하던날
기쁨으로　노래하여　송축합시다

* 별지로 곡조를 첨부함
『소년』 2년 10권, 1909. 11.

---

5 경륜(經綸) : 어떤 포부를 가지고 일을 조직하고 계획함.
6 대주재(大主宰) : 단군신.

檀君節

1909년 잡지 『소년』에 수록된 악보

아브라함 링컨

사람의길열어논   그리스도가
마구에서나신지   천팔백구년에
무너졌던그길을   다스리려고
아브라함,링커언   크나큰샛별
한뎃가가속에서   눈을뜨도다
베들레헴주막을   인도하던별
그의집엔비치지   아니하였고
룸비니아동산을   꾸미던꽃이
그의곁엔피우지   아니하도다
하나님의외아들   다시없으며
천상천하높은이   하나뿐이니
남다른일하고자   남이아니라
순직하게직분을   다하여가되
정의앞에용쓰는   '챔피온'으로
힘껏애껏싸우기   위함이로다.

양지찾아옮기는   기러기떼도
산넘어본경험이   없을것같은
어느편을보든지   오직망망해
궁치않게탁터진   딴세계로다
아침저녁살점을   베는찬바람
몇번이나내손을   터뜨렸으며

---

1 가가(假家) : 헐고 옮기기 쉽게 임시로 지은 집.
2 망망(茫茫)해 : 망망대해.

이날저날쇠라도   녹일더운해
얼마만큼내등을   태워주었나
팽구돌릴손으론[3]   호미를잡고
거미채메일때에는   도끼를들어
다만조금만치도   일보탬하여
아버님의수고를   덜어드리면
밤낮으로바라는   나의낙원은
아무데도아니라   실로게라고
팔기운이자라는   지경까지는
순직하게일하되   원망없이해
가인[4]으로링컨이   직분다하여
무실역행그역사[5]   처음펴도다.

세계상에새로운   국민역사는
우리가진이것이   가장일지나
크고깊고무거운   뜻있는것도
우리것이아니면   뉘것이리오
피흘리고몸버림   즐겨하는듯
악을쓰고이나라   세우시기는
크고좋은무엇을   만들어내어
우리에게깨치기   위함이로다
정의칼로불의를   베어버리고
자유홰로압제를[6]   살라없앨때

---

3 팽구 : 위에 꼭지가 달린 팽이.
4 가인(家人) : 한 집안 사람. 여기에서는 집안의 일에 충실한 사람을 가리킴.
5 무실역행(懋實力行) : 참되고 성실하게 힘써 행함.
6 홰 : 횃불.

그아픔과그쓰림　　생각하여서
조상님의정신을　　지켜서가면
밤낮으로구하는　　나의낙원은
아무것도아니라　　실로그라고
공사대소사무에[7]　아무것이고
순직하게당하되　　문단없이해[8]
국민으로링컨이　　직분다하여
무실역행그역사　　넘겨가도다.

단미끼로꾀이는　　악마의손에
본마음을빼앗긴　　온세상사람
그의눈엔거짓이[9]　보일뿐이니
대의앞엔벙어리　　귀머거리라
한가지로하나님　　밑에살면서
같은복을못얻은　　사백만인명
저리도다그들이　　무슨죄이뇨
세상이다참아도　　나못하리라
나는입도가졌고　　팔도있으니
해어지고부러져　　남을업도록
위해부르지지고　　휘두르면서
가이없는동포를　　건져내이면
밤낮으로찾으는　　나의낙원은
아무일도아니라　　실로이라고
둘도없는목숨을　　내어놓고서

---

7 공사대소사무(公私大小事務) : 공적이거나 사적이거나 크고 작은 일.
8 문단(問斷)없이 : 확실하게.
9 이(利) : 이익.

순직하게주선퇴 　그치지않아
인류로의링컨이 　직분다하야
무실역행그역사 　빛이나도다.

아아우리링컨은 　이렇게하여
우러르나숙이나 　부끄럼없게
오십육년생애를 　곱게지내어
무실역행그역사 　덮어지도다
켄터키에세상을 　구경한뒤로
워싱턴서하늘로 　돌아가도록
한줄기의똑바른 　넓고큰길이
순직하게직분을 　다함이로다
하늘로서받음도 　극진히하고
사람에게할것도 　완전히하여
그리스도의뒤를 　따라가도다
그의일은영원히 　노표가되어
길모르는후인을 　인도할지오
그인격이피워논 　밝은광채는
인간에서사라질 　때없을지오
면류관이불의것 　되기까지는
그이름도한결로 　전하리로다.

---

10 노표(路標) : 이정표.
11 불의(不義) : 의롭지 못함.

달문담*

억천만년한모양　우뚝하게서
뒷들바람앞물비　물리치면서
온역사의빛과내　혼자다알고
말없이내려보는　우리님태백

깊긴나락까지요　팔십리넓은
딱벌린달문못이　그의입인데
볼안에잔뜩고인　용추¹밑에는
영겁에안꺼지는　붉은불이라

하늘문이열리고　바른종울때
저입술이움직여　사자후²나고
신령한큰불결이　목궁글어서
새암솟듯길길이　나오리로다

흰눈이턱을덮고　검붉은솔이
옛적의꿈인것만　운수가보고
손뼉치며일없음　기뻐할때도
속에찬'힘'은항상　벌떡이노나

떨어짐은폭포요　지름은여울³

---

1 용추(龍湫) : 용소, 폭포수가 떨어지는 바로 밑의 깊은 웅덩이.
2 사자후(獅子吼) : 사자의 우렁찬 부르짖음.
3 지름은여울 : 떨어지지 않고 땅을 가로질러 간다면(지른다면) 여울이 된다는
뜻.

오직바다인후에　소리도없고
형세도없는듯이　가만있나니
고요히괴여있음　나빠않노라

바람불면바람을　티일면티를[4]
순하게받는네가　더욱크거니
쬐는해에김이나　끓여피면서
푸르게만있으면　오는날까지

*백두산정에 있는 구 분화구로, 둘레가 팔십 리다.

『소년』 3년 9권, 1910. 12.

---

4 티일면티를 : 티끌이 일면 티끌을.

크리스마스

동편하늘빛이나니　샛별나노다
편안함의밝은기운　세계덮으니
곤코병코어려운자　다일어나라
그품에가안기는자　복얻으리라

무궁[1]들에흘러가는　목숨의물을
사람에게대어주러　그가오도다
어려워하지말아라　지체말아라
그앞에와구하는자　복얻으리라

채찍쥐다칼들도다　고식[2]의머리에
큰깨우침더하려고　그가오도다
아픈줄로알지마라　어렵지않다
그를보고고치는자　복얻으리라

못된나무뿌리에는　독기였도다
깍쟁이를살리려고　그가오도다
더러움이없어질것　멀지않으니
그의불을두리는[3]자　복얻으리라

좁은길이뚫리리라　문열리리라
새벽머리종치려고　그가오도다

---

1 무궁(無窮)들 : 끝없는 들. 여기서는 그리스도의 은혜의 끝없음을 비유.
2 고식(姑息) : 당장에 별 탈 없이 편안하게 지냄을 비유적으로 이름.
3 두리는 : 두려워하는.

게으름과거만함을　쾌히버리고
그의부름응하는자　복얻으리라

『소년』 3년 9권, 1910. 12.

톨스토이 선생을 곡함

눈오려는검은구름   하늘을덮고
그틈으로나오는듯   칼바람불때
요령소리문에나자   전하는신문
'그예선생떠나다'고   기별하도다

물은흘러바다으로   가야할지오
익은감은나무로서   떨어질지라
나서,자라,할일하고   늙어졌으니
죽음이야놀라울일   무엇이리오

'아아나를부르소서'   우러러보며
목이말라오르려던   영[1]의자리에
초켜도다향피도다   어서오라니
가는그도기쁠지라   남이설으랴

그러나 공에사로   나한사람은
남모르는구석에서   혼자코풀고
울게하라슬픈정을   펴게두어라
제스스로제경우를   적상[2]케하라

깨끗한집더운자리   넉넉한중에
귀동자로태어나온   선생의몸은

---

1 영(靈) : 영혼.
2 적상(弔傷) : 조상. 위문하고 불쌍히 여김.

어려움의독한바늘　맛모르거늘
남보다더아파함은　무슨모순가

³
고기의산술의못은　눈에친하고
실의소리쇠울림은　귀에익은데
이가운데낙못얻고　넓은들찾아
쓸쓸함에몸맡김은　무슨모순가

독사처럼귀족네를　미워서하고
헌신같이헛된이름　버리면서도
'사벨'⁴차고색동입음　그리좋아서
버릇의종달게됨은　무슨모순가

먹물의힘밝히앎은　남의위어늘
대포구멍쓸고닦기　재미붙여서
왼손에붓바른손에　칼겸쳐쥐고
나도용사인체함은　무슨모순가

참은무엇미는무엇　붙들겠다고
이를위해붓을들고　말을만들어
마음은지식의신을　따르면서도
몸은필경종교에둠　무슨모순가

그생각이움직이면　비단이되고

---

3 고기의산술의못 : 산처럼 쌓인 고기와 연못을 이룰 정도로 많은 양의 술.
4 사벨(sabre) : 유럽에서 기병들이 사용하던 검.

그먹똥이떨어지면   구슬이되니
손은애써예술인을   자랑하거늘
고개로만홰홰두름   무슨모순가

무저항을가르침도   저항을쓰고
절대복종말하여도   자아세우니
저항뒤에무저항이   내게신인가
둘을섞어못나눔은   무슨모순가

차고주림부르짖음   세상에차니
그의눈에물마를적   과연없도다
위해아파불으면도   수고아니한
밥먹기를편히함은   무슨모순가

그이성은부드러운   양이되어서
즐거움의거문고를   뜯으려거늘
불토하는사자되어   사면지쳐서
한편으론감정따름   무슨모순가

벽력같이의지의힘   동하는곳엔
한끝까지안깨치면   말지않을껼
제손으로누르고서   뒷날앞날을
고식중에지내감은⁵   무슨모순가

아아선생의생애는   모순의덩이

---

5 고식중(姑息中) : 근본적인 대책 없이 임시변통으로 하는 중.

어느편이싸운자리　없는곳이냐
날랜가시좁은덤불　그속에쌓여
팔십사년오랜살림　어떠한고통

그의손은핑구돌림　발은제기참
간절하게구하거늘　생각은없고
'슬픈진리'에붙들려　모든물건이
캄캄히보이기만함　어떠한고통

먹는밥은어찌되고　옷어찌생김
까닭수도모르면서　연약한뇌에
죽네사네있다없다　추상적문제
부질없이해결하잠　어떠한고통

나는양반나는장자[6]　남다바라는
두가지큰보배란걸　겸해가지나
남에비해우뚝않고　넉넉함없음
나날이더마음에씀　어떠한고통

첫생각엔이세상이　모두나위해
있는듯이요량돼도　공평히보면
남들존재의가치도　나와같아서
오만의코절로꺾임　어떠한고통

미래란다무엇인가　우습게보면

---

6 장자(長者) : 큰 부자.

현재처럼값없는것   아니려마는
남어쨌든나혼자는   현재의낙을
할수없이그게뺏김   어떠한고통

에고답답이가슴에   붙는이불은
누를수록일어나서   필경말밖에
드러나면,철없는남   천재라고만
안듯모르는칭찬함   어떠한고통

남의영화남곱단것   나원치않음
자연한정,부득이함   있음이언만
나의가장미워하는   위선이라해
실상크게속힌다함   어떠한고통

한어려움도망하면   또,한어려움
유자생녀하는의심[7] 중에살면서
붓만들면안듯하고   거짓이앎을
남보여야그만둠은   어떠한고통

아아안심아아지명[8] 네집어디뇨
칼에벼루에교제장[9]에 글방과밖에
발바닥이다닳도록   구하였건만
나중없음 '없다'하나[10] 어떠한고통

7 유자생녀(有子生女) : 아들딸 많이 낳음.
8 지명(知命) : 천명을 앎.
9 교제장(交際場) : 사람을 사귀는 장소.
10 나중없음 : 결국에는 없다는 의미.

우스운건제삼자니　남의평론은
석유묻은널조각에　불붙임같아
타버리면그만이나　내마음에서
쉴틈없이두편싸움　어떠한고통

진신이면진신이나　악마면악마
승부결코양립안해　날섭리[11]하면
아무데고고개숙여　순종하련만
안그러고밤낮싸움　어떠한고통

우레같이무섭고큰　영성의소리
겁은난다쫓으려만　달고따뜻한
고기의속살거림에　한사코귀가
기울어짐못막음은　어떠한고통

차고굳은석고상의　입맞춤보단
'에고우리정든님'을　부르고오는
젊은피돌아다니는　손잡는것이
한땔망정더좋음은　어떠한고통

해보다도좁은방에　켠등더밝고
신보다도부드런손　빨아준은혜
더욱깊게감동되는　약한이걸로
아버지품에안기람　어떠한고통

─────────

11 섭리(攝理) : 대신하여 다스림.

집에들면자리편코　밖에나가면
빗발같은칭찬소리　귀가아픈데
그럴수록한구석엔　나쁜데생겨
더욱쓸쓸하여감은　어떠한고통

나랏법의속을말고　종교의참을
꾸미잖고가르치면　나를악귀니
역적이니하는것을　두려워하여
구태뭣해타협하람　어떠한고통

사해일가만인동포　내알았노라
먼길갔다돌아올때　정차장앞에
마중나온사람중에　집안사람이
딴이보다더반가움　어떠한고통

죄덤불에드러누워　방귀낀예술
사람들이소리질러　맞아주면서
깨달음의부르짖음　등한히알때
옛생애를또생각함　어떠한고통

편히먹고편히자며　구제말함을
나도또한진심으로　부끄럽지만
한편에선네가가진　땅의소산을
네먹기로어떠하람　어떠한고통

밥풀알알옷올올이　소리를질러
너만가짐부당탐을　시로듣고도

천연천연못나누고　또못버리고
구차하게얻어함이　어떠한고통

의혹의영넘어가기에　내발지치고
유인의손뿌리치기에　팔곤함보단
'그럭저럭'지키기에　심력더쏨을
남숨기고돌아다봄　어떠한고통

굶은자와병든자가　세상에차도
'저를어쩨'말뿐이오　내짓과같이
모르는듯버려두고　늙은이몸은
분별없이사랑해줌　어떠한고통

나는가장모른자나　뒤에남들은
더알았다할것이요,　못편했으나
고상한낙얻었다고　평고하여서
쫓을자도생길것이　어떠한고통

모순등엔고통있고　고통의속엔
말로형용할수없는　줄이있는데
기껏가야옳으리란　큰직감으로
남못가는이길더감　그일생이라

12 시(時)로듣고도 : 시시때때로 듣고도.
13 천연천연(遷延遷延) : 일이나 날짜 따위를 미루고 지체함.
14 영(嶺) : 고개.
15 평고(評誥) : 평가와 가르침.

밥있겠다위있겠다　이름있겠다
무엇구코무엇위해　몸과마음을
혼자제가괴로히해　안돌아보며
한살림을한결같이　지내였나뇨

그한웃음한마디말　얻어들음은
속더러운귀부인의　무등영행을
손한번만들면,한때　교제사회가
장중물이되련마는　아니하도다

'야스야나'큰벌판의　기름진땅은
묻지마라그소유권　선생께있다
가죽채찍자주후려　농노부리면
돈타작을하련마는　아니하도다

'푸시킨'이수축해논　북국문단이
그의지음얻은뒤에　광휘있으니
임자찾는월계관이　갈곳있느냐
갖다씀이당연하나　아니하도다

군인으론용사로다　능문한이라
교목세벌앞세우고　올라가려면

16 위(位) : 지위.
17 구(求)코 : 구하고.
18 무등영행(無等榮幸) : 영화와 행복의 등급이 없음.
19 장중물(掌中物) : 손 안에 든 물건.
20 수축(修築) : 고쳐 짓거나 고쳐 쌓음.
21 능문한(能文漢) : 능히 학문을 앎.

말과같은황금인이　허리에달림
못될리가없으련만　아니하도다

세력이면교무원장　권위면교수
그천재의등불빛이　한번비치면
어느것이그앞길을　막을자이랴
얼른다다랐으련만　아니하도다

호사할까쇠쭉있고,　행악하려면
금칠해맨큰보첩의²³　방패있구나
고기좇아일할만큼　필요한것은
그가갖춰가졌건만　아니하도다

비단바지가는길은　원래있으니
탄탄하다활활하다²⁴　거침없어서
가만히만있을진댄　모르는틈,가
땀낼것도없건마는　아니하도다

고래등의좋은집엔　별내있으니
거만·방자·나태들이　합해된지라
공작꼬리눈에좋듯　코찌르는향
얼른하면물들건만　아니하도다

별말없이그생애의　광채찬란함

---

22 교목세벌(喬木世閥) : 높이 솟은 나무와 인간의 문벌.
23 보첩(譜牒) : 족보로 된 책.
24 활활(滑滑) : 막힘이 없이 매끄러움.

소경께도부시도록　보일것이니
그노력의영대함을　닳은붓으로
구태길게말씀함이　무슨소용가

누구더러평하래도　전례말같은[25]
'위대'로써형용함엔　다같으런만
각기이유베풀라면　무어라할까
위대만큼그가지도　많으리로다

그온통을짐작함엔　나의공부가
'제로'인데참을얻어　그의생애를
평론함은남뜻밖에　대담함이나
거짓아닌마음이니　감히하리라

개천에서용이남은　나모르노라
남다르단그천재도　관계않노라
한낱사람'톨스토이'　한평생일로
한낱소년어린나의　생각이로라

그는과연위대하니　지극한정에
말라말수없는바를　말지아니해
바람불건비오거니　그치지않고
모든것을달게받아　끝에가도다

그는과연위대하니　거꾸러져도

---

25 전례(傳例)말같은 : 전해져 내려오는 말 같은.

코깨져도믿는바를   변치아니해
왜가는건못알아도   가야할것을
굳게믿어변치않고   끝에가도다

그는과연위대하니   의심못풀면
또의심코또의심해   의심의향상
하기힘써잠시라도   염증안내고
일향²⁶희망중에있어   끝에가도다

그는과연위대하니   인생과사회
떳떳한뜻놓지않고   좋나싫으나
제생각은어찌돌든   붓들고안놔
피차잊지아니하고   끝에가도다

그는과연위대하니   모순탑위에
큰진여²⁷를찾았으며,   고통림²⁸속에
큰안락을두었으며,   산란한것중
통일끝훌륭케구해   끝에가도다

그는과연위대하니   그도거짓짓
있으리라말못할죄   지었으련만,
한옆으론최강렬한   이성으로써
안그러기노력하여   끝에가도다

---

26 일향(一向) : 한결같이. 꾸준히.

27 진여(眞如) : 우주 만유의 실체로서, 현실적이며 평등하고 무차별한 절대의
        진리.

28 고통림(苦痛林) : 고통의 숲.

그는과연위대하니   약지아니코,
귀찮토록사물이치   짐작못하여,
가장밝게되고못됨   꾀아니놓고
할건하고말건말며   끝에가도다

그는과연위대하니   신의앞에선
부드러운양행세해   어릿거려도
이세상에칼을주고   불세례줌의
결심있고용기있게   끝에가도다

우러보면더욱높고   뚫으면굳어
바닷물은바가지로   샘못하리라
나는나의사모하는   앞길목표로
눈에뵈는노정기만[29]   읽음이로라

무리에뛴큰직각도[30]   놀라우리라
짝이드물밝은안력[31]   신통하리라
끝과처음한데아는   지식좋아도
이는천품나의말할   통아니로다

다만부러운일인즉   생각한대로
말씀하고,말씀대로   행할만하며,
얼쯤얼쯤숨기숨기   아니할만한

---

29 노정기(路程記) : 길의 기록. 여기서는 톨스토이 선생이 걸어온 인생의 길의
    기록.
30 직각(直覺) : 직관.
31 안력(眼力) : 앞을 내다보는 시야.

좋은땅과좋은기틀   가짐이로다

크게능한무슨손에   걸렸다해도
그만이나자아세운   사람몇될까
나라·임금·법률·제재 아무것에고
눌림없이한끝까지   자치하도다

만조율목,억천군력[32] 그의털하나
건드리지못했음을   부뤄않노라
잠꼬대만이상해도   이온세계가
큰일이라바삐전키   안바라노라

순실하게생각거든   말고일하여
저와남을안속이는   자유있어라
저하늘의저솔개와   못의고기가
되어지라이뤄지라   참부럽도다

아아오래피곤하신   선생의눈은
이제부터못뜨시니   못보실란가
모든것에뛰어나신   크나큰인격
이제부터사신채론   없어지셨나

영연앞에거짓말을[33] 어찌아뢰랴
나는이런사람이라   더욱인격의

---

32 만조율목,억천군력(萬條律目億千軍力) : 모든 규칙과 법률, 수많은 군사력.
33 영연(靈筵) : 죽은 사람의 영궤와 그에 딸린 모든 것을 차려 놓은 곳.

값을얻지못하는바　불쌍한자론
남볼치로자랑하던　선생이로다

넓은세상흔한이가，되지도못한
바위밑에눌려있어　그온인격이
납작하여부서진때，선생의일이
얼마만큼큰위안을　주던것이냐

과부설움모만보면　터지는설움
선생위해선생죽음　옳이아니니
지금부터이담까지　자기신세를
돌아보매아니울수　과연없도다

이일저일몸에걸려　부족한생각
더군다나못전일코,[34]　정간령[35]밑에
넉달이나붓을놓아　녹이슬어서
마음대로돌지않아　이꼴짓도다

붓을날려여기오니　열두시치고
'가스'등은깜빡깜빡　잠들려는데
'뎀뿌라야'기적소리　날리는중에
타령하는오륙소년　길로가더라.

                          −12월 19일 밤

『소년』 3년 9권, 1910. 12.

---

34 전일코(戰一)코 : 마음과 힘을 모아 한곳에만 쏟음.
35 정간령(停刊令) : 책을 펴내는 것을 금한 명령.

한힌샘 스승을 울음

아름답고   갖은소리
늘힌메를   에둘러서
한데모아   감추시니
환의뜻을¹   어이알리

임의손에   괭이들매
묻혔던것   드러나고
임의입에   나팔물매
잠잠턴것   울려나네

배달말의   환한빛이
해와같이   번쩍일때
사람들의   엉킨힘이
새검얼을²   얻었도다

샘이되어   솟아나매
큰목숨이   게으르고
이말의꽃   열매되매
새밝음이   비롯되다

맡으심이   크도클사
지으심도   거룩도다

---

1 환 : 여기서는 환(鯤) 즉, 전설상의 거대한 물고기.
2 새검얼 : 새로운 신령의 얼, 영혼을 의미함.

가녀리고　어린무리
힘입으렴　더많더니

누리떠나　돌아가심
슬픔이야　끝있을까
다만트신　바른길로
속누르며　힘써옐까[3]

힘올리신　이팔뚝은
지신짐을　더늘리며
만들리신　기름으론
켜신홰를　더밝힐뿐

아득하나　환한앞길
가다듬어　나가리라
더가까이　잡으실줄
임의검을　믿노이다

『청춘』 2호, 1914. 11.

---

3 옐까 : 거닐까.

내일

서산에　뉘엇뉘엇　넘는저해에
그대여　귀기울여　들을지이다
동해로　불끈솟을　내일의약속
얼굴을　붉히면서　외치는소리

고요히　밤의장막　내린뒤에도
켜기를　그칠소냐　이상의고치
적은듯　새벽빛이　문두드릴제
들고서　나서려던　새북새부대

나날이　한치한자　짜가는비단
올마다　불어넣는　영혼의숨길
뚜렷한　한필되어　펼치는날의
감격을　닦아다가　가슴이뛰네

커다란　어둠에서　커다란빛이
우리손　꽃을따라　피어나오리
끝없는　생명의길　창조의걸음
북받쳐　부르짖는　희망의소리

* 이종태 곡

조선문예회 편, 『조선문예회발표 가곡집』 1, 조선문예회, 1937.

동산

더운볕　한나절의　나뭇잎
얏바람　간지럼에　못이겨
금비늘　은비늘을　번득여
기쁨을　물결치며　춤추네

은근히　다녀가는　저나비
무엇을　속살거려　노았기
뾰루퉁　성내었던　찔레꽃
붉은뺨　방긋하게　뻐기나

멋대로　다퉈우는　새소리
맞추어　제장단만　여겨서
숲에선　메뚜기가　경둥둥
샘에선　선드람이　뱅뱅뱅

어느덧　연못가에　왔던가
물에서　마주웃는　내얼굴
한가한　이속에도　바쁜빛
하늘에　구름가는　그림자

* 이면상 곡.
조선문예회 편, 『조선문예회발표 가곡집』 1, 조선문예회, 1937.

來 日

1937년 출간된 「조선문예회발표 가곡집」에 수록된 악보

동 산

1937년 출간된 「조선문예회발표 가곡집」에 수록된 악보

자라 영감 토끼 생원

동해용왕의딸이　속병이나서
갖은약을다쓰되　효험없으니
걱정의검은구름　용궁을덮고
우알이황황하여[1]　경황이없네

천하의용한의원　널리찾아서
지성으로살아날　방법구하니
산토끼간이라야　낫는다는데
만길깊은물속에　어이얻으리

용왕의큰근심을　풀게하자고
남달리충성있는　자라영감이

---

1 우알이황황하여 : 갈팡질팡 어쩔 줄 몰라서.

얻어다바치기를　자원하고서
한숨에헤엄쳐서　뭍에올라와

뛰어가는한토끼　만나붙들고
꿀같은단말로써　달래는말이
'생원님그동안에　어떠하시오
걱정많은거기서　어찌지내오

우리같은친구를　사귀실진대
참살기좋은곳을　가르치리라
하늘에단깊은물[2]　가에두르고
구름속에솟아난　섬이있으되

내는맑고돌희고　나무좋은데
갖춰나는열매는　맛이짝없고[3]
추위더위고생이　조금있을까
독수리보라매가　능히와볼까

꿈에라도한번만　가서보시오
즐거움에취하여　지향못하오[4]'
긴귀를기울이고　한참듣더니
마음에당기어서　다소곳하네

인하여실리거니　실거니하여

---

2 하늘에단깊은물 : 하늘에 닿은 깊은 물.
3 맛이짝없고 : 다른 어느 곳에서 짝을 찾을 수 없을 정도로 맛있음.
4 지향못하오 : 다시 돌아가고 싶지 않음.

이삼리나물위로　헤엄쳐오니
인제야어떠랴고　마음놓고서
데려가는까닭을　바로말하네

토끼가이말듣고　혼이다나가
살길을바삐찾아　한꾀를얻어
그럼아니되었소　진작알것을
나는원래검님의⁵　자손이므로

가끔속을꺼내어　씻어넣는데
며칠째속이더욱　갑갑하기로
간을내어씻어서　말리노라고
바위밑에감추고　못넣었더니

당신말이너무도　구수하기로
오기바빠무심코　그저왔구려
그러면수가있소　다시갑시다
일껏왔다비인손　들고가겠소

내야간이없어도　넉넉히사니
무엇이아까워서　안드리겠소
그리하면남에게　좋은일될걸'
하는말에속아서　걸음돌리네

겨우언덕오르자　틀에벗은듯

_____

5 검님 : 신령님.

토끼가풀숲으로   뛰어가면서
'미욱한이영감아   간없이사는
짐승이어느곳에   있다하더냐'

남속여채가려다   도리어속은
그영감얼굴이야   어떠했는지
고대하는용왕의   속은타는데
마음없는물결만   길길이뛰네

『아이들보이』1호, 1913.9.

길 가는 일꾼

갑시다갑시다　갈데로갑시다
가고서안쉬면　갈데로가리다
한걸음한걸음　더딘듯하여도
이걸음걸음에　다다름있도다

합시다합시다　할일을합시다
하고서안쉬면　할일을하리라
한고비한고비　갑갑할지라도
이고비고비에　되는것있도다

가는이발아래　먼길이없으며
하는이손아래　못할일없느니
어려운길가는　우리들일꾼아
가기만합시다　하기만합시다

『아이들보이』 3호, 1913. 11.

옷 나거라 뚝딱

건넛말김도령이 나무를가서
갈퀴로떨어진잎 한번긁으니
개암한알톡튀어 나오는지라
'아버님드리리라' 품에넣고서

또한번벅긁으니 또나오거늘
'이것은어머님께 드리리라'고
셋째번에나오는 개암은집어
'이것은내나먹지' 간수하더라

이리한참나무를 하고있더니
별안간소나기가 쏟아지거늘
곁에있던빈절로 피해들어가
앉았자니바깥이 소란한지라

들보위에올라가 몸을감추고
숨도크게못쉬며 동정살피니
좀있다가도깨비 떼로들어와
각각방망이들을 끄집어내어

'옷나거라뚝딱 밥나거라뚝딱'
지껄이며두드림 한참이어늘
이때에김도령은 심심도하고
배도고파개암을 끄집어내어

시침떼고한알을　버썩깨무니
도깨비는웬영문　모르는지라
집무너지는줄만　지레짐작코
으아소리를치며　모두줄행랑

달아난자리로　내려가보니
그득한은방망이　금방망이라
가져다가팔아서　세간을사니
살림의넉넉함이　동리에으뜸

웃동네박첨지가　이소문듣고
'오냐오냐나도좀　가보리라'고
지게지고그리가　갈퀴질하니
여전히개암한알　나오는지라

'옳지이건나먹고'　하고서줍고
또한알은'마누라　주리라'하고
또한알나오는건　'아들에게나
갖다주리라'하고　거둬넣더니

이때마침소나기　쏟아지거늘
'응한알더나오면　아버님께나
드리려하였더니　어쩌랴'하고
얼른빈절을찾아　비를피한다

과연도깨비들이　들어오거늘
얼른들보에올라　숨어있다가

뚝딱딱방망이질　한참할때에
개암한알집어내　깨무니버썩

모든도깨비들이　'먼저번에는
몰랐지만이번에　또속으랴'고
두루찾아박첨지　잡아내려서
'네이놈감히뉘를　속일까'하며

방망이로딱딱　처늘이더니
부쩍부쩍키자라　금방열두길
휘청거려잠시를　못견딜지라
첨지가줄여주길　애걸할밖에

도깨비들웃으며　'그리하마'고
한참쳐서조막만　하게하거늘
이번에는갑갑해　못견딜지라
제발본대키대로　하여달라네

돌려가며공기를　한참놀다가
'하그려니그리해　주리라'하고
또얼마쳐서키는　전같이되나
오직입술길다케　늘여놓았네

입술마저전같이　하여달라니
도깨비들통통히　호령을하되

'너의욕심사나움 돝과¹같으니
저리하여그런줄 남이알지라

키줄여준건만도 끔직하거늘
뛴듯싶어또무슨 잔말이냐'고
게다가볼기쳐서 내어쫓으니
부자되러갔다가 사납다꼴만

『아이들보이』 9호, 1914. 5.

1 돝 : 돼지의 옛말.

해제

민족의 미래를 시로써 사유한 시인, 최남선

육당 최남선은 자신이 썼던 최초의 작품을 발표하면서 이렇게 적었다. "나는 천품이 시인이 아니다. 그러나 시대의 흐름이 나로 하여금 시인이 되게 하였다."(『소년』, 1909) 최남선으로서는 2년 전의 작품을 새삼스럽게 발표하기가 민망하여 대수롭지 않은 투로 끄적여 놓은 글일테지만, 이 언급은 최남선의 시 창작에 대해 많은 생각을 하게 한다.

그는 자신의 첫 작품들이 정미년의 조약이 있기 몇 개월 전에 쓰인 것이라고 말했다. 정미년의 조약이라면 제3차 한일협약을 말하고, 1907년은 고종 황제의 강제 양위가 일어났던 해다. 이 해에 시를 쓰기 시작했다는 것은 황제의 노력에도 불구하고 점점 어두워져가는 조선의 미래에 대한 어떤 사명감이 창작의 원동력이 되었다는 것이다.

이것은 일반적으로 알려진 바와 같이, 육당의 시 창작이 민족 계몽 운동의 일부였다는 점을 증명한다. 잡지 『소년』과 『청춘』을 창간하여 근대 지식 교육에 적극적으로 나섰던 당시, 최남선에게 가장 중요한 과제는 아직 전근대적 몽매에 사로잡혀 있는 민족을 교육하여 다른 민족의 지배나 간섭을 받지 않도록 뛰어난 국민을 만들어가는 것이었다.

최남선이 고백했듯, 그는 자신을 뛰어난 시인으로 여기지 않았으며, 시 창작을 자신의 가장 중요한 과제로 여기지 않았다. 그럼에도 불구하고 그는 당대 누구보다도 많은 시가 작품들을 남겼을 뿐만 아니라, 신체시에서 산문시, 시조에 이르기까지 새로운 시의 형식을 모색하는데 누구보다도 적극적인 시인이었다. 그는 새로운 시대에 맞는 새로운 시의 형식이 필요하다고 생각했다. 그가 『소년』에 공모했던 '신체시가 대모집'이 응모작이 없어 수포로 돌아갔다는 것은, 새로운 시를 상상하는 데 있어 최남선만큼 앞섰던 이는 없었다는 것을 방증한다.

말하자면 그는 시인은 아니었지만 시인이었고, 시인이었지만 시인은 아니었다. 시인으로서 새로운 시의 형식을 상상했지만, 그것은 순정한 예술적 의지에 기인한 것은 아니었다. 그의 시는 내용적으로만 민족주의에 귀속되어 있던 것만이 아니라 그 가치와 효과조차 새로운 민족 공동체의 창안에 귀속되어 있었다.

그럼에도 불구하고 그의 다양하고 혁신적인 실험들은 이후의 모든 근대 시인들의 원형이다. 그의 작품들은 민족주의 계몽주의 사상가의 과제와 시인의 과제가 동시에 작동하여 만들어진 것이다. 이 총서에서 『시가문학』은 이러한 최남선이라는 한 시인의 작품들이 지닌 무수한 모순들을 엮어보려고 한 것이다. 여기에 담긴 것은 그의 시적 실험의 성공과 실패의 다양한 족적의 기록이다.

최남선의 많은 시가 작품들 중에서 이 두 가지 측면을 동시에 담고 있는 것이 시조집 「백팔번뇌」이다. 민족의 과거를 통해 정신적으로 민족정신의 맥을 이어가려고 했던 시조집으로, 기왕의 형식을 벗어나 새로운 방식으로 쓴 것이다. 옛 형식을 혁신하여, 새로운 시의 형식을 전통으로부터 세우려고 했던 최남선의 노력이 집대성된 작품집이다. 일관되게 '님'에 대한 사랑과 열망을 노래하고 있는 이 시조집은 계몽주의 사상가로서의 최남선의 과제가 시인 최남선의 과제와 어떻게 합치되고 있는지를 보여주고 있다.

그러나 최남선의 많은 작품들은 시가란 새로운 지식을 전달하고, 시가를 통해 동일한 운명 공동체임을 주지시키고자 하는 계몽적 의지에 의거하고 있다. 이를 잘 보여주는 것은 최남선이 창작한 무수한 노래들이다. 최남선은 노래의 가치와 역할을 잘 알고 있었다. 입에서 입으로 건너가는 노래, 듣고 부르는 모든 이들의 무의식에 스며들어 하나의 의식을 형성한다. 말하자면 사람들은 같은 노래를 함께 부름으로써 하나의 공동체가 된다.

최남선의 대표적인 노래 작품인 「경부철도노래」, 「세계일주가」, 「조선유람가」는 발전된 세계상이나 한반도의 지리와 역사를 제시함으로써 민족이 기억하고 배워야 할 것들을 노래로 제시한 것이다. 그는 노래의 힘을 믿었고, 노래를 통해 역사를 새롭게 만들어갈 수 있다고 믿었던 것이다. 그가 숱하게 창작한 창가 역시, 같은 맥락 속에 있다. 그는 악보를 첨부하거나 정형화된 행들을 나열함으로써 그것이 리듬감 있게 낭송되어 노래처럼 불릴 수 있기를 바랐다. 기념 노래, 어린이 노래, 계몽 노래들은 이러한 노래의 역할을 통해 민족이 하나 되기를 바란 최남선의 의도가 표현된 것이다.

노래란 어디까지나 가창의 공동체 속에서만 그 힘을 발휘하는 것이다. 이제 시란 노래로 향유되는 것이 아니라, 종이 위에 쓰인 글자를 읽음으로써 향유된다. 말하자면 새로운 시대에 사람들은 시가를 부르고 듣는 것이 아니라, 쓰고 읽는다. 이 새로운 시란 어떠한 형식이어야 하는 것인가 하는 것이 최남선의 신시 실험에 아로새겨 있다.

문자의 기이한 배치를 통해 시각적 효과를 낸다거나, 행과 연의 구별을 무시한 산문시와 같은 시편들은 그가 전통적인 노래의 계몽적 효과에만 매여 있지 않았다는 것을 보여준다. 여기에 수록된 시편들은 우리의 근대적인 장르 개념에 비추어 보았을 때, 시라고 부를 수 없는 것도 허다하다. 그러나 전통적인 노래를 벗어나 조선어로 쓰인 새로운 근대시를 만들고자 했던 최남선의 선구적인 면모를 보여준다.

그의 다채로운 시적 실험은 어느 순간 중단되고, 이 창작시들이 가지는 의의는 더 이상 탐구되지 못했다. 그러나 그의 시적 실험은 아직 자유시라는 시적 형식이 근대시의 전범으로 자리잡기 전, 서정시가 한국시의 주류를 이루게 되는 이전에 새로운 시란 무엇인가를 가장 깊이 사유하고 실험했던 하나의 고투다. 그것이 비록 미적 완결성이나 사상의 깊이를 얻지 못했던 것임에도 불구하고, 그의 다채로운 시적 실험의 의미는 결코 작지 않다.

한국 근대시가 성립했던 시점에 최남선의 역할은 없거나 미미해 보인다. 최남선은 투철한 신념을 지녔던 계몽주의자이자 역사학자로, 당시 수난에 처해 있던 민족의 미래를 나름의 방식으로 사유한 사상가로 기억되지만, 뛰어난 시인으로 기억되지는 않는다. 다만, 전통 시가와 자유시 사이에 교량 역할을 담당한 '신체시' 창작자로, 「해에게서 소년에게」의 작가로 기억된다. 한국 시사를 뛰어난 시인의 이름으로 재구성한다면, 최남선의 자리는 아마 거기에 없을 것이다.

그러나 최남선이 남긴 작품들이 뛰어난 미적 성취를 이루지 못하고 있다 하더라도 그것은 최남선의 시가 문학을 평가하는 데 정당한 잣대가 될 수 없다. 그는 민족의 미래를 시로써 사유하고 시에서 실현하고자 했다. 그가 남긴 수많은 시편들에는 민족의 과거와 미래를 동시에 사유하고자 했던 개화기의 난맥이 고스란히 녹아들어가 있다. 우리가 최남선을 시인으로서 기억한다면, 그는 조선어로 쓰인 새로운 시가 나아가야 할 방향을 온몸으로 부딪쳐 갔던 시인으로서, 숱한 실험의 성공과 실패 속에서 평가해야 할 것이다.

최남선 한국학 총서를 내기까지

현대 한국학의 기틀을 마련한 육당 최남선의 방대한 저술은 우리의 소중한 자산이다. 그러나 세월이 상당히 흐른 지금은 최남선의 글을 찾아보는 것도 읽어내는 것도 어려워졌다. 난해한 국한문 혼용체로 쓰여진 그의 글을 현대문으로 다듬어 널리 읽히게 한다면 묻혀 있던 근대 한국학의 콘텐츠를 되살려 현대 한국학의 발전에 기여할 것이었다.

이러한 취지에 공감하는 연구자들이 2011년 5월부터 총서 출간을 기획했고, 7월에는 출간 자료 선별을 위한 기초 작업을 하고 해당 분야 전공자들로 폭넓게 작업자를 구성했다. 본 총서에 실린 저작물은 최남선 학문과 사상에서의 의의와 그 영향을 기준으로 선별되었고 그의 전체 저작물 중 5분의 1 정도로 추산된다.

2011년 9월부터 윤문 작업을 시작했고, 각 작업자의 윤문 샘플을 모아 여러 차례 회의를 통해 윤문 수위를 조율했다. 본격적인 작업이 시작된 지 1년 후인 2012년 9월부터 윤문 초고들이 들어오기 시작했고 이를 모아 다시 조율 과정을 거쳤다. 2013년 9월에 2년여에 걸친 총 23책의 윤문을 마무리했다.

처음부터 쉽지 않은 작업이리라 예상했지만 실제로 많은 고충을 겪어야 했다. 무엇보다 동서고금을 넘나드는 그의 박학함을 따라가는 것이 쉽지 않았다. 현대 학문 분과에 익숙한 우리는 모든 인문학을 망라한 그 지식의 방대함과 깊이, 특히 수도 없이 쏟아지는 인용 사료들에 숨이 턱턱 막히곤 했다.

최남선의 글을 현대문으로 바꾸는 것도 쉽지 않았다. 국한문 혼용체 특유의 만연체는 단문에 익숙한 오늘날 독자들에게는 익숙하지 않았다. 그렇다고 문장을 인위적으로 끊게 되면 저자 본래의 논지를 흐릴 가능성이 있었다. 원문을 충분히 숙지하고 기술상 난해한 부분에 대해서는 수차의 토의를 거쳐 저자의 논지를 쉽게 풀어내기 위해 고심했다.

많은 난관에 부딪쳤고 한계도 절감했지만, 그래도 몇 가지 점에서는 이 총서의 의의를 자신할 수 있다. 무엇보다 전문 연구자의 손을 거쳐 전문성을 확보했다는 것이다. 특히 최남선의 논설들을 현대 학문의 주제로 분류 구성한 것은 그의 학문을 재조명하는 데 도움이 될 것으로 본다. 또한 이 총서는 개별 단행본으로 구성되었다는 것이다. 총서 형태의 시리즈물이어도 단행본으로서의 독립성을 유지하여 보급이 용이하도록 했다. 우리들의 노력이 결실을 맺어 이 총서가 널리 읽히고 새로운 독자층을 형성하게 된다면 더 바랄 나위가 없겠다.

2013년 10월
옮긴이 일동

박슬기

연세대학교 인문학부 졸업
서울대학교 대학원 국어국문학과 졸업(문학박사)
2009년 신춘문예 평론 당선으로 등단
현 한림대학교 국어국문학과 조교수

• 주요 논저
『한국 근대시의 형성과 율의 이념』(2011)
「이광수의 문학관, 심미적 형식과 '조선'의 이념화」(2006)
「김억의 번역론, 조선적 운율의 정초 가능성」(2010)
「최남선 신시에서의 율의 문제」(2010)
「한국 근대시의 형성과 최남선의 산문시」(2012)

최남선 한국학 총서 12

시가문학

초판 인쇄 : 2013년 10월 25일
초판 발행 : 2013년 10월 30일

지은이 : 최남선
옮긴이 : 박슬기
펴낸이 : 한정희
펴낸곳 : 경인문화사
주   소 : 서울특별시 마포구 마포동 324-3
전   화 : 02-718-4831~2
팩   스 : 02-703-9711
이메일 : kyunginp@chol.com
홈페이지 : http://kyungin.mkstudy.com

값 25,000원
ISBN 978-89-499-0979-0 93810
ⓒ 2013, Kyung-in Publishing Co, Printed in Korea
이 책의 저작권은 최학주에게 있습니다.